鳥の歌いまは絶え

ケイト・ウィルヘルム

シェナンドアの一族に生まれ、生物学者を目指す青年デイヴィッドは、あと数年のうちに地球上のあらゆる生命が生殖能力を失うことを知る。一族は資産と人員を集結し、クローン技術によって次世代を作り出すための病院と研究所をシェナンドアに建設した。動植物のみならず、人間のクローニングにも成功したデイヴィッドは、クローンたちが従来の人類とは異なる性質を帯びていくことに危惧を覚えるが……。滅びゆく人類と無個性の王国を築くクローンたち、それぞれの変遷を三部構成で描く、ヒューゴー／ローカス／ジュピター賞受賞作、待望の復刊。

鳥の歌いまは絶え

ケイト・ウィルヘルム
酒匂真理子訳

創元SF文庫

WHERE LATE THE SWEET BIRDS SANG

by

Kate Wilhelm

This book is published in Japan by TOKYO SOGENSHA Co., Ltd.

Published by arrangement with

The proprietor, c/o Brandt & Hochman Literary Agents, Inc.,

New York, U.S.A. through Tuttle-Mori Agency, Inc., Tokyo

目次

鳥の歌いまは絶え

ヴァレリー、クリス、
そしてレスリーに、
愛をこめて

I

鳥の歌いまは絶え

1

デイヴィッドがいつもサムナー家の食事で一番いやだと思うのは、本人がそこにいるのにみなが平気で彼を話の種にすることだった。

「あの子は最近ちゃんと肉を食っているのかね？　なんだかやつれてるじゃないか」

「あなたの甘やかしすぎよ、キャリー。あの子がどうしても食事しようとしないときは、外で遊ばせないことね。まさにあなたがそうだったわ」

「わしがあいつの年には、手斧で木を切り倒せるぐらいたくましくなっていたぞ。あいつはひとりで霧を切り開くこともできんだろうよ」

彼らになんのかのと言われているあいだ、デイヴィッドは自分が透明になって一同の頭上に目に見えず浮かんでいるような気がした。

だれかが少年にもうガールフレンドはいるのかと訊ねる。そして、答えが、はいだろうと、いいえだろうと、彼らは苦々しげに舌打ちするのだった。見通しのきく自分の席から、デイヴィッドはクラレンスおじさんに光線銃の狙いを定めた。クラレンスおじさんは特にきらいだった。でぶで、はげで、大金持ちだからだ。クラレンスおじさんは、肉汁やシロップや、モロコシシロップとバターを混ぜたものに、ビスケットをちょっとひたして食べるのが好きだったが、なかでも一番のお気に入りは、最後の、皿の上でいっしょくたにかきまわされて赤ん坊のうんちそっくりになったしろものだった。

「やっこさんはあいかわらず生物学者になるつもりでいるのか？　医大に行ってウォルトといっしょに仕事するべきだ」

彼はクラレンスおじさんに光線銃を向け、腹をきれいに丸く切って、そこをそっと抜き取った。クラレンスおじさんの中身がその穴から溢れて、あたり一面に流れ出た。

「デイヴィッド」彼は不意をつかれてぎくっとしたが、すぐまた緊張を解いた。「デイヴィッド、外に出てほかの連中がなにをしているか見てきたらどうだ？」彼の父親の静かな声は、実際は、もうたくさんだと言っているのだ。すると、おとなたちはそろって別の子供のひとりへと矛先《ほこ》を転じた。

成長するにつれて、デイヴィッドは、幼いうちはただそういうものとして受け入れていた親戚関係の複雑さを知った。おじ、おば、いとこ、またいとこ、またまたいとこ。そして名誉会員たち――この一族と姻戚になった者の兄弟、姉妹、両親。サムナー家とウィストン家とオグレディー家とハイネマン家とマイヤー家とチャペック家とリッツォ家が、肥沃な谷を流れる同じ川の全域に居をかまえていた。

彼は休暇中のことをとりわけよく覚えていた。古いサムナー邸は四方八方に不規則に広がっていて、二階にはたくさん寝室があった。そして屋根裏部屋にはすみからすみまでマットレスが敷きつめられて子供たちのための間に合わせの寝床となり、その西の窓には巨大な換気扇が取りつけられた。屋根裏部屋でみなが窒息していないことをたしかめるために、だれかが絶えず調べていた。年上の子供たちは年下の連中を監督することになっていたが、実のところ彼らがやったことといえば、夜ごと怪談でチビどもを怖がらせることだった。しまいにひどくやかましくなって、おとなが来なければどうにも収拾がつかなくなる。ロンおじさんがどしんどしんと階段を登ってくると、慌てて走る足音と、押し殺されたくすくす笑いと、くぐもった叫び声が入り乱れて、やがて全員がふたたびベッドに向かう。そこで、ロンおじさんが廊下の明かりをつけて屋根裏部屋がぼんやりと照らしだされるころには、子供たちは残らず眠っているように見えるのだった。ロンおじさんは戸口でちょっとのあいだ立ち止まってから、ドアを閉め、明かりを消し、重い足どりで階段を下りていった——背後でまたもやはじまった騒ぎには無頓着な様子で。

クローディアおばさんが上がってくるときは、かならず幽霊のように突然姿を現わした。枕が飛びかい、だれかが大声を上げ、ほかのだれかが懐中電灯で本を読もうとし、数人の少年が別の懐中電灯でトランプに興じ、少女たちが何人か固まって、ふいにおとなに見つかった場合、顔を赤らめて捨てばちな表情になることからそうであるに違いない、甘やかな秘密をひそひそしゃべっていると、一瞬後にドアがばたんと開き、無秩序状態の上に光が落ちて、クローディアおばさんがそこに立っているのだ。クローディアおばさんはたいそう背が高くやせていて、大きすぎる鼻の持ち主で、いつも古い皮の色に日焼けしていた。彼女がそこに、不動の姿勢で形相もすさまじく立つと、子供たちは物音ひとつたてずこそこそとベッドにふたたび潜りこんだ。彼女はみなが本来の場所に戻るまで身じろぎもせずにいて、そのあと怖ろしく静かにドアを閉めた。静寂はいつまでも続いた。ドアの一番近くにいる者たちは息を殺して、ドアのむこうの息づかいを聞き取ろうとした。最後にだれかが勇気をふるい起こしてドアをほんのわずか開け、彼女が本当に行ってしまっていれば、パーティーはまたはじまった。

休暇中のさまざまなにおいが、デイヴィッドの記憶にいまも残っていた。あらゆるありふれたにおい――フルーツケーキと七面鳥、卵を染めるのに使う酢、緑の木々と、ヤマモモろうそくのねっとりとした濃い煙。しかし、彼がもっともあざやかに覚えているのは、七月四日の独立記念日の集まりにみなで運んだ火薬のにおいだった。火薬のにおいは髪と服にしみこみ、何日ものあいだ手から消えなかった。ベリーを摘むとだれのてのひらも黒紫に染まり、その色と香りは彼の子供時代の忘れられないイメージのひとつだった。ツツガムシを仰天させるため気前よく身体にふりかけられる薬のにおいが、それと結びついていた。シーリアさえいなければ、彼の子供時代は完璧だったろう。シーリアはいとこで、彼の母親の妹の娘だった。年はデイヴィッドよりひとつ下で、いとこたちのなかではずばぬけてかわいらしかった。ごく幼いころ、彼らはいつか結婚しようと約束したが、もっと大きくなって、自分たち一族のあいだではいとこ同士は結婚できないことが充分はっきりすると、たがいに不倶戴天の敵になった。二人がそのことをどうやって教えられたのか彼にはわからなかった。だれも口に出して言わなかったのはたしかだが、それでも彼らは知ったのだ。その後どうしても顔を合わせなければならなくなると、彼らは喧嘩した。デイヴィッドは十五歳のときに彼女に納屋の二階から突き落とされて、腕の骨を折った。彼が十六歳のときには、取っ組みあったまま二人でウィストン家の裏口から垣根のところまで、五、六ヤードばかり転がっていった。たがいに相手の服を引きちぎったうえに、デイヴィッドは背中に爪を突き立てられて血を流しており、シーリアは肩を岩でこすって血を流していた。それから、逆上してもみあっている最中にどういうわけか頰がいとこのあらわになった胸に触れて、彼は戦うのをやめた。彼はふいに、たよりない、泣きじゃくる、取り乱した腑抜けとなり、シーリアが彼の頭を石で殴って、格闘は終わった。

そのときまで、戦いはほぼ完全な沈黙のうちにおこなわれ、その静かさを破るものといえば、短くあえいで呼吸する音と、親が聞いたらショックを受けるに違いない言葉をささやく低い声だけだった。しかし、殴られた彼がぐったりして、気絶こそしなかったものの、うつろな目つきで身動きしなくなると、シーリアは悲鳴をあげ、恐怖と苦痛にわれを忘れた。一族の者たちが家のあちこちから慌ててばらばらと飛び出してきた。彼らはひと目見て、デイヴィッドがシーリアを強姦したと思いこんだにちがいない。彼の父親はたぶん折檻《せっかん》のために、息子を納屋《なや》へ引っ立てていった。だが納屋に入ると、父親はベルトを手に、激怒した、しかも奇妙に同情的な表情で、彼を見た。父親はデイヴィッドになにもしなかった。父親が身をひるがえして立ち去ったあと、ようやくデイヴィッドは涙がいまも顔を流れ落ちていることに気づいた。

一族のなかには、農場主と、二、三人の弁護士と、二人の医者と保険のブローカーと銀行家と製粉業者と金物屋と、その他の品物の小売商人たちがいた。デイヴィッドの父親は、谷に住む上流中産階級をお得意とする大きなデパートの所有者だった。その谷は地味が肥え、農場はどれも大きくて作物が青々と育っていた。少数の無能力者をのぞいて、自分の一族は当然かなり裕福なはずだと、デイヴィッドはつねに思っていた。親戚のなかでデイヴィッドが一番好きなのは、父親の弟のウォルトだった。みなが彼のことを、おじさんではなく、ドクター・ウォルトと呼んだ。ドクター・ウォルトは子供たちといっしょに遊んで、本気の場合はどこを殴ったらいいか、仲良し同士の喧嘩の場合はどこを殴ってはいけないかといった、おとなとしての心がまえを教えてくれた。一族のほかのだれよりもずっと前に、相手を子供あつかいするのをやめるべきときがわかるようだった。デイヴィッドがごく早くから科学者になろうと決心していたのは、ドクター・ウォルトのせいだった。

デイヴィッドがハーバードへ行ったのは十七歳のときだった。誕生日は九月だったが、彼はわざわざ家には帰らなかった。感謝祭に彼が戻り、身内が集まると、サムナーおじいさんが儀式である食前のマーティニをついで、グラスのひとつを彼に手渡した。そして、ウォーナーおじさんが彼に言った。「ボビーをどうしたらいいと思う?」

先んじて気づけるほど決してはっきりとは描かれないあの神秘な横断歩道に、彼は辿りついたのだった。彼は、特に好きなわけではなかったが、マーティニをすすり、子供時代が終わったことを知って、深い悲しさとさびしさを感じた。

デイヴィッドの二十三歳のクリスマスは、なんとなく焦点がずれていた。筋書はいつもどおりで、屋根裏部屋は子供たちで溢れ、食べ物のにおいも、降りしきる雪も、なにひとつ変わってはいなかったけれど、彼はそれを新たな位置から見ており、それはかつての不思議の国ではなかった。両親が帰宅したあとも、彼はウィストン農場に一日二日とどまって、シーリアの到着を待った。彼女は来たるべきブラジルへの旅の準備で、クリスマスの祝いの会には出席しそこなったのだが、かならず来ると、彼女の母親がウィストンおばあさんに断言したのだ。デイヴィッドは彼女を待ちながら、幸福でもなければ、報いられることを期待しているわけでもなかった。それどころかひどく腹が立ってきて、そのため彼は他人の罪でお仕置きされている少年さながらに、古い家のなかをやたらと歩きまわ《ま》った。

彼女が帰ってきて、母親と祖母とともに立っているのを目のあたりにすると、デイヴィッドの怒りは薄らいだ。それはまるで時間のゆがみのなかのシーリアを、現在と未来、あるいは過去のシーリアを見ているようだった。彼女の淡い色の髪はたいして変わらないだろうが、骨格はいっそう目立つようになり、ほとんど空虚と言っていい顔には、気づかいの、愛の、献身の、決定的な個性の、きゃしゃな身体からは想像もつかない強さのメッセージが、書かれることになるだろう。ウィストンおばあさんはきれいだなと彼は感心し、これまでその美しさにまったく気づかなかったことに驚いた。シーリアの母親は娘より美しかった。そして、彼は目の前の三人が自分の母親と似ているのに気づいた。言葉もなく、打ちひしがれて、彼はくるりと向き直り、家の裏手に行って、祖父の重い上着の一枚を着込んだ。いまはどうしても彼女を見たくなかったし、自分の外出着は表玄関のクローゼットにあって彼女の立っている場所に近すぎたからだ。

凍りつきそうな午後の大気のなかを、彼は長いこと歩いた――周囲にはほとんど目をくれず、ときおり、冷気が徐々に靴を貫き、耳の感覚もなくなりかけているのを知って身震いしながら。何度も引き返すべきだと思ったが、彼は歩き続けた。そしてふとわれにかえると、遠いむかしに一度祖父に連れられていったことのある古い森へ続く斜面を登っていた。登るにつれて身体は暖かくなり、たそがれの迫るころには、彼は時のはじめからそこに整然と立ち並ぶ木々の枝の下にいた。それらの木々はどれも同じだった。待っているのだ。いまひとたびおのれが進化のはしごを登りはじめる日を、永遠に待っているのだ。環境が変化したのちも元の場所にいすわっている種々の残存生物を見せるために、祖父はここへ彼を連れてきたのだった。ここのアメリカアサガラは大きな木ほどの高さに成長していた――斜面のふもとの低地帯では、いつまでも灌木《かんぼく》のままだというのに。ここではシロシナノキがドクニンジンやビターナット・ヒッコリーのかたわらに生え、ブナとかぐわしいトチノキが腕をからめていた。

「デイヴィッド」彼は立ち止まって耳を澄ませた。気のせいにちがいない。しかし、ふたたび彼を呼ぶ声がした。「デイヴィッド、ここにいるの?」

即座にふりかえると、がっしりした木々の幹のあいだにシーリアがいた。寒さと、斜面を登る激しい運動のせいで、その頬は真っ赤だった。目の青は、首に巻いたスカーフとそっくり同じ色だった。彼女は六フィートほど手前で足を止めると、口をあけてもう一度なにか言おうとしたが、やめた。そしてかわりに片方の手袋を脱いで、ブナの木のなめらかな幹にさわった。「ウィストンおじいさんはあたしもここに連れてきてくれたのよ。十二のときだったわ。おじいさんにとって、あたしたちがこの場所を理解することはとても大事だったんだわ」

デイヴィッドは頷いた。

それから彼女はいとこを見つめた。「なぜあんなふうに出ていってしまったの? みんな、あたしたちがまた喧嘩をはじめたと思うわ」

「するかもしれない」

彼女はにっこりした。「しないわ。もう二度と」

「そろそろ戻ったほうがいいな。あと何分かで暗くなる」けれど、彼は動かなかった。

「デイヴィッド、うちの母を納得させて、お願い。あなたなら、あたしが行かなければならないことを、なにかしなければならないことを、わかってくれるわね？　あなたはとても頭がいいと母は思っているの。あなたの言うことならきっと聞くわ」

彼は声をたてて笑った。「頭がいいったってせいぜい小犬なみに思われているだけさ」

シーリアは首を振った。「親世代に耳を貸してもらえるのはあなただけよ。あたしなんかまるで子供あつかいだわ。これからもきっとそう」

デイヴィッドは首を振ってほほえんだが、すぐまたまじめになって言った。「なぜ行くんだ、シーリア？　なにを証明しようっていうんだ？」

「ああもう、あなたがわかってくれないとしたら、だれがわかってくれるかしら？」彼女は深く息を吸った。「新聞は読んでいるんでしょう？　南アメリカの人たちが飢えているのよ。南アメリカの大部分は、いますぐ救助の手がさしのべられなければ、ここ十年以内に飢饉の状態になる。なのに、熱帯の農耕方式について本当の研究をした人はまだだれもいないの。実質的にだれもいないのよ。すべて紅土《ラテライト》が問題なんだけど、住民はそのことを理解していない。人々は森に入って木々と下ばえを焼きはらう。そして二、三年もすると、日干しにされ鉄のように固くなった平野が広がっているというわけ。たしかに、何人かの優秀な若い学生がここに送られてきて、現代的な農業を学んでいるわ。でも彼らが行くのはアイオワとかカンザスとかミネソタとか、見当ちがいの土地ばかり。彼らが学ぶのは温帯の気候に適した農耕方式であって、熱帯に適したものではないのよ。そこで、あたしたちは熱帯農業の教育を受けて、いよいよ南アメリカで、実地に、講義をはじめることになったの。あたしはそのための教育を受けたのよ。この計画で博士号を取るつもり」

ウィストン家は農場を経営していて、過去においてもつねに農場主だった。ウィストンおじいさんが一度こう言ったことがある。「耕地の管理人だ、所有者ではない、ただの管理人だ」と。

シーリアは手を下に伸ばして、大地の表面を覆う枯葉とごみをかき分け、黒い土をてのひらにいっぱいすくって身体を起こした。「飢饉が広がりつつあるわ。とても多くのものが必要とされている。そしてあたしには与えるものがとてもたくさんあるのよ！　それがあなたにはわからないの？」彼女は手を強く握りしめ、土を丸く固めた。そのかたまりは、彼女が手を広げて人差し指で触れると、ふたたび崩れた。彼女は手から土を落とすと、あらわにされた場所を枯葉の保護膜で注意深くもと通りに隠した。

「きみはぼくに別れを告げるためにあとを追ってきたんだな？」と、ふいにデイヴィッドは言った。その声は荒々しかった。「今度こそ本当のさよならなんだ、そうだろう？」彼はシーリアを見守った。ゆっくりと、彼女は頷いた。「仲間のなかにだれかいるのか?」

「どうかしら。ひょっとしたらね」彼女は頭を下げると、ふたたび手袋をはめようとした。

「心を決めたつもりでいたの。でも玄関であなたを見たら、あたしが入っていったときのあなたの表情を見たら……自分で自分がわからないことに気づいたの」

「シーリア、聞いてくれ! 表面に出るような遺伝的欠陥はなにもないんだ! くそ、きみもそれは知っているはずだぞ! たとえそうした欠陥があったって、子供を作らないだけのことさ。でも理由はない。わかるだろう?」

彼女は頷いた。「ええ」

「頼む! いっしょに来てくれ、シーリア。いますぐ結婚しなくたっていい、まずみんなをこの考えになれさせるんだ。きっとなれるさ。いつだってそうだ。ぼくたちの一族は立ち直るのが早いからね、きみもぼくもだ。シーリア、愛しているよ」

彼女は顔をそむけた。デイヴィッドは彼女が泣いているのを見た。彼女は手袋で、次いでむきだしの手で、両の頬をぬぐった。泥の筋があとに残った。デイヴィッドは彼女を引き寄せ、抱きしめて、彼女の涙に、頬に、くちびるに、キスした。そして彼は言い続けた。「愛しているよ、シーリア」と。

彼女はようやく身を引くと、斜面を下りはじめた。デイヴィッドはあとを追った。「いまはなにも決められない。ひどいことをするのね。家にいればよかった。こんなところまで追いかけてくるんじゃなかった。デイヴィッド、あたしは二日したら行く約束になっているの。気が変わったなんてとても言えない。あたしには大事なことなの。南の人たちにとってもね。行かないことに決めたりはできない。あなたは一年間オックスフォードに行ったでしょ。あたしもなにかしなければならないのよ」

デイヴィッドは彼女の腕をつかんでほっそりした身体を抱き、彼女がふたたび先へ進むのを止めた。「愛していると言ってくれ。頼む、一度だけ、言ってくれ」

「愛しているわ」と、彼女はとてもゆっくり言った。

「どのくらい行っているんだ？」

「三年よ。契約書に署名したの」

彼は信じられないという目つきでシーリアを見つめた。「変えるんだ！　一年にするんだ。そのころにはぼくは大学院を出ている。きみはここで教えればいい。むこうの優秀な若い学生たちをきみのところへ来させるのさ」

「もう帰りましょう。さもないと捜索隊が来るわ」と、彼女は言った。それから低い声で、「なんとか変えるようにする。できればの話だけど」

二日後に、彼女は出発した。

デイヴィッドは大みそかの夜を、サムナー農場で、両親と、おじ、おば、いとこの群とともに過ごした。元日に、サムナーおじいさんが発表した。「ベア川の発電所のこちら側に、われわれは病院を建設中だ」

デイヴィッドはとまどった。その場所はこの農場から一マイルばかり離れていたし、ほかのなにものからも数マイルは離れていたのだ。「病院ですか?」彼はウォルトおじさんを見た。ウォルトは頷いた。

クラレンスは手に持ったエッグノッグをむっつりと眺めており、兄弟の三番目であるデイヴィッドの父は、パイプからうねうねと立ち昇る煙を見守っていた。みなはもう知っているのだと、デイヴィッドは悟った。「なぜこんな上流に?」と、とうとう彼は訊ねた。

「研究所兼病院になる予定だ」と、ウォルトが言った。「遺伝的な病気や欠陥などのね。ベッド数は二百だ」

デイヴィッドは信じられずに首を振った。「そういうものにどれほど費用がかかるかわかっているんですか? だれが出資しているんです?」

祖父が皮肉な笑い声を立てた。「バーク上院議員が連邦政府から資金が出るよう親切に手配してくれてな」彼の口調はいっそう辛辣になった。「それに、わしも一族の何人かを言いくるめて、少々金を手に入れた」デイヴィッドはクラレンスをちらりと見た。クラレンスはいまいましげだった。「土地はわしが提供するつもりだ」と、サムナーおじいさんは続けた。「こんなふうに、あちこちで支援してくれたというわけだ」

「でも、なぜバークがそんなことを? あなたはいまだかつて選挙で彼に投票したことはないはずですよ」

「われわれが調べてきた事実を洗いざらい明るみに出して、対立候補を支持すると言ってやったのさ。たとえやつが下品で乱暴な男でも、われわれはやつを支持するさ。近頃は一族の人数も多いからな、デイヴィッド。ちょっとした数だ」

「なるほど、降参です」デイヴィッドはまだすっかりは信じられなかった。「開業医をやめて研究生活に入るんですか？」と、彼はウォルトにきいた。おじは頷いた。デイヴィッドは自分のエッグノッグを飲み干した。

ウォルトが静かに言った。「デイヴィッド、きみを雇いたい」

彼はすばやく顔を上げた。「なぜ？　ぼくは医学の研究に進む気はありません」

「きみの専門がなにかは心得ている」と、ウォルトがあいかわらず静かに答えた。「顧問になってほしいんだ。そしていずれは研究部門を指導してほしい」

「でもぼくはまだ学位論文を書き終えてさえいないんですよ」デイヴィッドは、たまたまマリファナ・パーティーにでもまぎれこんだような気分だった。

「きみはもう一年セルニックの退屈な仕事をしたあげくに、ようやくここで少し、あそこで少しと論文を書くことになるわけだ。時間があれば、一月で書けるんじゃないのか？」デイヴィッドはしぶしぶ頷いた。「わかっているさ」ウォルトはかすかに微笑した。「きみは非現実的な馬鹿げた夢のために一生の仕事を捨てるようにたのまれていると思っているんだろう」そして彼がこうつけ足したとき、その顔から微笑はまったく消えていた。「だがな、デイヴィッド、だれの一生もせいぜいあと二年から四年でおしまいだとわれわれは信じているんだ」

2

デイヴィッドはおじから父親へ、部屋のなかのほかのおじたちといとこたちへ、そして最後に祖父へと視線を移し、途方にくれて首を振った。「正気とは思えないな。いったいなんの話です？」

サムナーおじいさんが激しく息を吐いた。彼はがっしりした胸と高くもりあがった二頭筋を持つ大男で、その手はバスケットボールがのるほど大きかった。しかし、なによりも目につく特徴は、頭だった。それは巨人の頭だった。長年のあいだ農地を耕作し、みずから働かなくなってからもほかの者たちの監督をしていたというのに、彼は時間を見つけては、デイヴィッドの知るほかのだれよりもたくさん本を読んでいた。現代のベストセラーをのぞいて、彼が知らなかったりまだ読んでいない本の名をあげることは、だれにもできなかった。そのうえ、彼は読んだことを覚えていた。彼の書庫はたいていの公共図書館よりもりっぱだった。

すぐさま彼は身を乗り出して口を開いた。「わしの言うことを聞け、デイヴィッド。しっかり聞くんだ。あのくそいまいましい政府は、わしがこれから話すことをまだあえて認めようとはせん。われわれは、この国の経済を、そして地球上のほかのあらゆる国の経済を、なんぴとたりと夢想だにしなかった奈落へ一挙に引きずりこむであろう最初の地滑りに巻きこまれようとしているのだ。

「その兆候がわしにはわかるのだよ。汚染はだれも気づかぬうちにわれわれを蝕《むしば》んでいる。大気中の放射能はヒロシマ以来かつてないほど増えている――フランスの実験、中国の実験といったあんばいでな。漏れとるんだ。大気中の放射能がすべてなにに由来するかは神のみぞ知るさ。数年前に、人口増加率はゼロになった。われわれは努力しているが、ほかの国々はやはり同じ状態になりつつあるのになにも手を打とうとしていないんだ。たったいま、世界の四分の一は飢饉に見舞われている。いまから十年後の話ではない、半年後の話でもない。飢饉はいま現に存在し、これでもう三、四年になるが、いっそう悪化しつつある。神が疫病によりエジプト人を苦しめられて以来かつてないほど病気が蔓延している。どの病気も正体不明だ。

「これまでになく多くの旱魃と洪水が起こっている。イギリスは砂漠へと変わりかけており、沼沢地と湿原は干上がりつつある。あらゆる種類の魚が消えてしまった。完全にいなくなってしまったのだ。それもほんの一、二年でな。カタクチイワシはどこかへ行ってしまった。

タラの加工業はだめになった。捕獲されるタラが病気にかかっていて利用に適さないのだ。南北アメリカの西海岸では魚はまったく獲れない。

「蛋白質を含む作物は残らず疫病にやられていて、ますますひどくなるばかりだ。トウモロコシの虫害、小麦のさび病、大豆の枯死とな。いまでは食物の輸出は制限されている。来年には完全に止められるだろう。だれひとり夢にも思わなかったほど多種の物資の不足が生じかけているのだ。錫、銅、アルミニウム、紙。塩素も確実だ！　ある日突然、飲料水を浄化することさえできなくなったら、いったいどうなると思う？」

語るにつれて彼の顔は暗くなっていった。そして激しく怒りを募らせながら、彼は決して答えの得られない質問をデイヴィッドに投げかけた。デイヴィッドは言うべきことばのないままに、彼を見つめた。

「そのうえ、こうした事態にたいし連中はなすすべを知らん」と、祖父は続けた。「恐竜に自分たちの絶滅を止める方法がわからなかったのと同じことだ。われわれはおのれの大気の光化学的反応を変えてしまった。だが生き残れるほど早く新しい放射能に適応することはできん！　これが重要な問題だということが、あちこちでほのめかされてきた。しかしだれが耳を貸す？　馬鹿者どもは災害をことごとく特定の土地の状況のせいにして、すべて世界規模の現象であるという事実から背を向けるだろう。そしてしまいには、なにか手を打とうにも手遅れになるのだ」

「でも、だからといって、なにができるというんです？」と、デイヴィッドは訊ね、支持を求めてドクター・ウォルトに目を向けた。が、むだだった。

「工場を止め、飛行機を離陸させず、採鉱をやめ、車を廃棄処分にするのだ。しかし、連中はそんなことは決してしないだろうし、たとえしたとしても、やはり破局は来るだろう。破局は突然いたるところにやって来るはずだ。今後数年以内にだ、デイヴィッド。かならずやって来る」祖父はそれからエッグノッグを飲んで、クリスタルガラスのコップをいきおいよく置いた。その音にデイヴィッドは飛びあがった。

「人間が岩肌にさまざまの記号を刻みはじめて以来、最大の経済的衰退が訪れるだろう、間違いない！　だが、われわれはそれにたいして準備を整えつつあるのだ！　わしに手抜かりはない！　われわれは土地を手に入れ、それを耕《たがや》す人間を手に入れてきた。これからいよいよ病院を建設し、家畜と仲間を生かし続けるために各種の方法で研究をおこなうのだ。世界が大混乱に陥ってもわれわれは生き延びるだろうし、世界中の人々が飢えてもわれわれは空腹を知らずにいるだろう」

ふいに彼は口をつぐみ、目を細めてデイヴィッドを凝視した。「わしは言った、おまえはわれわれがみな発狂したものと信じてここを去るだろう、とな。だがおまえは帰ってくる、デイヴィッド。ハナミズキの花が咲かないうちにきっと帰ってくる。なぜなら、兆候に気づくに違いないからだ」

デイヴィッドは学校と学位論文とセルニックから与えられた退屈な作業にと戻った。シーリアから手紙は来ず、彼はいとこの住所を知らなかった。息子の質問に答えて、彼の母親はだれも彼女からそれを聞いていないことを認めた。二月に、食糧の輸出停止にたいする報復として、日本が合衆国と自国とのより以上の通商を不可能とする貿易制限を可決した。日本と中国は相互扶助条約に署名した。三月に、日本がフィリピンを占領し、その水田をわがものとすると、中国は長期に亘《わた》り中断していたインドシナ半島の信託統治を再開し、カンボジアとヴェトナムの水田を支配下に置いた。

コレラがローマ、ロサンジェルス、ガルヴェストン、そしてサヴァンナを襲った。サウジアラビア、クウェート、ヨルダンその他のアラブ圏の国々は最後通牒を提示した。合衆国はアラブ圏にたいして一年分の小麦を保証し、イスラエルにたいするすべての援助を中止しなければならない、さもないと合衆国にもヨーロッパにも石油は供給されないだろう、というわけだ。アラブ諸国は、合衆国が彼らの要求に応じられないということを信じようとしなかった。外国旅行がただちに制限され、政府は、大統領命令により、内閣と同じ地位を持つ新たな部門を組織した。情報局である。

デイヴィッドが帰郷したときには、晴れた、五月独特のおだやかな空を背景に、アメリカハナズオウがピンクのおぼろなかすみとなっていた。彼は服を着替えて何箱もの大学の記念品を捨てるあいだだけ自分の家の横に車を止めると、すぐさまサムナー農場へ向かった。ウォルトがそこに滞在して、病院の建設を監督しているのだ。

ウォルトの事務所が一階にあった。なかは本と、ノートと、設計図と、通信文書とでごったがえしていた。デイヴィッドは彼に、まるでどこにも行っていなかったかのように迎えられた。「見てくれ」と、ウォルトは言った。「センプルとフレラーのこの研究だ。どう思う？ クローニングによって生み出されたハツカネズミの第一世代はなんらの逸脱も、生存能力や生長力におけるなんらの変質も示さず、第二世代も第三世代もそれは同様だ。しかし第四世代になると、生存能力は急激に衰えた。そして絶滅への、着実で逆行不可能な歩みがはじまった。なぜだ？」

デイヴィッドは椅子の上で身を固くし、ウォルトを見つめた。「どうやってそいつを手に入れたんです？」

「ヴラシックさ」とウォルト。「いっしょに医大に行ったんだ。やつとおれは別々の方向に進んだ。ここ何年かずっと文通していてね。頼んだのさ」

「彼の仕事を知っていますか？」

「ああ。やつのアカゲザルは第四世代で同じ衰弱を示し、絶滅へと進んだ」

「正確にはちがいます」と、デイヴィッドは言った。「彼は去年、仕事を中止しなければならなかったんです——資金がなくなって。だから、そのあとの変種の平均余命はわからないんです。しかし衰弱は第三クローン世代ではじまります。生殖能力の衰弱がね。彼は各々のクローン世代を有性生殖させて、子孫が正常かどうか調べていました。第三クローン世代には二十五パーセントの生殖能力しかありませんでした。有性生殖で生まれた子の生殖能力は同じパーセンテージではじまりました。そして実際上、生殖能力は有性生殖による子孫の五世代目まで低下してゆき、それからまた上昇をはじめました。実験を続けていれば、おそらくふたたび正常に戻ったでしょう」

ウォルトはじっと彼を見守り、ときどき頷いていた。デイヴィッドは続けた。「それはクローン3の血統でした。クローン4の血統の場合は激しい変化が起こりました。いくつかの異常があり、平均余命は十七パーセント落ちました。異常を持つ個体はすべて不妊でした。生殖能力は大体において四十八パーセント落ちました。有性生殖による世代が重なるにつれて、状況は悪化の一途を辿りました。五世代目までに、一、二時間以上生きのびる子は皆無になりました。クローン4の血統についてはこれでおしまいです。クローン4の血統をもう一度クローニングさせると結果はさらに悪くなりました。クローン5の血統には複数のはなはだしい異常があり、全個体が不妊でした。平均余命は全うされませんでした。クローン6の血統は存在しませんでした。生き残った個体がなかったのです」

「行き止まりだ」ウォルトは雑誌と抜書きの山を指さした。「そいつがどれも時代遅れで、ひょっとしてもっと新しい方法があるか、でなければ、数字に誤りが見つかるかすればいいと思っていたんだがね。すると、分岐点は第三世代なんだな？」

デイヴィッドは肩をすくめた。「ぼくの知識が時代遅れだということもありえます。ヴラシックは去年やめましたが、センプルとフレラーはいまも取り組んでいます。いえ、先月まで取り組んでいたのはたしかです。彼らがぼくの知らない新しい事実をなにかつかんでいるかもしれません。家畜のことを考えているんですか？」

「もちろんだ。うわさは聞いたか？　繁殖がうまくいっていないんだ。数字は手に入らないが、われわれのところにも家畜がいる。今では半分に減ってしまった」

「いくらか耳にはしています。情報局が否定したんじゃありませんか」

「本当のことだ」ウォルトは冷静だった。

「この方面の研究がおこなわれているにちがいありません。だれかが仕事を進めているはずです」

「たとえそうでも、だれひとりそのことを教えてくれないのでね」ウォルトは苦々しげに声をたてて笑い、立ち上がった。

「病院用の資材は入手できるんですか？」と、デイヴィッドはきいた。

「ここしばらくはな。当然ながら、明日という日はないかのような突貫工事だ。それに、目下のところは金の心配もない。なにに使ったらいいのか見当もつかないものがいろいろ送られてくるだろうが、思いつくかぎりのものをすべて注文しておいたほうが、来年になって本当に必要なものが手もとにないと気づくよりもいいだろうと思ったんだ」

デイヴィッドは窓のところへ行き、農場を見渡した。緑がすでに大地をあざやかに覆っていた。春はとどまることなく夏に席をゆずり、トウモロコシは畑で、つややかな、絹毛に覆われた緑の葉を伸ばすだろう。ちょうどいつものように。「研究所の備品の注文票と、もう届いているものをざっと見せてください」と、彼は言った。「そのあとで、ぼくに東海岸への旅行許可を出してもらえるかどうかたしかめようじゃありませんか。センプルに話をします。何度か会ったことがあるんです。もしもだれかがなにかしているとしたら、それはあのチームです」

「セルニックはなんの研究をしているんだ？」

「なにもしていません。彼は助成金を打ち切られ、彼の学生たちは即座に追い払われました」デイヴィッドはふいにおじにむかってにやりとした。「ほら、丘の上のハナミズキがいまにもつぼみをほころばせようとしているのが見えますよ。あちこちの枝でもう花が開きかけている」

3

デイヴィッドは疲れきっていた。全身の筋肉が同時に痛むように思われ、頭はずきずきしていた。九日間というもの彼は東海岸へ、ハーヴァードへ、ワシントンへと大いそがしで、いまは眠りたいだけだった。たとえ知らぬまに世界がきしりながら止まっても、かまわなかった。ワシントンからリッチモンドへは汽車に乗ったのだが、リッチモンドでは車を借りることができず、また、車が手に入ったとしてもガソリンを買うことができなかったので、自転車を盗んで残りの道のりをペダルを踏んできたのだった。自分の脚がこれほどひどく痛むとは夢にも思わなかった。

「ワシントンのやつらに意見を聞いてもらえそうにないというのはたしかか？」と、サムナーおじいさんはきいた。

「だれも預言者の言葉には耳を貸したがりませんからね」と、デイヴィッドは答えた。セルニックがその預言者のひとりとして、デイヴィッドに手短かに話してくれたのだった。政府は来たるべき破局の重大さを認め、それを防ぐか、でなければ少なくとも軽減するための厳正な手段を講じなければならないのに、それどころか、秋までに明らかになるはずの来たるべき景気の上昇を宣伝する派手なポスターを描くほうを選んだのだ。今後半年のあいだ、分別と金のある人々は買えるものをなにもかも買うことに全力を注ぐだろう。なぜなら、その猶予期間を過ぎれば、買うものはなにもなくなるだろうからだ。

「セルニックが、自分の設備を買うよう申しこむべきだというんです。学校側はそいつをいますぐ処分できるチャンスに飛びつくでしょう。安いですよ」デイヴィッドは笑った。「大安売りだ。二十五万てところじゃないかな」

「申しこめ」と、サムナーおじいさんはぶっきらぼうに言った。ウォルトも考えこんだ表情で頷いた。

デイヴィッドはよろめくように立ち上がり、首を振った。それから二人に手を振ると、ベッドに行った。

人々はあいかわらず勤めに出ていた。工場は、以前ほどではないにしろ、そして不要不急のものには手が回らないにしろ、あいかわらず生産を続けていたが、しかしどこも石炭への転換をできるだけ急いでいた。彼は暗くなった都市のことを、さびつきかけた無数のトラックのことを、畑で腐りつつあるトウモロコシと小麦のことを考えた。また、さまざまな主義主張のために口論し、争い、社会運動にはげむ上層部局のことも。筋肉の痙攣がおさまり、彼がようやく静かに横になることができたのは、だいぶ時間がたってからだったし、なんとか心を休めて眠りに落ちたのは、さらにあとのことだった。

病院の建設工事は、可能と思われた以上に早く進んでいた。作業は二交替でおこなわれた。またもや、費用などくそくらえの実例だった。封をしたままの実験装置の枠箱と紙箱が、必要なときが来るまでそれらを置いておくために建てられた細長い倉庫に、次々と運びこまれた。デイヴィッドは急造の研究所にかよって、フレラーとセンプルのテストを再現しようとした。そして七月のはじめに、ハリー・ヴラシックが農場に到着した。彼は背が低く、太っていて、近視で、かんしゃく持ちだった。物理学科の学部生がアインシュタインに示すであろうものと同じ畏怖と尊敬の念をもって、デイヴィッドは彼を見た。

「よろしい」と、ヴラシックは言った。「トウモロコシは不作だ。案の上な。単一栽培か！ ふん！ 小麦の六十パーセントは貯蔵されるだろうが、それぐらいの量がせいぜいだ。この冬さ、ハッ、冬まで待ってみるんだな！ さて、洞窟はどこだ？」

彼らはヴラシックを洞窟の入口へ連れていった。それは病院から百ヤードちょっとのところにあった。なかに入ると、彼らは角燈《ランタン》を使った。洞窟は主要部分の長さが一マイル以上あり、何本かの枝道がもっと小さな区域へと通じていた。いっそう細い通路の一本の奥深くを、黒く、静かな川が流れていた。湧き水で、良い水だった。ヴラシックは何度も頷いた。「けっこう。これならうまくいくだろう。研究所はすべてあそこの、病院から続いている地下道に入るから、汚染については安全だ。申し分ない」

彼らはその夏、一日に十六時間働き、秋を迎えた。十月に、インフルエンザの第一波がこの国を襲い、一九一七年から一九一八年にかけての流行よりさらに猛威をふるった。十一月には新しい病気が現われ、あちこちでペストだとささやかれたが、政府情報局はインフルエンザだと主張した。サムナーおじいさんは十一月に死んだ。デイヴィッドははじめて、自分とウォルトが想像を絶する莫大な遺産の唯一の受取人であることを知った。しかも、その遺産は現金だった。サムナーおじいさんはこの二年のあいだに、可能なものはすべて現金に換えてきたのだった。

十二月になると、一族の者たちがやって来はじめた。彼らは谷中に散らばる町や村や都市を捨てて、病院とその関連施設に住み着いた。配給制度と、闇市と、インフレと、略奪とが、都市を戦場に変えてしまった。そして、政府はあらゆる法人の資産を残らず凍結しようとしていた——許可なしにはなにも売買できなかった。軍が建物を占領し、政府の職員が、やむをえずはじめられたきびしい配給制度を監督していた。

一族は在庫品をいっしょに持って来た。ジェレミー・ストライトは、トラック四台分の金属製品を。エディー・ボーシャンは歯科医療器械を。デイヴィッドの父親は自分のデパートから運べるものをすべて。一族は多角的な投資をしていたので、考えうるほぼあらゆる商売と職業の領域から、各々を代表する補給品があった。

ラジオとテレビが機能を停止したことで、政府は拡がりつつある恐怖に対処する方法を失なった。十二月二十八日に戒厳令が布告された。半年ばかり手遅れだった。

春雨《しゅんう》がふりだしたころには、八歳以下の子供はひとりも残っていなかった。そして谷の上流にはじめ集まった三一九名の人々は、しだいに減って、二〇一名になっていた。都市ではとむらいの鐘の音が前よりはるかに高らかに鳴っていた。

デイヴィッドは、豚の胎児の解剖の下調べをした。豚の胎児はしわくちゃで干からびていて、骨は柔らかすぎ、リンパ腺はこぶだらけで固かった。なぜだ？　なぜ第四世代はだめになるのだろう？　ハリー・ヴラシックがちょっとのぞきに来て、すぐ歩み去った——頭を垂れてなにか考えこみながら。彼でさえ答えを出すことはできないのだと、デイヴィッドはなかば満足して思った。

その夜、デイヴィッドとウォルトとヴラシックは、全体の状況をふたたび検討するために集まった。彼らのところには、クローニングと第三世代の有性生殖とによって、二百人の人間を長いあいだ養えるだけの家畜がいた。ニワトリ、豚、牛。彼らは一度に四百匹までの動物をクローニングで増やすことができた。だが、そのきざしが見えているように、家畜がみな不妊になってしまったら、食料の供給は限られてくる。

年上の二人の男を見守りながら、デイヴィッドは彼らがもうひとつの疑問をわざと避けているのに気づいた。もし人間も不妊になったら、いつまで食料の供給を続ける必要があるだろう？　彼は言った。「不妊のネズミの品種を分離し、クローニングで増やして、クローンの新しい世代ごとに繁殖力が回復しているかどうか調べるべきです」

ヴラシックは眉を寄せて首を振った。「学部生が十人ばかりいればの話だな」そっけない口調だった。

デイヴィッドはふいにかっとなった。「どうしてもはっきりさせなければならないんです。

あなたたち二人のふるまいを見ていると、まるでこれがほんの数年の非常時を乗り切るための五年計画かなにかみたいだ。全然そうじゃないとしたら？　不妊を引き起こすものがなんであれ、それはどの動物にも発現しているんです。どうしても突き止めなければ」

ウォルトがデイヴィッドをちらりと見て口を開いた。「われわれにはそういった研究をするための時間も設備もないんだ」

「そんなのは嘘だ」と、デイヴィッドはきっぱり言った。「必要なだけの電気を賄《まかな》うことができます。充分以上の動力です。まだ荷おろしさえしていない備品もあるし……」

「それを使える人間がいまのところひとりもいないからだ」と、ウォルトは辛抱強く答えた。

「ぼくがいます。ひまなときにやりますよ」

「ひまなときというのはいつのことだ？」

「見つけます」彼はウォルトを凝視した。やがておじは肩をすくめて許可した。

六月に、デイヴィッドは仮定的な答えを得た。「A_4変種には二十五パーセントの生殖能力があります」と、彼は言った。ヴラシックは過去三、四週間というもの彼の仕事を見守っていたので、驚かなかった。

ウォルトは信じられないといった表情で彼を見つめた。そして、しばらくして、「それはたしかか？」とささやいた。

「クローニングで増やされた不妊のネズミの第四世代は、すべてのクローンがそのときまでに示すのと同じ衰弱を示しました」デイヴィッドの声はいかにも疲れていた。「しかし、それらのネズミには二十五パーセントの繁殖力の要因もまた存在しました。有性生殖により子を作らせると、それらの子の寿命は短くなりますが、繁殖力のある個体の数は増えます。この傾向は六世代目まで続き、有性生殖による六世代目では繁殖力は九十四パーセントに達して、平均余命はふたたび上昇をはじめ、以降は着実に正常への道を辿ります」彼はすべてを図表にしており、ウォルトはさっそくそれらの図表を調べた。A、A_1、A_2、A_3、A_4、そして有性生殖によるそれらの子孫、a、a_1、a_2……。A_4のあとのクローン変種は存在しなかった。おとなになるまで生きる個体が皆無だったのだ。

　デイヴィッドは椅子の背にもたれて目をつぶり、ベッドと、首まで引っぱりあげた毛布と、深い、深い眠りのことを考えた。「より高等な生物は、有性生殖をおこなわなければなりません。さもなければ絶滅するだけですし、実際、有性生殖をおこなう力は存在します。なにかが記憶をよみがえらせて、おのれを癒《いや》すのです」彼は夢見るように続けた。

「それを公にしたら、きみは有名人になるぞ」と、ヴラシックが片手をデイヴィッドの肩に置いて言った。ヴラシックは次いでウォルトのとなりに行って腰をおろすと、ウォルトが見逃すかもしれないこまかな点をいくつか指摘した。「みごとな仕事だ」ページを繰りながら目を輝かせて、彼は静かに言った。「すばらしい」それから、デイヴィッドにちらりと視線を戻して、「むろんきみは、自分の仕事がほかに暗示する事柄に気づいているだろうな」

デイヴィッドは目をあけてヴラシックを見返し、頷いた。とまどった様子で、ウォルトは彼らの顔を交互に見くらべた。デイヴィッドは立ちあがって伸びをすると言った。「ぼくはもう眠らないと」

だが、彼が眠ったのはだいぶあとのことだった。彼は病院に個室を持っていて、ほかの者たちより幸運だった。大部分の者は相部屋だったのだ。病院には二百以上のベッドがあったが、個室はほとんどなかった。ぼくの仕事が暗示する事柄か、と彼は考えた。それらについては最初から気づいていた。もっとも、当時は自分にたいしてさえそれを認めていなかったし、いまもそのことを話しあう心がまえはできていなかったが。それらはまだ確実ではなかった。一年半の不妊状態ののちに、女たちのうちの三人がようやく身ごもっていた。マーガレットは出産間近で、赤ん坊は目下、元気よく母親の腹をけとばしていた。あと五週間だ、と彼は思った。あと五週間たてば、ひょっとして彼は自分の仕事が暗示する事柄について話しあわずにすむかもしれない

しかしマーガレットは五週間待たなかった。二週間後に、彼女は子供を死産した。翌週ゼルダが流産し、そのまた次の週にはメイが赤ん坊を失った。その夏は雨のせいで、野菜畑に野菜の種をまく以外なにも農作業はできなかった。

ウォルトは人々の繁殖力のテストをはじめ、デイヴィッドとヴラシックに、谷の住民がだれひとり子供を作る能力を持たないことを報告した。

「となると、いまやデイヴィッドの仕事の重要性を認めざるをえんな」と、ヴラシックはおだやかに言った。

4

来る日も来る日も激しく降り続く氷のように冷たい雨に包まれて、はやばやと冬が来た。研究所での作業が増え、デイヴィッドはいつのまにか祖父がセルニックの備品を買ったことをのろっていた。セルニックの備品には、偽似羊水のためのコンピュータ・プログラムに関するほぼ完成された著作に加えて、人工の胎盤を作るためのくわしい指示がついていた。デイヴィッドが備品についてセルニックに相談しに行くと、セルニックはなにもかも引き取るのでなければやめろと、気が狂ったように——と、デイヴィッドはそのとき思った——言い張った。セルニックの口調は荒々しかった。「いまにわかるさ。いまにわかる」翌週、セルニックは首をつり、備品はヴァージニア渓谷への旅の途中にあった。

彼らは研究所で働き、眠り、食事のときだけそこを離れた。冬の雨は春の雨に道をあけ、新たなおだやかさが大気にみなぎった。

研究所での作業のことを考えながら食堂を出ようとしたデイヴィッドはだれかが腕を引っ

ぱるのに気づいた。彼の母だった。顔を合わせるのは何週間かぶりだったが、母に引き止められなければ、彼は軽く「やあ」と言ってさっさとそこを通り過ぎていたろう。母の様子はいつもと違っていて、子供のようだった。彼は横を向いて窓の外を眺め、母が腕を離してくれるのを待った。

「シーリアが帰ってくるわ」と、母は低く言った。「元気だそうよ」

デイヴィッドは全身が凍りついたような気がした。窓の外にあいかわらず目をこらしてはいたが、なにも見えなかった。「いまどこにいるんです?」安い紙がカサカサいう音に彼は耳を澄ませた。そして、どうやら母に答えるつもりがないらしいとわかると、ぐるりと向き直った。「いったいどこにいるんです?」

「マイアミよ」と、二ページほど目を通したすえに、ようやく母は言った。「消印はマイアミだわ、たぶん。二週間以上前に出されてるわ。日付は五月二十八日よ。あの子、あたしたちからの便りは一通も受け取っていなかったのね」母はデイヴィッドの手に手紙を押しこんだ。涙が目から溢れたが、それをぬぐおうともせずに、彼女は歩み去った。

母が食堂を出ていってしまうまで、デイヴィッドは手紙を読まなかった。〝わたしはコロンビアにしばらくいました。八カ月ほどだと思います。そして、だれもその名を言いたがらない軽い病気にかかりました〟筆跡はか弱くてたよりなかった。すると彼女は健康ではないのだ。彼はウォルトを捜した。

「すぐむかえに行かなければ。彼女をウィストン邸の連中に会わせるわけにはいきませんからね」

「いまここを離れることができないのはわかっているだろう」

「できるできないの問題じゃありません。そうしなければならないんです」

ウォルトは少しのあいだ彼をまじまじと見てから、肩をすくめた。「どうやってあそこまで行って戻ってくるつもりだ？　ガソリンはないんだぞ。知ってのとおり、収穫のため以外に使うわけにいかんのだ」

「心得ています」と、デイヴィッドはもどかしげに答えた。「マイクに荷車を引かせていくつもりです。ずっといなか道を辿っていけると思います」彼には、自分がしたようにウォルトが所要時間を計算しているのがわかった。自分の顔がこわばり、両手がこぶしを作るのを感じた。ウォルトは頷いただけだった。「あすの朝、明るくなりしだい出発します」ふたたびウォルトは頷いた。「ありがとう」と、ふいにデイヴィッドは言った――議論しないですんだことについて、二人とも気づいている事実を指摘しないですんだことについて。シーリアをいつまで待たなければならないか知るてだてはなにもなかったし、彼女はそもそも農場にすら辿りつけないかもしれないのだ。

ウィストン農場から三マイルのところで、デイヴィッドは荷車を切り離し、密生した下ばえのなかに隠した。そして舗装されていない道から出たところに残る車輪のあとをきれいに掃き消すとマイクを森の奥に引いていった。すさまじい雨のせいで、空気は熱く、重かった。左手から、とどまることを知らず荒れ狂う〈ひねくれ川〉のとどろきが聞こえた。地面がスポンジさながらだったので、彼は注意深く歩いた。この低地のぬるぬるした柔らかな泥にひざまで沈みたくはなかった。ウィストン農場はつねに水害にさらされていた。洪水は地味を肥やす、とウィストンおじいさんは言い張ったものだ——周期的に猛威をふるうからといって、自然をけなすまいとして。「神はこの一区画の土地を来る年も来る年も耐え忍ばせようと計画されたわけではない」と、祖父は言った。「いつかは大地が休息を必要とするときが来る。おまえやわしと同様にな。今年をそのときにしようじゃないか、地面が乾いたらいくらかクローバーをまいてな」

デイヴィッドは、マイクを引いたまま、斜面を登りはじめた。マイクはときどき彼にむかって低くいなないた。「小山までさ、相棒」と、デイヴィッドは静かに話しかけた。「あそこに着いたら、彼女が来るまでのんびり草を食べていていいぞ」

ウィストンおじいさんが、デイヴィッドが十二歳のときに、一度その小山に連れていってくれたのだった。彼はその日のことを覚えていた。ちょうどきょうみたいに暑くてひっそりしていたな、と彼は思った。ウィストンおじいさんは背筋をしゃんと伸ばしていて、たくましかった。小山の上で、祖父は足を止め、ホワイトオークの木のがっしりした幹に触れた。「この木はあの谷間のインディアンを見たんだ、デイヴィッド。次に最初の開拓民を、そしてはるばるやってきたわしのひいじいさんをな。この木はわしらの友達だ。この木は一族の秘密をすべて知っている」

「ここもやっぱりおじいちゃんの土地なの？」

「この木のところまでな。むこう側は国有林だが、この木は、わしらの土地に生えている。そしておまえのものでもある。いずれおまえもここに登ってきて、この木に手をあて、これがおまえの友達だということを知るだろう。ちょうど、わしの生涯の友であってくれたようにな。もしもだれかが斧を入れるようなことがあったら、神よ、わしらをみなお助けください」

　彼らはその日、小山の反対側を下り、それから、今度はいっそう長くけわしい斜面をふたたび登った。やがて、いま一度、祖父はしばらくのあいだ立ち止まり、デイヴィッドの肩に片手をかけた。「これこそ、この土地の百万年前の姿だ、デイヴィッド」そのとき突然、少年にとって時間は変化したのだった。百万年前も、十億年前も、まったく同じ遠い過去であり、彼は巨大な爬虫類が歩きまわるさまを想像した。ティラノザウルスの吐くたまらなくくさい息のにおいがするような気がした。高い木々の下は、霧がたちこめて涼しかった。木々の根方には苗木が育ち、枝を水平に広げて、あたかもはるか頭上の天蓋《てんがい》を貫いてときたま差しこむ日光を少しでも捕えようとするかのようだった。太陽が通り道を見つけたところは、金色にやさしく輝いていた。それは別の時代の太陽だった。いっそう深い陰のなかにさえ灌木や低木が生え、それらすべての足もとには、苔と地衣類、ゼニゴケとシダがあった。うねりくねる木々の根は、ビロードのようなエメラルド色の植物で覆われていた。

デイヴィッドはよろめいたが、すばやく身体の平衡を取り戻し、ともかくも自分の友達である巨大なオークの木のところへ行ってもたれかかった。少しのあいだざらざらした樹皮に頬を押しつけた彼は、次いで身体を離して、うっそうと茂る枝を見上げた。枝のむこうに空は見えなかった。雨ふりのときも、この木は嵐から彼を完全に守ってくれるだろう。だが、葉と葉のあいだを伝って吸収力のある地面に静かに落ちる小さなしずくをよける必要がありそうだ。

差掛け小屋を建てはじめる前に、彼は双眼境で農場を調べた。家の背後に菜園があって、五人の人間が手入れをしていた。彼らが男か女かはわからない。長髪で、ジーンズ姿で、はだしで、やせている。まあ、どうでもいいことだ。彼は、菜園がいまのところ収穫をもたらしていないこと、植物がまばらできゃしゃなことに気づいた。東の畑に目をこらすと、そこは以前と変わっていたが、どこがどうちがうかははっきりしなかった。すぐに、彼はトウモロコシが生えているのがむかしとの違いだと悟った。ウィストンおじいさんはいつもその畑で小麦とアルファルファと大豆を順番に作っていたのだ。低地のほうの畑はどれも水びたしで、北の畑は一面に雑草がはびこっていた。双眼鏡をいくつかの建物の上でゆっくりと動かした。視界に入った人間は全部で十七人だった。八歳あるいは九歳より下の年齢の子供はひとりもいなかった。シーリアのいる気配はなく、道路を最近使った様子もなかった。道路にはやはり草が生い茂っていた。たぶん、農場の連中は道路を雑草に埋もれさせて同じように満足しているのだろう。

彼はオークの幹を背に、差掛け小屋を作った。そこなら、横になって農場を観察することができた。その雨よけの屋根を葺《ふ》くのには、モミの枝を使った。一時間後に嵐が来たときにも、彼は身体をぬらさずにすんだ。下の菜園のうねのあいだを細い流れが走り、農場の庭はこの距離から見ると銀色にきらきらと光りはじめた。しかし、近くに寄って見れば、それが何インチもの深さの泥水でしかないだろうことは、わかっていた。谷の大地は、ふだんでもじめじめ湿っていて、余分の水を吸いこむことはできないのだ。水は〈ひねくれ川〉に流れこまなければならないだろうが、川は北の畑とそこのか弱いトウモロコシのほうへ刻一刻と水かさを増しつつあった。

三日のあいだに、水はトウモロコシ畑をひたしはじめた。なすすべもなく呆然と立ちつくす人々を、彼は気の毒に思った。菜園はあいかわらず手入れされていたものの、豊作は望めそうになかった。いままでに、彼は二十二人の人間を数えていた。それで全員だろう。その日の午後、嵐が谷を打ちすえているあいだに、彼はマイクが哀れっぽい声を上げるのを聞き、差掛け小屋から這いだして立ち上がった。マイクは小山の斜面の下にいて、それほど雨は気にならないはずだし、風からは守られていた。それなのに、雄馬はふたたび鳴き声を立てた。

次いで、もう一度。用心深く、片手にショットガンをつかみ、もう一方の手でしのつく雨が目に入るのを防ぎながら、デイヴィッドはじりじりと木のまわりをまわった。人影が、足を引きずりながら、よろめくように小山を登ってきた。前屈みになって、少し歩いては立ち止まり、たぶん雨のせいで目が見えないのだろう、うつむいたままだった。だしぬけにデイヴィッドはショットガンを差掛け小屋の下に放り投げると、彼女を出迎えるために走っていった。「シーリア」と、彼は叫んだ。「シーリア！」

彼女は足を止めて頭を上げた。雨がその頬を流れ、髪が額にはりついた。ずっしりと肩に食いこんでいたバッグを下に落とすと、彼女は駆け寄ってきた。そして、いとこを腕のなかに受け止めてきつく抱きしめたとき、はじめて、彼は相手と同じように自分も泣いていることに気づいた。

差掛け小屋の下で、ぬれた服を脱がせ、身体をふいてやってから、彼はシーリアを自分のシャツでくるんだ。彼女のくちびるは青く、肌はほとんどすきとおっているように見えた。異常な白さだった。

「やっぱりここにいたわね」と、彼女は言った。彼女の目はたいそう大きく、深い青い色をしていて、デイヴィッドの記憶にあるよりいっそう青かった。いや、血の気のない肌と対照的にそう見えたのかもしれない。以前、彼女はいつも日に焼けていたのだ。

「やっぱりここに来たね。食事をしたのはいつだ?」

彼女は首を振った。「ここがこんなにひどいありさまだとは信じていなかったの。宣伝だと思ったのよ。みんな、宣伝だと思ってるわ」

彼は頷いて、携帯用燃料に火をつけた。格子縞のシャツにくるまって座ったシーリアは、彼がシチューの缶を開けて、それを温めるのを見守った。

「あそこにいる人たちはだれ？」

「不法占拠者さ。ウィストンおじいさんとおばあさんが去年死ぬと、あの連中がやってきた。やつらはヒルダおばさんとエディーおじさんに、自分たちの仲間になるか出てゆくか、選ばせたが、ワンダにはうむを言わせなかった。ワンダは否応なく引き止められたんだ」

彼女は谷をじっと見おろして、ゆっくり頷いた。「こんなにひどいとは知らなかったわ。信じられなかった」デイヴィッドのほうを振り向かずに、続けて彼女は訊ねた。「で、母さんと父さんは？」

「亡くなった。インフルエンザだ、二人とも。去年の冬に」

「あたしは全然、手紙を受け取っていない。ざっと二年のあいだね。あたしたちがブラジルから退去させられたのは知っているでしょう。でも、こちらへ来る交通機関がなかったから、コロンビアへ行ったの。三カ月後に帰国させるという約束だった。ところが、ある夜遅く、そろそろ明け方といっていいころに、係官が連れ立って来て、全員出てゆけと言うじゃない。あちこちで暴動があったことは、あなたも聞いていると思うけど」

彼は頷いた。あいかわらず農場を見おろしているシーリアに見えるはずはなかったが。彼はシーリアに、両親のために涙をこぼせと、大声で泣けと、言ってやりたかった。そうすれば、彼女を引き寄せて、なぐさめることができる。けれど彼女は身じろぎもせずに座ったまま、生気のない声で話し続けた。

「彼らはあたしたちを、アメリカ人を襲いに来たのよ。むこうの人々はあたしたちを非難しているわ、自分たちが腹を空かしているのに知らん顔だといって。ここはまだ万事順調だと、本気で信じている。あたしだって信じてた。だれも、報告をなにひとつ信じなかったわ。とにかく暴徒はあたしたち目がけて押し寄せてきたの。あたしたちは小さな船で出発した。そう、ひとり乗りの船に十九人乗ってね。キューバに近づきすぎて銃撃されるというおまけもついたわ」

デイヴィッドは彼女の腕に触れた。すると彼女はぎくっと身を引いて、小刻みに震えた。

「シーリア、こっちを向いて、早く食べるんだ。もうなにも言うな。あとまわしだ。あとでみんなに話せばいい」

彼女はデイヴィッドを見て、ゆっくり首を振った。「これっきりよ。このことはもう二度と口にしない。デイヴィッド、あたしはただあなたに、どうしようもなかったってことを知ってほしかったの。あたしは故郷に帰りたかった。なのになにも方法はなかったのよ」

彼女の肌にいくらか血色が戻ったようだった。デイヴィッドはほっとした気分で、彼女が食事をはじめるのを見守った。彼女は飢えていた。彼はコーヒーを作った。割当量の最後の分だった。

「ここのことでなにか聞きたいことはあるかい？」

彼女は首を振った。「まだけっこうよ。あたし、マイアミの様子を見たわ。人々が、みなどこかよそに行こうとして、何日も行列し、列車に立っていた。マイアミはもうじきからっぽよ。人がばたばた倒れてゆくんだけど、みんな倒れた場所にそのまま放っておかれる」彼女は激しく身ぶるいした。「それ以上のことはまだなにも聞きたくない」

嵐がやんだ。夜の空気はひえびえとしていた。彼らは一枚の毛布の下で身体を丸め、だまって座って、熱いブラックコーヒーを飲んだ。シーリアの手のなかのカップが傾きだすと、デイヴィッドはそれを取って、用意しておいたベッドにやさしく彼女を寝かせた。「愛しているよ、シーリア」と、彼は低く言った。「ぼくはいつだってきみを愛していた」

「あたしも愛しているわ、デイヴィッド。いつだって」彼女は目を閉じていた。白い頬の上のまつげが、あまりにも黒かった。デイヴィッドは前に屈んで彼女のひたいにキスし、毛布をさらに上まで引っ張ってやると、彼女が眠るのを長いあいだ見守ってから、かたわらに横になって、眠りに落ちた。

夜のあいだに彼女は一度起き上がり、うめき声をあげながら、身もだえした。デイヴィッドが抱いていると、やがて彼女は静かになった。彼女は目が覚めきっておらず、その口からもれたいくつかの言葉は意味がよくわからなかった。

翌朝、彼らはオークの木のもとを離れて、サムナー農場に向け出発した。荷車に辿り着くまで、彼女はマイクに乗った。最後のころには、あたりはすでに暑くなっているというのに、彼女はひどい疲れのためがたがた震えており、くちびるはふたたび青くなっていた。荷車には彼女が横になれるだけの場所がなかったので、彼は木製の腰掛けの背に寝袋と毛布をかけて、道路があまりでこぼこでなく、荷車があまり激しくゆれないときには、彼女が少なくとも頭をうしろにもたせかけて休めるようにした。彼がそれまで着ていたもう一枚のシャツを脚にかけてやると、彼女は弱々しくほほえんだ。

「きょうは寒くないわね」と、彼女はさりげなく言った。「あのくそいまいましい病原菌が心臓になにかしたらしいけど、くわしいことはだれも絶対に教えてくれないの。あたしの症状はみな循環系に関係しているわ」

「どのくらいひどかったんだ？　きみはいつかかった？」

「十八カ月前よ、たぶん。ブラジルから出て行かせられる直前。リオは完全にやられてしまった。あたしたちは病気になってリオに連れていかれた。生き残った人間は多くない――もっとあとになると、ほぼひとりも。時がたつにつれて悪性になっていったの」

彼は頷いた。「ここと同じだ。ざっと六十パーセントだった死亡率が、いまでは、そう、八十パーセントには上がっているだろうな」

そのあと長い沈黙が続いた。いとこはいつのまにか眠ってしまったのかもしれないと、彼は思った。道は一対の溝でしかなく、それも徐々に下ばえに埋められつつあった。雨が泥を洗い流して岩だけが残ったところ以外は、すでに草がほぼ完全に道を覆っていた。マイクはゆっくり慎重に歩き、デイヴィッドも馬を急がせなかった。

「デイヴィッド、谷の北の端に向かったのは何人ぐらい？」

「いまのところ約百十人だ」と、彼は答えた。その三分の二が死んだという事実が心を横切ったが、そのことは言わなかった。

「で、病院は？　建ったの？」

「ちゃんとね。ウォルトが経営しているよ」

「こうして馬を走らせているあいだは、あなた、あたしの反応やなにかを見ているわけにいかないでしょう。だから、ここのことを話してちょうだい。なにが起こっていたのか、だれが生きているか、だれが死んだか。なにもかもを」

数時間後、昼食のためにデイヴィッドが荷車を止めると、彼女は言った。「ねえ、いまここであたしを抱いてくれない？　また雨がふりはじめる前に」

二人はポプラの木立の下に横たわった。風は少しも感じられないのに、黄色い葉が絶えまなくサラサラと音を立てた。やさしくささやく木々の下で、彼ら自身の声も低くなった。彼女はひどくやせていて、ひどく青白かったが、内面はたいそう情熱的で、生命力に溢れていた。彼女の身体が浮いて彼の身体を迎え、乳房は彼の手を、くちびるを求めて盛り上がるように見えた。細い指が彼の髪のなかを、背の上を動き、わき腹に食いこみ、力がこもったかと思うと、すぐまたか弱く震えた。それから両の手は固く握りしめられ、二つのこぶしは断続的に開いたり閉じたりした。彼はかすかに彼女の爪を感じ、背中をひっかかれていることに気づいた——とはいえ、ごくぼんやりと。そして最後に残ったのはただ、木の葉のそよぎと、ときおりもれる長い、あえぐようなため息ばかりだった。

「ぼくはきみを二十年以上愛していたんだ。それを知っていたかい?」と、長いことたって、彼は言った。

彼女は笑い声を立てた。「あたしがあなたの腕を折ったときのことを覚えてる?」

そのあと、ふたたび荷車の上で、低く、悲しげな声が彼の背後から訊ねた。「あたしたちはもう終わりね、違う、デイヴィッド? あなたも、あたしも、あたしたちみんな」

彼は思った——ウォルトなんかくそくらえ、約束なんかくそくらえ、秘密主義なんかくそくらえだ。そして、彼はいとこに、山の下、洞窟の奥深くの研究所で育っているクローンたちのことを打ち明けた。

5

シーリアは、農場に着いてから一週間後に研究所で働きはじめた。デイヴィッドが反対すると、彼女はやさしく言った。「それがあなたに会えるたったひとつの方法なんですもの。最初は一日に四時間しか働かないってウォルトに約束したわ。いいでしょう？」

デイヴィッドはあくる朝、彼女を研究所に案内した。洞窟への新しい入口は、病院の地下の暖房室に隠されていた。ドアは鋼鉄で、その地域一帯を支える石灰岩にすえつけられていた。戸口に足を踏み入れるなり、空気が冷たくなったので、デイヴィッドはシーリアの肩にコートをかけてやった。「いつもここにかけてあるんだ」と言いながら、彼は壁のハンガーから二枚目のコートを取った。「政府の調査官が二度来たんだ。やつらに地下室をのぞかせたら、なにか勘づかれるかもしれない。もう来ないだろうがね」

通路には薄暗い明かりがついていて、床はなめらかだった。四百フィートほど進むと、もうひとつ鋼鉄のドアがあった。このドアが開いた奥は最初の洞窟で、高いドーム状の天井を持つ、広い部屋だった。ほぼ発見されたときのままに保たれており、四方八方に鍾乳石や石筍があったが、いまではたくさんの簡易ベッドと、ピクニック用のテーブルと長椅子が置かれ、調理台と配膳台がずらりと並んでいた。「緊急避難室さ、放射能を帯びた雨がふった場合のね」と言うと、デイヴィッドは彼女をせきたてて、こだまの響く部屋を横切った。最初のものより狭く、でこぼこした通路があった。この通路の突きあたりは、動物実験室だった。

一方の壁がくり抜かれて、コンピュータが設置されていた。薄いピンクの石灰華の壁を背景に、コンピュータの巨体はグロテスクなほど場ちがいに見えた。部屋の中央にはいくつものタンクと大桶とパイプがあった。すべてステンレス・スチールとガラスでできていた。これらの両側に、動物の胎児を入れたタンクが並んでいた。しばらくのあいだ身じろぎもせずに見つめていたシーリアは、それから振り向き、びっくりした顔でデイヴィッドを見た。

「タンクはいくつあるの?」

「いろいろな大きさの動物を六百匹ほどクローニングで増やせるだけの数だ。そのうちの大部分を運び出して、反対側の部屋に置いてある。ここにあるやつも全部使っているわけじゃない。化学薬品の在庫がきれるのが心配でね。これまでのところ、かわりにここのディスポーザーから物質を回収する方法が見つかっていないんだ」

エディ・ボーシャンが元帳に数字を書きこみながら、タンクの列のそばから近づいてきた。彼はデイヴィッドとシーリアにむかってにやりとして、「スラム街の見物かい?」と訊ねた。

それから、一個のダイヤルと手元の数字とを見くらべてわずかにダイヤルを動かすと、立ち並ぶタンクにそって進みながら次々とほかのダイヤルを調べ、ときどき足を止めては軽く調節した。

シーリアの目がデイヴィッドに訊ねた。デイヴィッドは首を振った。エディはもうひとつの研究所でなにがおこなわれているかを知らなかった。二人はタンクの列また列を通り過ぎた。どのタンクも固く閉じられて、針がときおり揺れ、横腹のダイヤルがなかになにもないことを示すだけだった。彼らは廊下に戻った。デイヴィッドは彼女を連れて別の入口を通り、短い通路を歩き、第二研究所へ入った。こちらは錠で守られており、デイヴィッドは鍵を持っていた。

彼らが現われるとウォルトは顔を上げ、頷いて、ふたたび机に屈み、仕事を続けた。ヴラシックは顔を上げさえしなかった。サラはにっこりして、急ぎ足で彼らのわきを通り過ぎ、コンピュータの操作卓の前に座ってキーボードを打ちはじめた。部屋にはもうひとり女性がいたが、彼女は人が入ってきたことに気づいていないようだった。ヒルダ。シーリアのおばだ。デイヴィッドはちらりとシーリアを見た。しかしシーリアはおびただしいタンクを目を丸くして見つめていた。この部屋のタンクは前面がガラスになっていたのだ。どれにも薄く色のついた液体が満たされていた——あまり薄いのでほとんど錯覚のように思える黄色味を帯びた液体が。タンクの内部、その液体のなかに浮いているのは、小さなこぶしほどの大きさの嚢《ふくろ》だった。細い透明な管が嚢をタンクのてっぺんとつないでいた。タンクのてっぺんはそれぞれ別のパイプに接続しており、パイプは種々のダイヤルで覆われた大きなステンレス・スチールの器械へとのびていた。

シーリアはタンクのあいだの通路をゆっくりと歩いていったが、途中で一度立ち止まって、長いこと動こうとしなかった。デイヴィッドは彼女の腕を取った。彼女はかすかに震えていた。

「大丈夫かい？」

彼女は頷いた。「そうね……ショックだわ、この目で見て、あたし……本当に信じてはいなかったのかもしれない」彼女の顔にはうっすらと汗がにじんでいた。

「もうコートを脱いだほうがいい」と、デイヴィッドは言った。「ここはかなり暖かくしておかなければならないんだ。彼らの体温を適温に保つには、部屋全体をぼくたちには暑すぎるぐらいにしておいたほうが、効率がいいのさ」彼はかすかにほほえんだ。

「この明かりは？　暖房は？　コンピュータは？　そんなにたくさん電気を発生させられるの？」

彼は頷いた。「あした案内するよ。例にもれず、発電装置にも欠陥がある。充分な電力を供給できるのはせいぜい六時間だ。しかし、六時間以上は停電させないようにしている。ま、そんなところさ」

「六時間は長いわ。六分間息を止めたら、だれだって死ぬのに」両手を背中でしっかりと握りしめて、彼女は部屋の端のぴかぴか光る制御装置のほうへ近づいた。「これはコンピュータじゃないわね。なんなの？」

「コンピュータの端末装置さ。コンピュータで栄養物と酸素の投入、毒素の除去を管理するんだ。動物室はその壁のむこうだ。そこのタンクもこれに連結されている。システムは別でも、使っている機械はいっしょというわけだ」

彼らは動物の育児室を通り抜け、次いで人間の赤ん坊の育児室に入った。解剖室と、科学者が仕事のために引きこもることのできるいくつかの小さなオフィス、そして貯蔵室があった。人間のクローンが育てられている部屋以外のどの部屋でも、人々が働いていた。「みな以前はガスバーナーも試験管も使ったことがなかったけれど、だいたい一晩で科学者になった」と、デイヴィッドは言った。「そのことを神に感謝するよ。さもなければ、こんなにうまくいかなかったろうからね。いまのところ彼らがぼくたちのしていることをどう思っているかはわからない。だが、だれも質問しない。それぞれ自分の仕事をするだけだ」

ウォルトはシーリアをヴラシックの下で働かせることにした。顔をあげて彼女が研究所にいるのを見るたびに、デイヴィッドは喜びがこみあげるのを感じた。彼女は一日の労働時間を六時間にふやした。十四時間から十六時間の仕事のあとで疲れはてたデイヴィッドがベッドに倒れこむと、彼女はそこでデイヴィッドを抱き、愛した。

八月に、エイヴリー・ハンドリーが、リッチモンドの住人との短波交信の際に略奪者の群が谷をめざして進んでいることを注意されたと報告した。「たちの悪い連中だ」と、彼は重々しく言った。「フィロットの屋敷に押し入り、家中くまなく荒しまわったあげくに、火をつけて全焼させている」

以降、彼らは昼も夜も見張りを立てた。そして同じ週に、エイヴリーは中東で戦争がおこなわれていることを告げた。公式のラジオはその種の事柄にいっさい触れなかった。スピーカーから流れるのは、音楽と訓話とゲームショーだけだった。テレビはエネルギー危機がはじまってから放送中止になっていた。「核兵器が使われている」と、エイヴリーは言った。「だれが使っているのかは不明だが、だれかが使っているんだ。そして、通信の相手の話では、地中海一帯でペストがまたもや広がりつつあるそうだ」

九月に、彼らは最初の襲撃を食い止めた。十月になって、略奪者どもが第二の襲撃のために集まりつつあることがわかった。今度は三、四十人だ。「やつらを食い止めることはできん」と、ウォルトは言った。「やつらはここに食料があることを知っているに違いない。今度はあらゆる方向からやってくるだろう。こちらが用心していることは承知の上だ」

「ダムを爆破すべきだ」と、クラレンス。「やつらが谷の上流に着くまで待って、押し流してやるのさ」

その集会は食堂で開かれ、全員が出席していた。デイヴィッドの手のなかでシーリアの手が固くこぶしを作った。けれど彼女は異議をとなえなかった。だれも異議をとなえなかった。「やつらは発電所を奪おうとするだろう」と、クレランスは続けた。「きっと、小麦かなにかがあると思ってな」十人あまりの男たちが、発電所の警護に立つことを志願した。別の六人が、川の八マイルほど上流にあるダムに爆薬をしかけるために、隊を組んだ。ほかの者たちは偵察班を作った。

デイヴィッドとシーリアは早目に集会を抜け出した。彼はすべてに志願し、そのたびに退《しりぞ》けられた。彼を犠牲にするわけにはいかなかったのだ。雨がふたたび放射能を帯びると、人々はみな洞窟で眠った。デイヴィッドとシーリア、ウォルト、ヴラシックなど、研究所で働く残りの人々は、全員、そこの簡易ベッドで眠った。小さなオフィスのひとつで、デイヴィッドはシーリアの手を握り、二人はささやきかわしてから眠りに落ちた。彼らの話は自分たちの子供時代のことばかりだった。

シーリアが寝入ってからだいぶたっても、彼は闇を見つめながら、あいかわらず彼女の手を握っていた。彼女はいっそうやせ細っていた。その週のはじめに彼女を所究所から出して休ませようとしたデイヴィッドは、ウォルトに「あの子の好きにさせてやれ」と言われたのだった。シーリアが断続的に身動きすると、デイヴィッドはとなりの簡易ベッドの横にひざまずいて、いとこを抱きしめた。つかのま、彼女の心臓が荒々しく鼓動するのが感じられた。それからすぐ彼女がまた静かになると、デイヴィッドはきゃしゃな身体をゆっくり離して、石の床に座り、目をとじた。少しして、となりの部屋から、ウォルトが歩きまわる音と簡易ベッドのきしむ音が聞こえた。デイヴィッドは身体がこわばりかけていた。やがて、彼は自分のベッドに戻って眠りに落ちた。

翌日、人々はあらゆるものを高台へ移すために働いた。ダムが吹き飛ばされれば、三軒の家と、道路のそばの納屋、そして道路そのものを失うことになるのだ。それなしですますことのできるものはひとつもなかった。彼らは納屋をそっくり分解して丘の中腹へ運び、柱や板を積み上げた。二日後に合図が出され、ダムは爆破された。

デイヴィッドとシーリアは病院の上階の部屋のひとつで、壁のようにそそり立った水が轟音とともに谷を流れ下るさまを見守った。その音はジェット機の離陸、審判の判定に怒り狂った群衆、制御できなくなった急行列車を思わせた。これまでに耳にしたことのあるどの音とも違い、また、どの音にも似ていた。一生のあいだに聞いたすべての音がひとつになって、建物をゆるがし彼を骨からゆさぶるこの音を作っていた。水の壁は、十五フィート、二十フィートと刻々高さを増して谷を走り、近づくにつれ加速しながら、通り道のなにもかもを、粉々に打ち砕き、破壊した。

轟音が消え、さまざまの破片を一面に浮かべた水が渦を巻きながら大地を厚く覆うと、シーリアは弱々しい声で言った。「これだけのことをする価値があるの、デイヴィッド?」

デイヴィッドは彼女の肩にまわした腕に力をこめた。「やむをえなかったんだ」

「わかってるわ。だけど、とてもむなしく思えるときがあるの。あたしたちはみな死んでいるのよ。最後の最後まで戦ってはいるけれど、死んでいるのよ。いまごろは死んでいるに違いないあの男たちと同じようにね」

「ぼくたちは力を尽くしている、それは知っているはずだ。きみも同じ目的で働いてきたんじゃないか。三十の新しい命だ！」

彼女は首を振った。「そして三十人の死人が出るわけね。日曜学校を覚えている、デイヴィッド？　あたしは毎週連れていかれたわ。あなたは行った？」

彼は頷いた。

「それから水曜日の夜の聖書教室は？　あたしそのときのことをずっと考えているの。これはやっぱり神様のせいじゃないんじゃないかしら。どうしようもないの。ずっと考えているのよ。そして、あたし、無神論者になったわ」彼女は笑い声を立て、急にくるりと振り返った。「ベッドに行きましょう、いますぐ。この病院で。特別室を選びましょう、続き部屋を……」

彼はシーリアに手を伸ばした。が、そのとき激しい突風が、にわかにふりだした大粒の雨を窓に叩きつけた。いつもそんなふうに、前置きなしに、急に豪雨が降りはじめるのだった。シーリアは身震いして、ぼんやりと言った。「神様のご意志だわ。あたしたち洞窟に戻らなくちゃいけないんじゃない？」

彼らはがらんとした病院のなかを歩いた。薄暗い照明のついた長い廊下を辿り、人々が簡易ベッドや長椅子の上で楽な姿勢を取ろうとしている大きな部屋を抜け、もっと小さな廊下を進んで、最後に研究所のオフィスに入った。

「あたしたちは何人の人を殺したの？」と訊ねながら、シーリアはジーンズを脱ぎ、うしろを向いて服を自分の簡易ベッドの足もとに置いた。彼女の尻はほとんど少年のように平べったかった。ふたたび彼女がこちらを向くと、肋骨に皮膚が張りついているように見えた。彼女は一瞬デイヴィッドを凝視したかと思うと、彼の元にやってきて、その頭をしっかりと胸に抱いた。デイヴィッドが簡易ベッドに座ると、彼女はその前にはだかで立った。彼はシーリアの涙が自分の頬に落ちるのを感じることができた。

十一月にはひどい凍結があった。そして谷が氾濫《はんらん》し、道路とすべての橋が姿を消したので、少なくとも春までは襲撃の恐れはなくなった。人々はふたたび洞窟から出て、研究所での仕事は同じのろのろした速度で続いた。胎児は育ち、成長し、いまではふいに足やひじを動かすようになっていた。デイヴィッドは、現に羊水のかわりをしている化学薬品の代替物について研究していた。彼は毎日、目がかすむか、両手が言うことをきかなくなるか、ウォルトに研究所から出ろと命令されるまで、働いた。シーリアも以前より長時間働いており、いまなお昼に数時間休みはしたものの、そのあとまた帰ってきて、デイヴィッドと同じぐらい遅くまで研究所に残った。

彼はシーリアの椅子のそばを通りかかって、彼女の頭のてっぺんにキスした。シーリアは彼を見上げてほほえむと、計算の仕事に戻った。ピーターは遠心分離機を始動させた。ヴラシックは、薄めて胎児に与えることになっている栄養物の脇のタンクに最後の調整をしてから、叫んだ。「シーリア、子供たちの数を数えてくれるか?」

「ちょっと待って」と言って、彼女はメモを取り、開いた本に鉛筆をはさんで立ち上がった。デイヴィッドは、いつものように、自分の仕事にすっかり熱中しているときでさえ、彼女に気をつけていた。彼女が立ち上がるのに、そしてちょっとのあいだ動かずにいるのに、デイヴィッドは気づいた。そのあと、信じられないといった震え声で、彼女が「デイヴィッド……デイヴィッド……」と言ったときには、彼はすでに腰を浮かしていた。彼はくずおれるシーリアを抱き止めた。

彼女の目は開いていた。表情はほとんどいぶかしげで、デイヴィッドには答えられないことを問いかけながら、答えを期待してもいなかった。身体を震えが走って、彼女は目を閉じた。くちびるが動いたが、その口は二度と開かなかった。

6

ウォルトはデイヴィッドをひと目見るなり、肩をすくめて言った。「ひどい顔をしているな」

デイヴィッドはなにも答えなかった。自分がひどい顔をしていることはわかっていた。気分もひどかった。彼ははるか遠くを見るかのようにウォルトを見た。

「デイヴィッド、立ち直る気はあるのか？　あきらめてしまったのか？」彼は返事を待たずに、そのちっぽけな部屋のただひとつの椅子に腰をおろして身を乗り出し、両手であごを支え、床をじっと眺めた。「みなに話さなければならん。サラはもめごとが起こるだろうと考えている。わたしもだ」

デイヴィッドは窓の前に立って、灰色と黒と泥の色で仕上げられた、荒涼たる風景を見つめた。雨ふりだったが、雨はきれいになっていた。ここから見おろす川は、灰色の渦巻く怪物であり、どんよりした空を映してどんよりと濁っていた。

ウォルトは続けた。「みな研究所を攻撃しようとするかもしれん。みながなにをしようとするかは神のみぞ知るだ」

デイヴィッドは身じろぎもせずに、陰鬱な空を見つめ続けた。

「くそ！　こちらを向いて、わたしの言葉を聞け、腰抜けめ！　きみは、この仕事全体、この計画全体がそっくりそのまま愚行とみなされて失敗に終わるのを、わたしがただ手をこまねいて見ていると思うのか！　いまこれを阻《はば》もうとするやつをわたしが殺さないと思うのか！」ウォルトは激昂していきおいよく立ち上がると、デイヴィッドをぐるりと向き直らせ、相手の顔にむけて怒鳴った。「きみがここに座りこんだまま死んでゆくのを、わたしが放っておくと思うのか？　きょうはだめだ、デイヴィッド。まだだめだ。きみが来週なにを決心しようと、こっちの知ったことじゃない。だが、きょうはきみが必要だ。きみには、なんとしても、その場にいてもらうぞ！」

「そんな気にならないんです」と、デイヴィッドは静かに言った。

「どうしてもその気になってもらわんとな！　なぜなら、あの赤ん坊たちがもうじき囊《ふくろ》から飛び出してくるからだ。そしてあの赤ん坊たちはわれわれの唯一の希望であり、そのことはきみも知っているからだ。われわれと消滅とのあいだに立ちはだかるのは、われわれの遺伝子、きみの、わたしの、シーリアの遺伝子だけなのだ。わたしは決して消滅を認めんぞ、デイヴィッド！　負けるものか！」

デイヴィッドは重苦しい疲れしか感じなかった。「ぼくたちはみんな死んでるんだ。きょうだろうと、あすだろうとね。なぜ長引かせるんです？　一年や二年つけ足すには、代償が高すぎます」

「高すぎる代償などないさ！」

徐々に、ウォルトの顔がはっきり見えてきた。顔は青ざめ、くちびるからは血の気が失せ、目はくぼんでいた。その上、彼の頬がひきつっているありさまなど、デイヴィッドはこれまで見たことがなかった。「なぜいままでなきゃいけないんです？」と、デイヴィッドはきいた。

「なぜ計画を変えて、いま公表するんです？　まだその時期じゃないでしょう？」

「ところがそれほどのんびりしていられなくなったのさ」ウォルトはごしごしと目をこすった。

「なにかがおかしいんだ、デイヴィッド。どこがどうまずかったのか、わたしにはわからん。なにかがうまくいっていないんだ。どうやら未熟児ばかりをかかえこむことになりそうだ」

われ知らずデイヴィッドは頭のなかですばやく勘定すると、言った。「二十六週目か。ぼくたちにはそんな大勢の未熟児の世話はできませんよ」

「わかっている」ウォルトはもう一度腰をおろすと、今度は頭をうしろにそらせて、目を閉じた。「選択の余地はあまりない。きのうひとり失った。きょうは三人だ。赤ん坊はみな外に出して未熟児として扱わなければならん」

ゆっくりとデイヴィッドは頷いた。「どれとどれが死んだんです？」と訊ねはしたが、見当はついていた。ウォルトが名前を告げると、ふたたび彼は頷いた。死んだ赤ん坊たちが彼のでも、ウォルトのでも、シーリアのでもないことはわかっていた。「どうするつもりです？」ときいて、彼は自分のベッドの片側に腰かけた。

「わたしは眠らんとな」と、ウォルトは言った。「それから集会だ。七時にはじまる。そのあと、われわれはうんざりするほど大勢の未熟児のための育児室を準備する。準備ができしだい、赤ん坊たちを外に出す。朝になっているだろう。保母が必要だ。五、六人。集められれば、もっとだ。サラはマーガレットがいいだろうと言っている。わたしにはわからん」

デイヴィッドにもわからなかった。マーガレットの四歳の息子は、ペストによる最初の犠牲者のひとりだったし、彼女はもうひとりの子供を死産していた。しかし、彼はサラの判断を信じた。「そのほか充分な数を集められると思いますか？　その上、集まった人々になにをするか教え、全員がきちんと仕事をするようにしなきゃならないんですよ」

ウォルトはなにかもぐもぐ言った。片手が椅子の腕から落ちた。彼は急にまっすぐ立ち上がった。

「オーケイ、ぼくのベッドを使いなさい」と、デイヴィッドはほとんど怒ったように言った。「ぼくが研究所におりていって、手はずを整えましょう。六時半に起こしに来ます」ウォルトは異議をとなえず、かわりに靴もぬがないままベッドに倒れこんだ。デイヴィッドは彼の靴を脱がしてやった。ウォルトの靴下は穴だらけだったが、たぶん足首を暖める役には立っているだろう。デイヴィッドは靴下をそのままにして、毛布を身体にかけてやり、研究所へ行った。

七時に病院の食堂が満員になると、ウォルトは発表するために立ち上がった。まず彼はエイヴリー・ハンドリーに、近頃では減りつつある短波交信の記録を読み上げさせた。ペスト、飢饉、病気、自然に起こる流産、死産、不妊等の不快な物語がそれには必然的に含まれていた。世界中どこでも事態は同じだった。彼らは無表情に耳をかたむけた。自分たちの小さな世界以外のどの土地のできごとについても、もはや気づかうゆとりはなかったのだ。エイヴリーは読み終わると、また腰をおろした。

ウォルトが小さく見えることに、デイヴィッドは驚いた。彼はいつもおじをかなり大きいと思っていたのだった。けれど、ウォルトは違った。ウォルトは五フィート九インチしかなく、いまではひどくやせて、ぎすぎすした感じになっており、ちょうど、すべての余分なものをけずり取られて残る戦いを続けるのに必要不可欠な要素だけになった、闘鶏用のおんどりといった感じだった。ウォルトは集まった人々をゆっくり見渡してから、落ち着いて言った。「今夜、この部屋には、腹をすかした者はひとりもいない。ここにはもう流行病はない。雨が放射能を洗い流しつつあり、われわれのもとには、たとえ今度の春に作物の植えつけができなくとも何年も生きてゆけるだけの食糧のたくわえがある。また、しなければならないことはほぼなんでもできるだけの人材がそろっている」彼は口をつぐんで、ふたたび左から右へと一同を見まわし、またゆっくりと視線を戻した。人々はかたずをのんで次の言葉を待った。彼はきびしいきっぱりとした声で続けた。「われわれに欠けているのは、子供をみごもることのできる女性、もしくは、もしも彼女が妊娠可能なら彼女を受胎させることのできるだろう男性だ」

ざわめきが起こった。全員がため息をもらしたかのようだった。だが、だれも口を開かなかった。ウォルトは言った。「われわれがどのようにして肉を手に入れているか、みな知っているはずだ。牛もニワトリも申し分ないこともな。諸君、あす、同じ方法で育てられたわれわれ自身の赤ん坊が誕生する予定だ」

一瞬、あたりは完全に静まりかえった。それから、人々がいっせいにしゃべりだした。クラレンスはウォルトにむかってわめきながらさっと立ち上がった。ヴァーノンは懸命に部屋の前へ出ようとしたが、彼とウォルトのあいだにはあまりに大勢の人々がいた。女たちのひとりがウォルトの腕を引っ張り、彼を引きずり倒すようにして、その顔に金切り声をあびせた。ウォルトは相手の手を振りほどくと、テーブルの上に乗った。「やめろ！　どんな質問にも答えるつもりだが、こんなありさまではなにも聞こえん」

それに続く三時間に、彼らは質問し、討論し、懇願し、いくつもの同盟を結び、小さなグループにわかれて議論を続けながら各々の同盟の顔ぶれを改めた。十時になると、ウォルトはふたたびテーブルに乗って叫んだ。「この話しあいはあすの夜七時まで休会にしよう。これからコーヒーを出す。ケーキとサンドイッチもあるはずだ」そしてテーブルから飛びおりると、だれにも追いつかれないうちにそこを去った。彼とデイヴィッドは洞窟の入口へと急ぎ、背後の頑丈なドアに錠をかけた。

「クラレンスはやっかいだな」と、ウォルトは呟いた。「いやなやつだ」

デイヴィッドの父親とウォルトとクラレンスが兄弟であることを、デイヴィッドは思い出した。が、彼はクラレンスを局外者と見なさずにはいられなかった。――出っ張った腹と大金を持ち、世間が自分の要求に即座に従ってくれるものと思いこんでいるよそ者。「みなが団結するかもしれん」と、すぐウォルトは言葉を続けた。「この悪魔の行為に抗議するための委員会を作るかもしれん。こちらもそれなりの態勢を整えておかなければならんだろう」

デイヴィッドは頷いた。彼らは、赤ん坊たちがぶじ生まれるまでこの集会を遅らせられると思っていたのだった——笑い声を立て、クックッとのどを鳴らし、哺乳びんから夢中でミルクを飲む人間の赤ん坊たちが生まれるまで。かわりに、彼らは、一部屋いっぱいの未熟児を、およそ人間らしくない姿のまま、早く生まれすぎた小牛ほどしか人間的魅力のない未熟児たちを、世話することになるだろう。

彼らは徹夜で育児室の準備をした。サラが、マーガレット、ヒルダ、ルーシーなど十人あまりの女性に協力を頼んであった。彼女たちは全員が本格的に白衣とマスクを身につけていた。ひとりが洗面器を落とすと、ほかの三人がそろって悲鳴をあげた。デイヴィッドはののしった——しかし、小声で。赤ん坊が生まれれば彼女たちもしっかりするだろうと、デイヴィッドは自分に言いきかせた。

無血分娩は五時四十五分にはじまり、十二時三十分には二十五人の乳児が誕生していた。最初の一時間に四人が死に、三時間後にもう三人が死んだが、残りは元気に育った。タンクに残されたただひとりの赤ん坊は、シーリアであるはずの胎児で、ほかの赤ん坊たちより九週間若かった。

育児室に入ることをウォルトが許した最初の訪問者は、クラレンスだった。その後、人間にあらざる怪物を皆殺しにしようという意見は消えた。

祝賀パーティーが開かれた。ひとりひとりの名前が提案され、くじ引きで十一の女性名と七の男性名が選ばれた。記録帳には、赤ん坊たちはR第一変種、すなわち再生人口《リポピュレイション》第一変種と記されていたが、デイヴィッドの心のなかでは、ウォルトの心のなかにおけると同様に、赤ん坊たちはウォルト1でありデイヴィッド1だった。そしてまもなくシーリア1が生まれる……

それからというもの、保母もしくは保父がたりなくなることは決してなかったし、以前はほとんどする者のなかった雑用も、われがちにだれかしらが片付けた。みなが医者か生物学者になりたがっていると、ウォルトはこぼした。彼の睡眠時間はこれまでより増え、疲労による顔のしわは消えかけていた。しばしば彼はデイヴィッドをひじでそっとついて育児室から引っ張り出し、病院内の自室へ連れていって、デイヴィッドがそのままそこで一晩眠るように取り計らった。ある夜、自分たちの部屋へ帰るため二人並んで歩いているときに、ウォルトは言った。「これできみにも、重要なのはこれだと言ったわたしの真意がわかっただろう?」

デイヴィッドにはわかった。ちっぽけな、ピンクの新しいシーリアを見るたびに、いっそうよくわかった。

7

間違いだったな、と、ウォルトのオフィスの窓から少年たちを眺めながら、デイヴィッドは思った。生ける記憶、それこそ彼らが象徴するものだった。クラレンスがいた。すでにずんぐりしすぎている——あと三、四年ですっかり太ってしまうだろう。そして若いほうのウォルトは、ある問題に没頭して顔をしかめていた。書き加えるべき解答が出るまで、彼は紙を使おうとはしないだろう。ロバートは、見た目はかわいらしすぎるといっていいほどだが、性質はあくまで男らしくて、つねにほかの子供たちより我慢強くあろうと、より高く跳び、はやく走り、強く打とうと努めていた。そしてデイヴィッド4は、デイヴィッドそのものだ……。デイヴィッドは顔をそむけると、少年たちの将来について思いにふけった。ひとり残らず同い年だ。おじ、父、祖父がすべて同じ年齢なのだ。ふたたび頭痛がはじまった。

「あの子たちは人間じゃない、違いますか?」と、デイヴィッドは苦々しげにウォルトに言った。「あの子たちは幾代も続いていくというのに、ぼくたちはあの子たちについてなにも知らない。あの子たちはなにを考えているんでしょう? なぜあんなに自分たちばかりで固まっているんでしょう？」

「世代間のずれという、例の決まり文句を覚えているか？　それだと思うね」ウォルトはずいぶん年を取ったように見えた。彼は疲れており、いまではもうめったにそれを隠そうとしなかった。顔をあげてデイヴィッドを見ると、彼は静かに言った。「ひょっとすると、われわれを怖がっているのかもしれん」

　デイヴィッドは頷いた。やはりそれを考えていたのだった。「ヒルダがなぜあんなことをしたのかわかりますよ。あのときわからなかったけれど、いまはわかります」ヒルダは、日ごとに自分に似てくる幼い少女を絞め殺したのだった。

「わたしもだ」ウォルトは、デイヴィッドが入ってきたときにしまいこんだノートを、また引っ張りだした。「全員がさまざまな成長段階にある、ひとりしかいない連中のなかに歩いてゆくのは、少々気味が悪いからな。あいつらは仲間同士で集まって離れようとしない」それから彼は書き物をはじめ、デイヴィッドは部屋を出た。

　気味が悪い、と考えたデイヴィッドは、もともとの目的地だった研究所に向かうのをやめた。あのいまいましい胎児どもには勝手にやらせておけばいい。自分がそこに入ってゆきたくないのは、おそらくデイヴィッド1かデイヴィッド2が働いているからだということは、わかっていた。とはいえ、この実験が正しかったか誤りだったかを証明するのは、デイヴィッド4になるだろう。もしも四世代目がうまくいかなければ、五世代目もだめだろう。とすると、どうなる？　失敗だ。そうとも、間違っていたのさ。残念ながらね。彼は病院の裏の、洞窟の上の尾根に登り、冷たくなめらかな石炭石の露頭に腰をおろした。少年たちは新しい畑を開墾していた。彼らはそろってよく働いた。ほとんど会話は交さなかったが、しきりに笑い声を立てた。その笑い声は同時に起こるように思えた。少女たちの列が、もっと川に近いあたりに見えてきた。みなベリーを入れたバスケットを手に持っている。ブラックベリーと火薬——ふいに彼は、遠いむかしの独立記念日の祝賀会のことを、ブラックベリーのしみと花火と、ツツガムシ退治の硫黄薬のことを、思い出した。それに、鳥もいたっけ。ツグミ、マキバドリ、アメリカムシクイ、ムラサキツバメ。

　三人のシーリアが見えてきた。バスケットの重さのせいで絶えず身体が揺れている。階段の段さながらにつながって歩くシーリアたち。あんなことをするべきじゃなかったんだ、と、彼はふたたび苦々しく考えた。その少女たちはシーリアではなかった。その名を持つ者はひとりもいなかった。少女たちはメアリーでありアンでありそのほかのだれかだった。彼はつかのま三人目の少女の名を思い出せなかったが、それでも別にかまわないことを知っていた。少女たちはことごとくシーリアだった。真ん中の少女は、ついきのう彼を納屋の二階から突き落としたあの少女かもしれない。右側の少女は、彼と取っ組み合って泥のなかを転がりまわったあの少女かもしれない。

　一度、三年前に、彼はある空想を抱いた。それは、シーリア3が恥ずかしげに彼のもとへ来て、自分を抱いてくれと頼むというものだった。それからの数週間というもの、夢のなかで、彼はシーリア3を何度も何度も抱いた。そして、本物のシーリアのことを思って泣きながら、目をさました。それに耐えられなくなった彼は、シーリア3を捜しだして、いっしょに自分の部屋に来てくれないだろうかとしどろもどろに頼んだ。すると彼女はすばやく、無意識に身を引いて、なめらかな顔に、だれの目にもごまかせないほどはっきりと恐怖の表情を浮かべた。

「デイヴィッド、ごめんなさい。あたし、びっくりしちゃって……」

彼女たちは相手かまわずだれとも寝た。実際、彼女たちが恋愛において自由であることは、ほとんど不可欠でさえあった。彼女たちのうちの何人が最終的に受胎可能か、男女の割合がどうなるかは、だれも予想できなかった。ウォルトは男性を調べることはできたが、女性の受胎能力のテストにはウサギが必要であり、ウサギはここには一匹もいなかった。で、彼は相手かまわずの性交はあたりまえだった。とはいえ、それは仲間同士のあいだに限られていた。子供たちはみな長老たちを避けて近寄らなかった。しゃべりながらそろそろと自分から離れてゆく少女を見ているうちに、デイヴィッドは目が痛くなっていた。

受胎能力の最上のテストは妊娠することだと言った。子供たちはいっしょに暮らしており、

彼は突然くるりと振り向いてその場を去ると、それから今日に至るまで二度とその少女には話しかけなかった。ときどき、彼女が警戒するように自分を見ているのに気がつくと、そ

のたびにデイヴィッドは彼女をにらみつけて足ばやに歩み去った。

シーリア1は彼の実の子供のようだった。彼はシーリア1が成長するのを、幼な子が歩き、しゃべり、ひとりで食べることを学ぶのを、見守ってきた。シーリア1は、彼とシーリアとの子供だった。シーリア2もほぼ同じだった。双児の片割れ、いくぶん小さいが、それでも瓜二つの妹といったところだった。けれどシーリア3は違っていた。いや、彼の見方が違っていたのだ。彼女を見ると、シーリアのおもかげがよみがえり、デイヴィッドの心はうずいた。

尾根にいるうちに彼は身体が冷えてきた。ふと気づくと、太陽はずっと前に沈んでおり、山の下では提灯に火がともされていた。〝田園生活〟。大きな農家の明るく輝く窓、納屋の暗がり。手前には、窓から陽気な黄色い光のもれる、病院と附属施設。こわばった足で、彼はふたたび谷へおりていった。夕食を食べそこねたが、腹は空いていなかった。

「デイヴィッド！」と、一番年下の少年たち――第五世代のひとりが呼びかけた。デイヴィッドは、その少年がだれのクローンなのかわからなかった。若いころについてはデイヴィッドの知らない人々も多かったのだ。彼が足を止めると、少年は駆け寄ってきて、そのまま走ってゆきながら、通りすがりに叫んだ。「ウォルト博士が捜してますよ」

ウォルトは病院の自分の部屋にいた。机の上にもテーブルの上にも、第四変種の医学表が広がっていた。「わたしはすんだ」と、ウォルトは言った。「むろん、きみに再確認してもらわんとな」

デイヴィッドはすばやく最後の行のハリー4とデイヴィッド4の個所に目を走らせた。

「この二人の少年にはもう話したんですか？」

「全員に話した。彼らは理解している」ウォルトは目をこすった。「彼らのあいだに秘密はないんだ。彼らは少女たちの排卵期についても、記録をつけることの必要性についても理解している。あの少女たちの何人かに受胎能力があれば、しかるべく行動してくれるだろう」

デイヴィッドを見上げた彼の声は、荒々しいといってもいいほどだった。「これから先は、彼らが完全に引き継ぐことになったよ」

「というと？」

「ウォルト1がわたしの記録類を自分のところで保管するためにすっかり複写していった。彼が仕事をやりとげるだろう」

デイヴィッドは頷いた。長老たちはここでも締め出されようとしていた。長老たちがなんの役にも立たなくなるときが——食べさせなければならない余分な口でしかなくなるときが、来ようとしていた。デイヴィッドは腰をおろした。そして長いあいだ、彼とウォルトはともに同じ感慨を抱きながら無言で座っていた。

翌日の授業では、なにも変わった様子は見えなかった。男女の結びつきなんてものじゃないな、と、デイヴィッドは皮肉に考えた。彼らは牛のように平然と、つがわせられることを承知したのだ。繁殖能力のある二人の少年にたいしてなんらかの嫉妬があったとしても、それは完全に隠されていた。デイヴィッドは抜き打ちテストをして、彼らが問題を解こうと頭をしぼっているあいだ、部屋のなかをゆっくり歩きまわった。全員合格することは、わかっていた。合格するばかりか、優秀な成績を取るに違いない。彼らは動機づけされていた。デイヴィッドが二十代に理解していなかったことを、彼らは十代で学びつつあった。無用な課目はなにひとつなく、気を散らすものもなかった。教室で、畑で、台所で、研究所でのことは、すべてが勉強だった。彼らは、たがいに交換可能な、たゆみない仕事ぶりを見せた――本当に階級のない最初の社会というわけだ。彼らが早くも答案を書き終えようとしていることに気づいて、デイヴィッドは現実へと注意を戻した。試験時間は一時間だったが、彼らは四十分で全問の答えを出してしまっていた。それでも第五世代にとっては少々長すぎる時間だ。第五世代は、とどのつまり、第四世代より二歳年下だった。

二人の最年長のデイヴィッドが授業のあとで研究所へ向かうと、デイヴィッドはそのあとを追った。彼が近づくまで、二人は熱心にしゃべっていた。彼は研究所で十五分間だまりこくって仕事すると、それからそこを出た。ドアの外で立ち止まると、いま一度、静かな話し声が聞こえてきた。腹立たしげに、足音も荒く、彼は廊下を歩み去った。

ウォルトのオフィスで、彼は怒りを爆発させた。「くそ、あいつらはなにかたくらんでいるんだ！　どうもくさいですよ」

ウォルトは、超然として、物思いにふけりながら、彼を眺めた。デイヴィッドはその前でどうしようもない無力感を覚えた。これと指摘できる事柄は、特に意味のありそうな事柄はなにもなかったが、彼にはどうしても振りはらうことのできない、ある感じが、直感があった。

デイヴィッドは半分やけくそで言った。「いいでしょう。彼らがテストの結果をどんなふうに受けとめたか考えてください。少年たちはなぜ嫉妬しないんでしょう？　少女たちはなぜ手近の二頭の種馬の気をひこうとしないんでしょう？」

ウォルトは首を振った。

「彼らが研究所でなにをしているのかさえ、ぼくはもう知らないんですよ」と、デイヴィッドは続けた。「それに、ハリーは家畜の世話係にされてしまいました」彼はいらいらと部屋のなかを行ったり来たりした。「彼らは取ってかわろうとしているんです」

「いつかそうなるだろうことは承知の上だったはずだ」と、ウォルトはおだやかに答えた。

「しかし、第五世代は十七人しかいません。第四世代は十八人です。両方合わせたなかで、子供を作ることができるのは六人か七人というところでしょう。その上、平均余命は短くなり、異常が発生する確率は増えてゆきます。彼らはそれを知らないんでしょうか？」

「デイヴィッド、落ち着け。彼らはそうしたことをすべて心得ている。彼らは当事者だ。嘘じゃない、彼らにはわかっているのさ」ウォルトは立ち上がって、デイヴィッドの肩に腕をまわした。「われわれはやるべきことをやったんだ、デイヴィッド。われわれがここまでもってきたんだ。たとえいまのところ受胎能力のある少女が三人しかいなくとも、三十人までの赤ん坊を期待できる。そして次の世代になれば、子供を作ることのできる者はもっと増えるだろう。われわれは任務を果たしてきた。彼らがそう望むならここいらでなにもかも任せようじゃないか」

夏の終わりまでに、第四変種の少女のうちの二人がみごもった。谷では、長老たちが思い出せるかぎりのどの独立記念日にも劣らない熱狂的な祝賀会が開かれた。

リンゴが枝で赤く色づきはじめたころ、ウォルトは部屋から出られないほどぐあいが悪くなった。さらに二人の少女がみごもった。二人のうちの片方は第五世代だった。毎日、デイヴィッドはウォルトと何時間もともに過ごした。もう少しも研究所で仕事したいとは思わなかったし、教室では疎外感を覚えるばかりだった——第一世代がしだいに教師の役目を引き継ぎつつあったのだ。

「今度の春にはあの赤ん坊たちを誕生させなければならないかもしれんな」と言って、ウォルトはにやりとした。「分娩方法の授業をはじめたらどうだね。ウォルト3なら用意ができているだろう」

「なんとかやりますよ」と、デイヴィッドは答えた。「心配しないでください。あなたが立ち会ってくれればいいんです」

「まあ、どうなるかな」ウォルトは少しのあいだ目をつぶると、そのまま言葉を続けた。「彼らについてのきみの意見は正しかったよ、デイヴィッド。彼らはなにかたくらんでいる」

デイヴィッドは身を乗り出して、無意識に声を低くした。「なにを知っているんです?」

ウォルトは彼を見つめて、かすかに首を振った。「きみが夏のはじめにはじめてわたしのところへ来たとき知っていたのと同じ程度のことさ。それだけだ。デイヴィッド、彼らが研究所でなにをしているかさぐり出せ。そして、彼らが妊娠した娘たちをどう考えているか突き止めるんだ。この二つのことを、すぐしてくれ」デイヴィッドから顔をそむけて、彼は言いそえた。

「ハリーから聞いたんだが、彼らは人工胎盤を必要としない新しい胎児育成装置を考案したそうだ。そしてできるだけ早くそれを投入しようとしている」彼はため息をついた。「ハリーが参ってしまってね、デイヴィッド。もうろくしたのか、気が狂ったかだ。ウォルト1でも手の打ちようがないんだ」

デイヴィッドは立ち上がったが、ためらった。「ウォルト、教えてくれてもいいんじゃありませんか。あなたはどこが悪いんです?」

「うるさい、ここから出て行け」と、ウォルトは言った。だがその声はもうかつての声ではなく、デイヴィッドを部屋から追い出すだけの力はなくなっていた。ちょっとのあいだ、ウォルトは弱々しく無力に見えたが、次いでゆっくりと目を閉じた。今度はうなり声だった。

「出て行け。わたしは疲れた。休みたい」

デイヴィッドは長いこと川に沿って歩いた。何週間も、いやひょっとすると何カ月も、彼は研究所に足を踏み入れていなかった。もはや研究所で必要とされなくなっていたのだ。そこにいても自分がじゃまをしているような気がするばかりだった。丸太に腰をおろして、彼は若者たちが妊娠した二人の少女のことをどう考えるか想像しようとした。彼らは二人を畏敬するだろう。生命を生み出す者、大勢の人間のなかで数少ない貴重な存在として。ウォルトはなんらかの家母長制が発達するのを恐れているのだろうか？　ありうることだ。何年か前、デイヴィッドとウォルトはその問題について話し合い、結局、自分たちにはどうしようもない事柄のひとつとしてそれを片付けたのだった。新たな宗教が生まれるかもしれない。だがたとえそうした事態が起こりつつあることを知ったとしても、長老たちにいったいなにができるだろう？　なにをすべきなのだろう？　彼は静かな水面に小枝を次々と投げ込んだ。おだやかな、寒い夜にふさわしく、川はさざ波ひとつ立てず流れていた。そして彼は、自分がなにも心配していないことを知った。

そうしているのにもあきて立ち上がった彼は、ふたたび歩きはじめた。急にひどく寒くなった。毎年、冬は寒く、早く、長くなり、彼の記憶にある子供時代のいつよりも、雪は増えつつあった。彼は思った——人間が毎日何メガトンもの汚物を大気中にばらまくのをやめるやいなや、大気は遠い昔にそうであったに違いない状態へと戻ったのだ、と。夏と冬はますます湿潤になり、夜空にはこれまで見たこともないほど多くの星々が輝いて、しかも、その数は夜ごとに増していくように思えた。昼はどこまでも青く澄み渡った空が、夜になると、現代の人間がはじめて目にする、燃える星々をちりばめた青黒いビロードへと変わるのだった。

ウォルト1とウォルト2がいま働いている病院の翼棟は、灯火であかあかと輝いていた。デイヴィッドはそちらへ向かった。病院に近づくにつれて、彼は急ぎはじめた。明りの数が多すぎた。それに、窓のむこうで人々が動いているのが見えた。人数が多すぎる。長老たちだ。

ロビーでマーガレットと出くわした。きまぐれに頬を流れ落ちる涙のことは気にもとめず、声もなく泣いている。彼女はまだ五十歳にはなっていなかったが、それよりふけて見えた。いかにも長老という感じだな、と考えて、デイヴィッドは心が痛んだ。われわれはいつから自分たちをそう呼ぶようになったのだろう？　どうにかして自分たちを区別しなければならなかったからか？　そして、相手をありのままに呼ぶことを肯じなかったからか？　クローンか！　彼は荒々しくひとりごちた。クローン！　完全な人間ではないのだ。クローンどもめ！

「どうした、マーガレット？」彼女はデイヴィッドの腕をつかんだが、なにも言えなかった。

彼女の頭ごしにウォーレンを見ると、青ざめ、震えていた。「どうしたんだ?」

「発電所で事故があった。ジェレミーとエディーが死んだ。若い連中が何人かけがをした。けがの程度は知らない。彼らはあそこにいる」ウォーレンは手術室のある翼棟を指さした。

「彼らはクラレンスを置き去りにした。クラレンスを残して、さっさと行ってしまったんだ。われわれで彼を運んできたんだ。しかし、おれにはわからん」彼は首を振った。「彼らはクラレンスを置き去りにして、仲間だけを運んできたんだ」

デイヴィッドは、緊急処置室をめざして廊下を走った。サラがクラレンスの身体を調べており、何人かの長老たちが彼女のじゃまをしないようにうろうろと動きまわっていた。

デイヴィッドはほっと安堵のため息をもらした。サラは何年ものあいだウォルトとともに仕事しており、医者としては次善の人間だった。デイヴィッドはすばやくコートを脱ぐと急いで彼女のもとへ行った。「ぼくにできることは?」

「背中をやられてるわ」と、サラは手短かに言った。ひどく青ざめてはいるものの、クラレンスの脇腹のざっくりと開いた長い傷口を消毒綿で清め、そこにぶ厚い当て物をあてる手つきは、たしかだった。「これは縫わないと。でも、心配なのは背中よ」

「折れているのか?」

「たぶんね。内臓も損傷している」

「いったいウォルト1もウォルト2もどこにいるんだ?」

「仲間のところよ。むこうには負傷者が二人いるはずだわ」サラはデイヴィッドの片手を当て物の上にのせた。「少しのあいだしっかりおさえていてちょうだい」そして聴診器をクラレンスの胸に押しあて、両目をのぞきこんでから、身体を起こして、続けた。「あたしにはどうしようもないわ」

「傷を縫うんだ。ぼくはウォルト1を呼んでくる」デイヴィッドは大またに廊下を歩いていった。わきに退いて彼のために道をあけるほかの長老たちの姿はまったく目にはいらなかった。手術室のドアのところで、彼は三人の若者に引き止められた。ハリー3がいたので、彼は言った。「瀕死の重傷者がいるんだ。ウォルト2はどこだ?」

「だれです?」と、ハリー3はほとんど無邪気にきき返した。

デイヴィッドは、とっさに名前を思い出せなかった。若々しい顔をみつめて、彼はこぶしを握りしめた。「だれのことか、いまさら言うまでもないはずだ。医者が必要なんだ。ここに、ひとりか二人いるだろう。ひとり連れていきたいんだ」

デイヴィッドは背後の動きに気づいて振りむいた。さらに四人の若者が近づいてきた。少女二人と、少年二人だ。どちらもたがいに交換可能だ、と彼は思った。だれがなにをするかは問題ではなかった。「急用だと伝えてくれ」と、彼はきびしい声で言った。新しくやって来た者たちのうちのひとりがクラレンス2だとわかったので、彼はいっそうきびしく言った。

「クラレンスだ。サラの診断では背骨が折れているらしい」

クラレンス2は表情を変えなかった。彼らはとても近くまで来ていた。全員がデイヴィッドを取り巻き、彼のうしろでハリー3が言った。「ここの用事が終わりしだい、伝えましょう、デイヴィッド」そしてデイヴィッドは、自分にできることはなにもないことを、まったくなにもないことを、知った。

8

彼は若者たちのすべすべした顔を凝視した。どれもなじみ深い顔ばかりで、それぞれが生きた思い出だった。彼はさながら自分自身の過去を歩みながら、年老い、あるいは年老いかけているいとこたちが若返った姿を、若返りはしたもののなにかを失った姿を見ているかのような気がした。なじみ深く、しかも異質であり、知ってはいても、理解することのできない、若者たち。ハリー3のうしろで自在戸が開き、ウォルト1が出てきた。手術着をつけたままで、マスクは喉にさげてあった。

「これから行きます」とウォルト1が言うと、小さなグループは道をあけた。デイヴィッドに一瞥をくれたあと、ウォルト1は二度と彼を見ようとはしなかった。

デイヴィッドはウォルト1のあとを追って緊急処置室へ戻ると、医者の熟練した手がクラレンスの身体に触れ、反射を調べ、自信に満ちた様子で脊柱を調べるのを見守った。「わたしが手術します」ウォルト一号の口調は、同じく自信に満ちていた。彼はサラ1とウォルト2にクラレンスを運ぶよう身ぶりで合図すると、ふたたび出ていった。

ウォルト1が現われると同時にうしろにさがっていたサラは、ゆっくりと向き直って、クラレンスの傷を縫うためにはめた手術用手袋を脱いだ。ウォーレンは、二人の若者がクラレンスの身体に覆いをかけてしっかりストラップで固定してから、ベッドを押してドアを通り、廊下を去ってゆくさまを見守った。だれも口を開く者のないまま、サラが緊急処置室の備品をきちょうめんに整頓しはじめた。彼女は仕事を終えると、ほかになにかすることはないかとぼんやりあたりを見まわした。

「マーガレットを家へ送っていって、寝かせてやってくれないか?」とデイヴィッドが頼むと、サラはうれしそうに彼を見て、頷いた。彼女がいなくなると、デイヴィッドはウォーレンのほうを向いた。「だれかが死体を運んでこないとな。洗ってやって、埋葬の準備をしなければ」

「いいとも、デイヴィッド」と、ウォーレンは沈んだ声で答えた。「おれがやろう。われわれでエイヴリーとサムを葬るさ。すぐに行って運んでくるから、葬式をしよう。すぐに……デイヴィッド、われわれのしたことはなんだったんだ?」そして、あまりに重苦しく、あまりに生気のなかった彼の声は、感情的とさえいえるほどになった。「あいつらはなんなんだ？」

「というと？」

「事故が起こったとき、おれは発電所にいたんだ。エイヴリーと軽く腹ごしらえしていたのさ。エイヴリーはちょうど食べ終えるところだった。床の一部が崩れ落ちたんだ。きみも知っているだろう、あの古い部分だ。あそこは去年かおとといに新しく床を張り変えるべきだったよ。あそこがともかく崩れたんだ。すると、だしぬけにやつらが、ガキどもが、姿を現わした。やつらを呼びにいく時間はだれにもなかったし、大急ぎで来るようにどなる時間もなかった。まるでなかったんだ。なのに、やつらは現われた。やつらは、尻に火がついたみたいないきおいで、仲間の二人をあそこから病院へ運んだ。そうさ、デイヴィッド、いきなり姿を現わしたんだ」

彼は恐ろしげな表情でデイヴィッドを見た。デイヴィッドがただ肩をすくめると、彼は首を振って、緊急処置室から出ていった。そして、あたかも若者たちが自分がそこを去るのを許してくれるかどうかたしかめようとでもするかのように、まず、すばやく、無意識に、廊下に目を走らせた。

デイヴィッドが待合室に行くと、数人の長老たちがまだ残っていた。ルーシーとヴァーノンは窓ぎわに腰をおろして、夜の闇を見つめていた。クラレンスは、妻が死んでから、ルーシーといっしょに暮らしていた。夫婦としてではなく、日々の生活の伴侶として。というのも子供のころ、二人は兄妹《きょうだい》のように親しくしており、いまではたがいに、寄り添う相手を必要としていたからだ。ときには妹、ときには母親、ときには娘のように、ルーシーは彼のことで大騒ぎし、彼のために縫い物を、雑用をしていたのだった。もしもいま彼が死んだら、ルーシーはどうするだろう？　デイヴィッドは彼女のところへ行くと、冷たい手を取った。彼女はとてもやせていたが、黒い髪にはまだ白い筋は見えなかった。その下の濃い青い瞳が陽気にきらめいていたのは、遠い、遠いむかしのことだ。

「家に帰りたまえ、ルーシー。ここにはぼくがいる。なにか起こりしだい、きっときみに教えるから」

彼女はデイヴィッドを見つめ続けた。デイヴィッドはこまってヴァーノンのほうに顔を向けた。ヴァーノンはこの事故で弟に死なれたのだ。だが、彼にかける言葉は、彼を力づける方法は、なにもなかった。

「好きにさせてやれ」と、ヴァーノンは言った。「どうしても待ちたいんだ」

デイヴィッドは、ルーシーの手を取ったまま、腰をおろした。少しして、彼女はそっとその手を引くと、関節が白くなるまできつく両手を握りしめた。若者はだれも待合室に近寄らなかった。彼らは仲間の容態をどこで聞くつもりなのだろうと、デイヴィッドは不思議に思った。いや、ひょっとすると彼らにはどこかで待つ必要はないのかもしれない。彼らはひとりでに知るのかもしれない。デイヴィッドは腹立たしげにその考えを念頭から追い払った。

そんなことを信じてはいなかったが、完全に否定することもできなかった。かなりたって、ウォルト1が部屋に入ってくると、特にだれにむかってでもなく口を開いた。「彼は眠っています。あすの午後まで目はさめないでしょう。もうお帰りください」

ルーシーが立ち上がった。「あの人についていたいの。なにかしてあげられることがあるかもしれないし、容態が変わるかもしれないわ」

「看護の人間がついています」と答えて、ウォルト1はドアのほうにきびすを返した。が、それから足を止め、肩ごしに振り返って、ヴァーノンに言った。「弟さんはお気の毒なことをしました」そして、歩み去った。

ルーシーが決心をつけかねていると、ヴァーノンが彼女の腕をつかんだ。「送っていこう」と彼が言うと、ルーシーは頷いた。デイヴィッドは彼らがそろって出てゆくのを見送ったあと、待合室の明かりを消し、廊下をゆっくり歩いていった。なにをしようというつもりもなかったが、家に帰ったり、どこかよその場所へ行く気もしなかった。ふと気づくと、ウォルト1が使っているオフィスの外に来ていたので、静かにノックした。ウォルト1がドアをあけた。疲れているようだな、とデイヴィッドは思った。しかしその驚きがあたっているかどうか確信は持てなかった。むろん、疲れているはずだ。手術が三つだ。ウォルト1は、若いころの、疲れたウォルトそのままに見えた。神経がたかぶって、すぐに眠ることもできず、かといって、歩いて緊張をほぐすには疲労困憊しすぎているのだ。

「入っていいか?」と、デイヴィッドはためらいがちに訊ねた。ウォルト1が頷いてわきに寄ると、デイヴィッドは部屋に足を踏み入れた。このオフィスに入ったことはこれまで一度もなかった。

「クラレンスはだめでしょう」と、ふいにウォルト1は言った。ドアのかたわらに立つ彼の声を背後に聞いたデイヴィッドは、それがあまりにウォルトの声そっくりなので、恐怖に似たものが全身を貫くのを感じた。いや、というより、またもやちょっと驚いただけさ、と、デイヴィッドは自分に言いきかせた。「できるだけの手はつくしました」と続けて、ウォルト1は机のむこうへ行き、腰をおろした。

ウォルト1は無言で座っていた。ウォルトが見せる神経質なわざとらしさは微塵もなく、ウォルトが話をするときに言葉と同じくらい大きな役割をつとめる、机をこつこつたたく指の動きもなかった。耳をひっぱったり、鼻をこすったりのしぐさもなかった。なにかを失ったウォルト、不毛地帯だ。いま、顔に疲労をにじませたウォルト1は、椅子のなかで身じろぎもせずに、デイヴィッドが口を開くのを待っていた。さしずめ臆病な子供が話を切り出すのを待つおとなといった様子だった。

「きみたちはどんなふうにあの事故のことを知ったんだ?」と、デイヴィッドは訊ねた。

「ほかのだれも知らなかったのに」

ウォルト1は肩をすくめた。「ただ、わかったんです」

「いま研究所でなにをしているんだ?」デイヴィッドは自分の声の不自然な調子に気づいた。どうしたものか出しゃばりになったような気がして、自分の質問がくだらないむだ口のように思えた。

「方法を改良しているんです。例のごとくね」

それになにかほかのこともな、とデイヴィッドは思ったが、それを口に出しはしなかった。「備品類の調子はここ数年上々のはずだ。方法自体も、考えうる最善のものとはたぶん言えないだろうが、充分役に立つ。なぜいまいじくるんだ? 実験の正しかったことがおのずと明らかになりつつあるように思えるこのときに」つかのま、ウォルト1の顔に驚きの色が浮かんだように見えた。が、それはあっというまに消え、いま一度、無表情な仮面がすべてを覆い隠した。

「ずっとむかしにあなたがたの女性のひとりがわれわれの仲間のひとりを殺したのを覚えていますか? ヒルダは自分に生き写しの子供を手にかけたのです。われわれはみなでその死を分かちあいました。そして、あなたがたがそれぞれひとりぼっちだということを実感したのです。われわれはあなたがたとは違うんですよ、デイヴィッド。おそらくご存じだと思いますがね。しかし、そろそろその事実を受け入れてください」彼は立ち上がった。「われわれは決してあなたがたの状態には戻らないでしょう」

デイヴィッドも立ち上がった。妙に脚から力が抜けてしまったような感じだった。「はっきり言ってくれないか」

「有性生殖が唯一の答えではありません。なぜなら、高等な生物が有性生殖をおこなうように進化したからといって、それが最善だということにはならないからです。ひとつの種《スピーシーズ》が絶滅するたびに、別のより高等な種がそれに取ってかわってきたのです」

「クローニングは、高等生物にとって最悪の方法だ」と、デイヴィッドはゆっくり言った。「多様性が抑圧される。それはわかっているはずだ」脚に続いて、全身から力が抜けてゆくように思われた。両手が小刻みに震えはじめた。彼は机のふちをぎゅっとつかんだ。

「多様性は有益だと仮定しているわけですね。ひょっとしたら、そうではないかもしれない」と、ウォルト1は答えた。「あなたがたは個性というものに高い代価を支払っている」

「そうはいっても、衰弱と死滅がある。それを避けることができるようになったのか？」デイヴィッドはこの会話を終わらせたかった。そして、滅菌されたオフィスから、彼がなにを感じているかすっかり見通しているかのようなするどい目を持つ、なめらかな、無表情な顔から、逃げ出したかった。

「まだです。しかしわれわれは、そうした現象に対処できるようになるまで、子を産む力のある仲間をたよりにすることができます」ウォルト一号は机のまわりをまわって、ドアのほうへ歩いた。「患者を診《み》なければなりません」と言って、彼はデイヴィッドのためにドアを開けた。

「その前に、ウォルトがどうしたのか教えてくれないか」

「ご存じないのですか?」ウォルト1は首を振った。「つい忘れていました。あなたがたはたがいに心で話をしないのでしたね。あの人は癌《がん》です。手術はできません。あちこちに転移しています。もう長くないでしょう。あなたはご存じなのかと思っていました」

デイヴィッドは一時間ほどぼんやりと歩いた。そして、ようやくわれに返ったときには、自分の部屋にいた。疲れきっていたが、まだ眠る気にはならなかった。彼は夜明けまで窓辺に座り、それからウォルトの部屋へ行った。ウォルトが目をさますと、彼はウォルト1から聞いたことを報告した。

「彼らは子を産む能力のある者たちを、クローンの補給にだけ使うつもりです。彼らのあいだで人間《ヒューマン》はのけ者にされるでしょう。われわらがあれほど懸命に働いて作り出そうとしたものを、彼らは破壊するでしょう」

「そんなことは許されん、神よ――させてはならん!」ウォルトの顔色はひどいもので、弱りきっているせいで起きあがることもできなかった。「ヴラシックはおかしくなって、なんの助けにもならないだろう。おまえがなんとしても止めねばならない」苦々しくつけ加える。「しかし、やつらはもっとも安易な道を選ぶだろう。やつらの計画を知ったいま、あきらめるしかない」

デイヴィッドは、ウォルトに打ち明けたことを自分が悔やんでいるのか喜んでいるのかわからなかった。これでもう秘密はない、と彼は思った。そして、二度と秘密は作るまい。

「なんとかして彼らを止めます。どんなふうに、いつやるかはまだ考えていませんが、近いうちに」

第四世代のひとりがウォルトの朝食を運んでくると、デイヴィッドは自分の部屋に戻った。そして数時間うつらうつら眠ったあと、シャワーをあびて、洞窟の入口へ行った。第二世代のひとりがそこで彼を止めた。

「すみません、デイヴィッド。ジョナサンから言われました。あなたは休息が必要です。いまは働くべきではありません」

無言でデイヴィッドは身をひるがえし、その場を去った。ジョナサンか。ウォルト1だ。彼らがデイヴィッドを研究所から閉めだすことに決めたのなら、もうどうしようもなかった。デイヴィッドとウォルトはまさに研究所をそのように設計したのだった。洞窟は難攻不落だ。デイヴィッドは長老たちのことを考えた。現在四十四人。そのうち二人は不治の病にかかっている。もうひとりは精神異常だ。となると、四十一人で、うち女性が二十九人。健康な身体の男が十二人。クローンが九十四人。

デイヴィッドはハリー・ヴラシックが現れるのを何日か待った。が、ここ数週間というもの彼を見かけた者はいなかった。ヴァーノンは、彼は研究所で暮らしているのだと考えていた。食事もすべてそこで取っているのだ、と。デイヴィッドはあきらめて、食堂でデイヴィッド1を捜し、研究所の作業を手伝おうと申し出た。

「なにもしないでいるとどうにも退屈でね。一日に十二時間以上働くのになれているんだ」

「当分休んでください。ほかの者たちがあなたの重荷をかわって背負いますから」と、デイヴィッド1は愛想よく言った。「仕事のことは心配いりませんよ、デイヴィッド。実に順調にはこんでいます」

「なぜわたしをなかに入れようとしない？　客観的意見の価値を知らないのか？」

デイヴィッドは彼が歩きだすと、デイヴィッドはその腕をつかんだ。

デイヴィッド1は身体を引くと、あいかわらず余裕たっぷりに微笑しながら、答えた。

「あなたはなにもかもぶち壊したいんだ、デイヴィッド。むろん、人類の名においてね。しかし、あなたにそんなまねをさせるわけにはいきません」

デイヴィッドは相手の腕にかけた手をおろし、自分自身であったかもしれない若者が料理のカウンターのところへ行き、盆に次々と皿をのせるさまを見つめた。

「ある計画を進めているんですよ」と、デイヴィッドはウォルトに嘘をついた。そして、それからの何週間か、幾度となく同じ嘘をくりかえした。日ごとにウォルトは弱ってゆき、ひどい苦痛にさいなまれはじめた。

いまではデイヴィッドの父親がほとんどいつもウォルトにつきそっていた。彼は髪に白いものがまじり、年をとってはいたが、身体は健康だった。彼は自分たちの少年時代のことを、来たるべき狩猟シーズンのことを、現在の一時的不景気のせいで利子が減ってしまうのではないかと心配していることを、十五年前に死にわかれた自分の妻のことを、しゃべった。彼はほがらかで幸福そうで、ウォルトは彼がそばにいることを望んでいる様子だった。

三月に、ウォルト1がデイヴィッドを呼んだ。ウォルト1はオフィスにいた。「ウォルトのことですが、あの人を苦しませ続けるべきではありません。こんな目に遭わなければならないようなことを、あの人はなにもしていないのです」

「彼は少女たちが赤ん坊を産むまではがんばろうとしているんだ。自分の目でたしかめたいのさ」と、デイヴィッド。

「しかし、もうそんなことは言っていられません」と、ウォルト1は辛抱強く答えた。「こうしているあいだも、あの人は苦しんでいるのです」

デイヴィッドは憎悪をこめて相手をにらみ、自分にはその方法を選ぶことができないのに気づいた。

ウォルト1はさらに数秒彼を見つめたのち、言った。「われわれが決めましょう」翌朝、ウォルトが眠ったまま死んでいるのが発見された。

9

緑の萌え出る季節だった。最初に柳が、優雅な枝々に緑色をした繊細な網目模様の雲をかけた。レンギョウとバーニングブッシュは花ざかりで、黄色と桃色が灰色の背景にあざやかに浮かび出ていた。三月の豪雨と上流の雪どけのせいで川の水面は高かったが、それは予想どおりの高さであって、今年は危険なほどではなく、洪水の恐れはなかった。九月以来失われていたおだやかさが日々に戻った。空気はやさしく、ぬれた木々と肥沃な大地のにおいがした。デイヴィッドは農場を見おろす斜面に腰をおろして、春のしるしをひとつひとつ数えた。牧草地には子牛たちがいた。いつもと同じ春の子牛らしいありさまをしている。脚が細く、無器用で、少しばかりぼうっとした連中。どの畑もまだ耕されていないが、菜園は青々としていた。白っぽいレタス、青緑のケール、玉ネギの緑の芽、濃緑のキャベツ。病院の一番新しい翼棟は、まだペンキを塗られておらず、仕上げのほどこされたレンガの建物とくらべると未完成に見えたが、すでに使われており、何人かの若者が勉強しているのが窓のむこうに見えた。彼らには最良の教師、すなわち彼ら自身と、最良の学生がいた。彼らはたがいに仲間から驚くほどよく——はじめのころよりいっそう充分に——学んだ。

彼らは何人かずつ連れ立って学校から出てきた。こちらに四人、あちらに三人、そしてまた二人。デイヴィッドは目をこらして、三人のシーリアを見つけた。彼女たちのだれがだれかを見分けることはもうできなかった。三人ともおとなのシーリアであって、区別がつかなかった。なんの欲望もなしに、デイヴィッドは彼女たちを見つめた。なんの憎しみも、愛も感じなかった。三人が納屋に消えると、彼は農場を見渡し、谷の向かいに連なる丘へと目をやった。尾根ははっきりせず、するどい直線部分はどこにもなかった。それらの丘は、やさしく招いているように見えた。もうじきだ、と彼は思った。もうじき。ハナミズキの花が咲く前に。

最初の赤ん坊が生まれた夜に、例年のとおり祝賀会が開かれた。長老たちは仲間同士でしゃべり、仲間うちの冗談に笑い、酒を飲んだ。クローンたちは彼らを好きにさせておいて、部屋の反対側でパーティーをした。ヴァーノンがギターを弾きだして、ダンスがはじまると、デイヴィッドはこっそりその場を去った。そして、病院の敷地を数分間あてどなくうろついたすえ、だれもあとをつけてこないことをたしかめると、発電所と発電機のほうへ足ばやに歩きはじめた。六時間だ、と彼は考えた。六時間電気が止まれば、研究所のなかのものはすべてめちゃくちゃになるだろう。

デイヴィッドは用心深く発電所に近づいた。川をいきおいよく走る水が、たぶん、どんな物音もかき消してくれるだろう。建物は三階建てで、非常に大きく、地上十フィートのところに窓が並んでいた。そこがオフィスのある階だった。一階は機械で埋まっていた。裏手にはすぐ丘が迫っていたので、それに登れば窓に手が届いた。デイヴィッドはけわしい斜面に足をふんばり、片手を建物について身体をささえると、自由なほうの手で窓を次々と調べた。ひとつの窓を押すと、それがらくに上がることがわかった。まもなく彼は暗いオフィスのなかにいた。窓を閉めてから、障害物をよけるために両手を伸ばしてゆっくりと動き、部屋を横切って戸口へ行くと、ほんのわずかドアを開けた。発電所が無人になることは決してなかった。今夜の当直の者たちがみな一階の機械のところにいればいいのだがと、デイヴィッドは思った。いくつかのオフィスと一本の廊下が、ぼんやりと照明された吹抜け部分を見おろす中二階を成していた。さまざまのグロテスクな影が廊下を不気味に変え、深い闇の淵と、だれかがしかるべきときにふと顔を上げたら彼の姿ははっきり見えるだろう場所とが、複雑に入り組んでいた。突然、デイヴィッドは緊張した。話し声だ。

彼はそっと靴を脱いで、ドアをさらに開けた。話し声はいっそう大きくなった。一階だ。音もなく、壁から離れずに、彼は制御室のほうへ走った。もう少しで制御室のドアというところで、建物中の明かりがついた。叫び声があがり、大勢の人間が階段を駆け上がる音が聞こえた。彼はドアに突進すると、それをぐいと開けて入り、いきおいよく閉めた。ドアをふさぐ方法はなかった。彼は書類戸棚を一インチかそこら押して、あきらめると、金属製の腰掛の脚をつかんだ。そしてそれを持ち上げ、中央制御盤に力いっぱい叩きつけた。と、その瞬間、両肩にすさまじい痛みを覚え、明かりが消えると同時に、彼はよろめいて前に倒れた。

目をあけるのに骨が折れた。ちょっとのあいだ、ぎらぎらする光のほかはなにも見えなかったが、すぐに、若い娘の顔が見分けられるようになった。娘は本を読んでいた。すっかり熱中しているようだ。ドロシーだろうか？　彼女はいとこのドロシーだった。彼は起きあがろうとした。すると、彼女は顔を上げて、ほほえんだ。

「ドロシーか？　ここでなにをしている？」彼はベッドから出られなかった。部屋の反対側のドアが開いて、ウォルトが入ってきた。やはりたいそう若くて、しわもなく、きれいな茶色の髪は豊かに波打っていた。

デイヴィッドは頭が痛みはじめたので、手を上げた。包帯が目のすぐ上まで巻かれていた。ゆっくりと記憶が戻り、彼は目を閉じた——記憶をふたたび消そうとして、彼らをドロシーとウォルトのままでおこうとして。

「気分はどうです？」と、ウォルト1が訊ねた。デイヴィッドは手首に冷たい指が触れるのを感じた。「たいしたことはありません。軽い脳震盪《のうしんとう》です。あいにく、ひどいあざができています。しばらくはかなり痛むでしょう」

目を閉じたまま、デイヴィッドはきいた。「発電所の損害は大きいか？」

「ごく軽微です」

二日後、デイヴィッドは食堂での集会に出席するようたのまれた。頭の包帯はまだ取れていなかったが、いまでは、絆創膏《ばんそうこう》に毛の生えた程度のものになっていた。肩はずきずきとうずいた。彼はゆっくり食堂へ行った。二人のクローンがつきそった。デイヴィッド1が立ち上がって、デイヴィッドに部屋の正面の椅子をすすめた。デイヴィッドはだまってそれに応じ、腰をおろして待った。デイヴィッド1は立ったままだった。

「授業のときにみなで本能について話しあったことを覚えていますか、デイヴィッド?」と、デイヴィッド1は訊ねた。「本能などというものはなく、一定の刺激にたいする条件づけられた反応があるだけだということで、最後にみなの意見は一致しました。われわれはそれについて考えを変えたのです。いまなお、おのれの種を守るための本能が存在することを、認めるようになりました。種の保存は非常に強い本能です。いや、本能という言葉がまずければ、動因と言いかえてもかまいません」彼はデイヴィッドを見て訊ねた。「あなたをどうしたらいいでしょう?」

「馬鹿を言うな」と、デイヴィッドはするどくやりかえした。「きみたちは別個の種ではないんだぞ」

デイヴィッド1は答えなかった。動く者はいない。彼らは静かに、ものわかりよく、落ちついて、デイヴィッドを見守っていた。

デイヴィッドは立ち上がり、椅子をうしろへやった。「では、わたしにひとことしゃべらせてくれ。もう二度となにかを壊すようなことは考えないと、名誉にかけて誓おう」

デイヴィッド1は首を振った。「そのことは話しあいました。しかし、この種の保存の本能は、名誉にかけての誓いに優先するだろうということで意見は一致しました。われわれの場合もやはりそうなるでしょう」

デイヴィッドは思わず両手を握りしめたが、むりやり指を開き、手の力を抜いた。「それなら、わたしを殺してもらおう」

「そのことも話しあいました」と、デイヴィッド1は重々しく言った。「それはしたくありません。われわれはあなたにあまりに多くの借りがあります。いずれ、あなたと、ウォルトと、ハリーのために、彫像を建てるつもりです。あなたの努力はすべて、ほかならぬわれわれのために注意深く記録してあります。われわれはあなたに感謝し、あなたを愛しているのです。そのような人物を殺すことはできません」

デイヴィッドは部屋を見渡し、なじみ深い顔に次々と目をとめた。ドロシー。ウォルト。ヴァーノン。マーガレット。シーリア。相手はみなたじろぐことなくデイヴィッドの視線を受けとめた。あちこちで、彼らの幾人かがこちらにむかいかすかにほほえんだ。

「結論を言え」と、ついにデイヴィッドは言った。

「ここから出ていってもらいます。三日間つきそいがつきます。川下へ進んでください。荷車に、食糧と、穀物や野菜の種子と、道具を少々積みました。この谷は地味が肥えています。

どの種子も育つでしょう。菜園を作りはじめるには、ちょうど良い季節です」

ウォルト2が、彼に同行する三人のうちに加わっていた。だれも口をきかなかった。少年たちは交代で荷車を引いた。デイヴィッドは自分も引くと申し出たりはしなかった。三日目の終わりに、サムナー農場とは川をはさんだ反対側の岸に彼をひとり置いて、少年たちは引き返していった。先に出発した二人を追って立ち去る前に、ウォルト2が言った。「ぼくの口から話すようにとたのまれてきました、デイヴィッド。あなたがシーリアと呼ぶ少女たちのひとりが妊娠しました。あなたがデイヴィッドと呼ぶ少年たちのひとりが父親です。二人はあなたに知ってほしがっていました」それから少年は身をひるがえして、仲間を追っていった。三人は木々のあいだにたちまち消えた。

デイヴィッドはその場所で眠った。そして朝が来るとさらに南の下流へ進んだ。荷車はあとに残し、今後数日分の食糧だけをたずさえた。一度足を止めて、カエデの若木が松のあいだに隠れているのをじっと見つめ、その柔らかな緑の葉に、やさしく触れた。六日目に、ウィストン農場に着いた。そこでシーリアを待った日々のことが、いまもありありと思い出された。彼の友達だったホワイトオークの木はむかしと変わらなかった。ひょっとしたら大きくなっているかもしれないが、彼にはわからなかった。枝々はあざやかな緑の若葉で覆われ、空を隠していた。彼は差掛け小屋を作り、夜はその木の下で眠った。そして次の朝には木にまじめに別れを告げ、眼下に農場が見晴らせる丘を登りはじめた。家はいまもそのままだったが、納屋はどこにも見えず、その他の付属建築物は――たいそう遠いむかしにデイヴィッドたちが起こした洪水のために流されてしまっていた。

あの古い森に辿り着いた彼は、一匹の空を飛ぶ虫がほとんどけだるげに羽を動かすのを見ながら、祖父がここでは虫さえ原始的だと教えてくれたことを思い出した――ここの虫は、もっと進化したいとこたちよりのろまで、暑さや日照り続きには弱いのだ、とも。

木々の下は霧がたちこめて、ひどく寒かった。虫は葉にとまった。金色の日光をあびて、虫も金色に見えた。つかのま、小鳥のさえずりが聞こえたような気がした。ツグミだ。それはあっというまに消えてしまい、たしかめることはできなかった。デイヴィッドは首を振った。空耳さ。空耳でしかない。

古代そのままの、奥まった森では、木々が遺伝子をもとのままに保ち、状況がふたたびおのれに有利になりしだいいつでも丘を下れるよう態勢を整えて、待っていた。デイヴィッドは巨大な木々の下の地面に長々と横たわって眠った。そして、ひんやりと霧のたちこめた彼の夢の世界では、トカゲたちが歩き、鳥が歌っていた。

Ⅱ　シェナンドア

10

七月の靄《もや》が谷にたちこめて、ものの輪郭をかすませ、熱気が畑の上の空気をちらちらと光らせていた。おだやかな日だった。谷を吹き抜けるそよ風は、やさしく、暖かかった。トウモロコシは豊かに生い茂り、人の背丈よりも高くなっていた。金茶色に輝く小麦は、風の変化に敏感に反応し、畑全体が同時に動いて、あたかもただひとつの生き物が筋肉を波打たせているかのようだった。ひょっとするとその生き物は、そうして緊張を解いているのかもしれない。トウモロコシ畑のむこうで土地は断ち切れ、川へと一気に下っていた。川は静かで、じっと止まっているように見えた。水は水晶のように透き通っていたが、病院の二階から眺めると、靄を通り抜ける光のいたずらで、流れはさび色の固体となり、ほったらかしにされた金属のようだった。

モリーは川を見つめて、丘陵地帯をぬうように流れるその行程を想像しようとした。波止場とそこの船のほうへ視線を戻したが、木々が病院の上階からそれを隠していた。彼女の顔と首にはうっすらと汗がにじんでいた。彼女はうなじにかかる髪を上にあげた。幾筋かの髪が肌にぴったりと張りついていた。

「いらいらするの？」ミリアムがモリーの腰にそっと腕をまわした。

モリーはつかのまミリアムの頰に頭をもたせかけてから、ふたたび身体をまっすぐに起こした。「かもしれないわ」

「あたしはいらいらするわ」と、ミリアム。

「あたしもよ」と言って、マーサもまた窓辺へ行き、モリーと腕を組んだ。「選ばれなければよかった」

モリーは頷いた。「でも、それほど長くはかからないはずよ」寄り添うマーサの身体は熱かった。モリーは窓から顔をそむけた。彼女たちの居室は、隣接する病室の仕切りを取り払ってできた、細長い部屋だった。窓が六つあったけれど、午後遅くのいまごろは、どの窓からも風は入ってこなかった。六つの簡易ベッドが壁に沿って並んでいた。幅の狭い、白い、質素なベッドだった。

「あなたたちの髪を結わせて」と、部屋のむこう端からメリッサが叫んだ。彼女はここ三十分ばかり、自分の髪をくしけずり、編んでいたのだった。はなやかに振り返った彼女は、短い白いチュニックに赤い飾り帯をしめ、足にはトウモロコシの藁《わら》で作られたサンダルをはいて、涼しげで愛らしかった。髪は頭の上に高く結い上げられ、編み込まれた赤いリボンが、黒い髪に美しくはえていた。ミリアム姉妹は創意に溢れ、趣味がよくて、いつも流行を生み出してきた。今度のスタイルはメリッサの最新作だった。週末までにほかの姉妹たちが残らずまねをするだろう。

マーサがうれしそうに笑い声を立てて腰をおろし、メリッサの器用な指が自分の髪を整えはじめるのを見守った。一時間後に二人ずつ手を取りあって部屋を出たときには、彼女たちはただひとつの生き物のように動き、小麦の芽のようにそっくりに見えた。

ほかの小さなグループが次々と公会堂に集まりはじめていた。レイーザ姉妹が手を振ってほほえんだ。ラルフ兄弟がひとかたまりになって、かたわらを駆け抜けた。彼らの長い髪は、インディアン風に、編んで作ったひもで前にたれないよう押さえられていた。ノーラ姉妹がわきに寄って、ミリアムたちに道をあけた。彼女たちは圧倒された様子で、ひどく遠慮がちだった。モリーは彼女たちにむかって微笑しながら、自分の姉妹がやはり微笑していることに気づいた。ミリアム姉妹は等しく満足感を分かちあった。

公会堂の階段へ通じるもっと広い歩道に出ると、数人の繁殖員がバラの生け垣の上からこちらをのぞいていた。それらの顔がすばやく下に消えると、姉妹はそろって道を進んだ。繁殖員のことは無視して、一瞬後には忘れていた。バリー兄弟がいるわ、とモリーは思った。そしてベンを見分けようとした。六人の小さなクララが走ってきて、ふいに立ち止まり、ミリアム姉妹が階段を登って公会堂に入るまで、まじまじと彼女たちを見つめていた。

パーティーは新しい公会堂で開かれ、いつもある椅子のかわりに長いテーブルがたくさん置かれ、ふだんは〈最初の誕生の日〉や〈創建の日〉や〈洪水の日〉といった例年の祝日のときしか出されないごちそうがのっていた。公会堂の反対側の開いたドアから外を見て、モリーは息をのんだ。川へ続く小道は、獣脂たいまつと、松の枝のアーチで飾られていた。もうひとつの儀式も、宴会のあと、波止場近くでおこなわれることになっていた。いまでは音楽が公会堂を満たし、姉妹たちと兄弟たちは奥で踊り、子供たちがそのあいだを駆けまわって、行き当たりばったりのルールに支配されているらしい自分たちだけの遊びをしていた。モリーは幼い妹たちが夢中で追いかけっこをしているのを見て、ほほえんだ。十年前なら、それは彼女であり、ミリー、メリッサ、メグであり、マーサであったろう。でもミリアムはどこかよそにいて、またもやひとり取り残され、妹たちが礼儀正しくふるまっていないことに失望のあまり手を握りしめるか、怒って地団駄を踏むかしているに違いない。二歳年上のミリアムは、重い責任を負っていた。

大部分の女は白い上着に派手な飾り帯を締めていたが、スーザン姉妹だけはスカートをはいていた。彼女たちがくるくるまわって、手を取りあったり、離れたりするたびに、スカートは床をなで、花が開いたりつぼんだりするように見えた。男は、女のものより丈が長くて簡素な仕立てのチュニックを身にまとっていた。そして腰に結びつけたひもからは革袋が下がり、どの革袋もその持ち主が属する兄弟一族の象徴で飾られていた。こちらには、雄鹿の頭が、あちらにはとぐろを巻いた蛇が、あるいはまた空飛ぶ鳥が、高い松の木が……

ジェレミー兄弟が、新しく考案した複雑なダンスを披露していた。フラワー・ダンスよりおとなしかったが、集中力と持久力が必要だった。モリーが見物人の輪の端に近づいたときには、彼らは激しく汗をかいていた。ジェレミー兄弟は六人で、ジェレミーはほかの者たちより二歳年上なだけだった。そこで、彼ら六人のあいだにそれとわかる違いはなかった。こうして彼らが身体をねじりながらたがいに入りまじっていると、モリーにはどれがジェドか見当がつかなかった。ジェドは、あの金属の川を下る旅の仲間のひとりだった。

音楽が変わると、モリーとその姉妹はフロアにすばやく堂々と進み出た。外はすっかり暗くなって、電灯がついた。きょうは電球に青、黄、赤、緑の球がすっぽりかぶされていた。音楽がいっそう大きくなり、さらに大勢の踊り手がくるくるとまわった。一方、ほかの姉妹のグループは、祭のテーブルのところに一列に並んでいた。小カービー兄弟がそろって泣きだすと、だれかが寝かしつけるために連れていった。小ミリアム姉妹はおとなしくなって、壁ぎわにネズミのように並び、手に持ったケーキを食べていた。六人ともピンクのケーキを選んでいて、ピンクの糖衣が彼女たちの指や頬や顎にこびりついていた。みな汗まみれで、顔や腕をこすったあとには泥のしまがついていた。ひとりははだしだった。

「あの子たちを見て！」と、ミリーが大声で言った。

「いまに大きくなればちゃんとするわよ」と、ミリアムが答えた。つかのま、モリーはなにか名状しがたいものが胸をうずかせるのを感じた。そのあとミリアム姉妹はそろってテーブルのところへ急ぐと、どれを選ぶか相談しあった。なかなか意見がまとまらなかったけれど、結局最後にはどの皿にもまったく同じ食べ物がのっていた。子羊の串焼きと、ソーセージの入ったパン菓子、蜂蜜で照りをつけたスイートポテト、ビネガーソースでつややかに光る緑色の豆、ほかほかと湯気の立つちっぽけなビスケット。

モリーは、ぐったりと壁にもたれている小さな妹たちを、ふたたびちらりと見た。そしてピンクの糖衣のかかったピンクのケーキはもうひとつもないわ、とがっかりして考えた。妹たちのひとりが恥ずかしげに彼女にほほえみかけると、彼女はほほえみかえし、それからほかの五人と椅子を探しに行った。ごちそうを食べながら、式を待とうというわけだった。

彼ら全員のなかでもっとも年上のロジャーが、式の主催者だった。彼は言った。「夜明けに危険をおかして出発することになっている兄弟姉妹に乾杯。彼らが求めるものは、征服すべき新たな土地でもなければ、彼らの勇気を証明する冒険でも、金や銀の富でもなく、いわばなによりも貴重な発見物——情報である。われわれはみな情報を必要としている。情報によって、われわれははなばなしい発展をとげることができるだろう！　明日、彼らはわれわれの兄弟姉妹として旅立つ。そして一月後には、教師として帰還するのだ！　ジェド！　ベン！　ハーヴィー！　トマス！　ルイス！　モリー！　前に出たまえ！　きみたちと、きみたちがわれわれに、きみたちの家族にもたらすだろうこの上なくすばらしい贈物とに乾杯させてくれ！」

モリーは喜びに頬がほてるのを感じながら、群衆をかきわけて進んだ。みなは立ち上がって、熱狂的に拍手喝采していた。部屋の最前部の舞台の上で、彼女はほかの五人といっしょになり、歓声と拍手がおさまるのを待った。あの小さな妹たちが椅子の上に立って、思いきり手をたたいているのが見えた。どの顔も真っ赤で、よごれていた――あの子たち、きっと泣きだすわ、と彼女は思った。これほどの興奮にこれ以上あまり長くは耐えられないだろう。

ロジャーは続けた。「さて、きみたちひとりひとりに贈り物がある……」

モリーが贈られたのは、スケッチブックと鉛筆とペンとを持ち歩くための防水バッグだった。姉妹との共有でないもの、自分だけのものを持つのは、これがはじめてだった。彼女は涙が溢れるのを感じた。それから先の式の次第はなにも耳にはいらず、ほかの贈り物にも気づかなかった。ほどなく彼らは波止場へ、最後の思いがけない贈り物のもとへと導かれた――彼らをワシントンへ運ぶ予定の小さな船のマストに、三角旗がひるがえっていた。その三角旗は真夏の空そのままのたいそう澄んだ深い青い色をしているので、日の光のなかでは大空に完全にとけこんでしまいそうだった。そして、その真ん中には、かすかに光る銀色をした炎がななめに描かれていた。天蓋が船の前部を覆っていたが、それも青と銀色だった。

もう一度、乾杯があった。酒のせいでモリーは身体がぞくぞくし、頭が軽くなった。次いで、また乾杯。そのあと、ロジャーが笑いながら言った。「パーティーはまだまだ続くが、われらが勇敢な探険家たちにはお引き取り願おう」ジェドが首を振ると、ロジャーはふたたび笑った。「気の毒だが選択の自由はないよ。きみたちがいま飲んだ酒には混ぜ物がしてあったんだ。一時間以内にきみたちはぐっすり寝入ってしまうだろう。そうすれば、休養充分で元気よく旅に出られるという寸法さ。みな、このスターたちをさっそく連れ帰って、無事に寝かしつけてくれたまえ」

にぎやかな笑い声とともに、旅人たちは兄弟姉妹によって一個所に集められた。弱々しく抗議するモリーを、姉妹は自分たちの部屋へなかば引っ立て、なかば運んだ。

「荷造りし直してあげるわ」と言って、ミリアムは贈り物のバッグをしげしげと眺めた。「本当にすてき！　全体に彫刻がしてある……」

姉妹はモリーの服をぬがせ、髪にブラシをかけた。ミリーが彼女の背中をそっとなで、肩をさすった。メリッサは彼女の髪からリボンを解きながら、首筋に何度もやさしくキスした。

こころよい無力感に包まれたモリーは、姉妹に床につくしたくをしてもらうあいだ、ほほえむこととため息をつくことしかできなかった。それから、姉妹のうちの二人がマットを広げると、ほかの者たちは彼女をそこへ連れていった。ふらつく足で、いまにもひざをつきそうになりながら歩く彼女を、目をつぶるまいと努める彼女を、みなが笑った。マットの上で、姉妹は彼女を愛撫し、喜ばせた。やがて彼女が完全に眠りに落ちると、姉妹は彼女を簡易ベッドへ運び、薄い夏用毛布をかけた。ミリーが屈みこんで、彼女のまぶたに静かにキスした。

11

最初の一時間が過ぎるころには、船のなかの生活は日常そのものになっていた。見送りの人々の声が遠くに消えると、あとは、おだやかな川と静まりかえった森や野原、規則正しく水をかくオールの音だけが残った。

何週間もの訓練によって鍛えられた彼ら六人は、力をあわせてせっせと働いた。この船を設計したルイスが、予期せぬ危険にそなえて船首に立った。兄弟たちのうちの三人とモリーがオールを漕ぎ、ベンがルイスのうしろに座った。

船の前部を覆う天蓋《てんがい》はいまはおろされていたが、四つの寝棚のある後部の覆いは外せないようになっていた。前部は後部同様きっちりと閉ざすことができた。内部の空間はすみずみまで利用されていて、ほとんど、食糧と余分の衣服、医薬品、そしてていねいにたたまれた防水加工ずみの小袋の収納場所になっていた。この小袋は、記録類や、地図や、価値があると思われるものをなんであれ入れるためのものだった。

モリーはオールを漕ぎながら川岸を見守った。同じ谷のなかでも、耕地の広がる、なじみ深い地域はとうにうしろになっていた。土地は変わりつつあった。谷は狭まったかと思うと広くなり、次いでまた狭まった。左側にはけわしい断崖がそそり立ち、右側は樹木の茂った斜面が続いていた。その静かな朝、木々はじっと動かなかった。オールが水を打つ音のほかはなにも聞こえなかった。

あたしの姉妹は今週は食品加工調理室の当番のはずだわ、と考えながら、モリーはオールが澄んだ水のなかに潜るのを見つめた。みんなそろって笑い、そろって動いているんだわ。もしかすると、もうあたしがいないのをさびしがっているかもしれない……。彼女は静かに腕を動かしてオールを上げると、それがまた水中に潜るのをじっと見つめた。

「岩だ！　十時方向、二十ヤード先だ！」とルイスが叫んだ。

彼らは苦もなく針路を変え、その岩を迂回した。

「九時方向、二十ヤード！」

モリーの前に座るトマスは、肩幅が広く、麦藁《むぎわら》の色をした、麦藁のようにまっすぐな髪を持っていた。かすかな風が何度もそれを吹き上げては、また、たらした。彼の筋肉は流れるように動き、汗で全身が輝いた。この人ならすてきな絵になるわ、とモリーは思った。筋肉組織の研究ができる。彼は横を向いて、反対側の船べりに座るハーヴィーになにか言った。二人はそろって笑い声を立てた。

太陽が高くなり、日差しが顔に照りつけた。彼らが水上をゆっくりと、だが着実にたゆみなく進むのにともなって、そよ風が起こった。モリーは鼻の下に汗が浮かんでいるのを感じることができた。まもなく船を止めて、天蓋を上げなければならないだろう。いくらか空気抵抗が生じるだろうが、そのマイナスよりプラスのほうが大きいと、彼らは判断したのだった。この旅は最大限の安全と快適さをもたらすように計画されており、どちらも速度のために犠牲にされてはならなかった。

ほかの者たちがすでにシェナンドア川との合流点までこの川を下っていた。前方に数個の岩があった。それから船は静かに、長いこと滑るように進んでいって、いっそう幅の広い、未知の川に出た。午後になったらモリーはオール漕ぎをやめて、自分の本来の任務に着くつもりだった。旅の一部始終を絵日記にすること。地図の修正も必要だった。

彼らは帆を使おうとした。だが、谷の風は気まぐれだったので、いずれポトマック川に入るまで待って、そこでためしてみることに決めた。そして船を止め、天蓋を上げ、ひと休みしてから、ふたたびオールを漕ぎはじめた。モリーはそのままひとりだけ、スケッチブックと河川地図をかたわらの座席に置いて、座っていた。両手がこわばった感じだった。彼女はそうして静かに座っていることに満足していたが、やがてようやくスケッチをはじめた。

その午後遅くに、彼らは最初の早瀬にさしかかったが、難なく切り抜けた。シェナンドア川に入ると、北へ向かった。休息時間が来たときには、みなおとなしくなっていて、ジェドでさえなにを見ても笑わず、冗談も飛ばさなくなっていた。

ゆるやかに進む船のなかで、彼らは眠った。モリーは姉妹のことを考えた。いまごろはめいめい狭い白いベッドに横たわっているはずだ。マットは丸めて片付けてあるにちがいない。彼女はさびしさのあまり涙がこぼれそうになるのを、懸命にこらえた。強い風が梢を騒がすと、木々がささやいている気がした。手を伸ばして兄弟たちのひとりに触れたいと、しきりに思った。相手はだれでもいい。彼女はため息をついた。だれかが小声で自分の名を呼ぶのが聞こえた。ジェドだった。彼はモリーの狭い寝棚にそっと入ってきた。たがいにしっかりと抱きあって、二人は眠りに落ちた。

二晩目には、彼らはみな二人ずつになってたがいに相手をなぐさめてから、ようやく眠ることができた。

あくる日、彼らは早瀬と滝のために止まらざるをえなくなった。「こんなの地図には全然のっていないのに」と、ルイスとともに岸に立ってモリーは言った。川は広々とおだやかで、かつてはトウモロコシと小麦がはえていた谷には灌木と背の低い木々がうっそうと生い茂っていた。しかし、しだいに両側の断崖は川に近づき、川は細く深く、いっそう急になっていた。そして、地図が印刷されたのち、どのくらい前のことか一方の断崖が崩れたらしく、そのときに落ちたと思われる大きな丸石や岩くずがいまでは見渡すかぎり遠くまで川をふさぎ、水はひろがって、谷を端から端まで満たしていた。行く手から滝の轟音が聞こえてきた。

「そろそろシェナンドアの北と南の支流の合流点のはずよ」モリーは振り向いて断崖を見た。「あそこまで、せいぜい二、三マイルだと思うわ」そして、自分たちの上に影を投げかけている断崖を指差した。

ルイスは頷いた。「船を岸に揚げられる場所が見つかるまで引き返さなければならないだろう。陸路をいくんだ」

モリーは地図を調べた。「見て、この道。川のここから少し上流に近づいて、それから三マイルばかりのあいだにいくつかの丘を越え、また川に戻っているわ。滝をよけているのよ、きっと。あたしたちと北の支流とのあいだには、こちら側の断崖しかないわ。道路も、鉄道も、なにもないわ」

ルイスは昼食を命じた。食事を終えて、ひと休みしたあと、彼らは船の舳先《へさき》を転じ、流れにさからってオールを漕ぎはじめた。そして岸から離れず、道路のありそうな場所を探した。ここの流れははやく、彼らははじめて、ずっと流れをさかのぼってゆく帰りの旅がどれほど大変か気づいた。

モリーは丘陵地帯に古い道路の通る切れ目を見つけた。さらに近づくと、船を水から引き上げて、陸路の準備をすることのできそうな場所があった。彼らは木を切って四輪車《ワゴン》を作るための斧と車輪と心棒を持ってきていたので、兄弟たちのうちの四人が必要なものを取り出しにかかった。

厚手の長ズボンとブーツと長そでのシャツが、きちんとたたまれていた。それらは寒さにたいしてというよりも灌木にひっかかれるのを防ぐためのもので、この旅行中に寒さにあう心配はなかった。モリーとルイスは急いで服を着換えると、低木をかきわけて道路へ出るための最善の方法を探しに出かけた。

今夜は森のなかで眠らなければならないだろうとふいに考えて、モリーはぞっとした。彼女の姉妹は不安げに仕事の手を止めて、目を見交わし、いやいや作業に戻るだろう――彼女が感じるのと同じ激しい恐れになんとはなしに襲われて。もしも彼女が手の届くところにいたなら、ほかの者たちは彼女のもとに来て、なぜかは説明できなくとも、ひとりでに身を寄せあったろう。

船を道路へ運び出すことのできる道を見つけるまでに、彼らは数回あと戻りしなければならなかった。彼らが川に戻ると、ほかの者たちが平らな四輪車の準備をして、船をしっかり結びつけた。小さなたき火が燃え、お茶用の湯がわいていた。だれもがいまでは長ズボンとブーツをはいていた。

「ぐずぐずしてはいられない」といらだたしげに言って、ルイスはたき火をちらりと見た。「暗くなるまで約四時間だ。それまでに道路に出て、テントを張らなければ」

ベンが静かに言った。「モリーがお茶とチーズでひと息入れているあいだに出発すればいい。モリーは疲れているから休むべきだ」ベンは医者だった。ルイスは肩をすくめた。

男たちが引き具を背負うさまを、モリーは見守った。彼女はお茶の入ったカップと古びた象牙の色をしたチーズを手に持ち、その足もとのたき火は消えかけていた。彼女はそこから離れた。ぶ厚いズボンとシャツのせいで暑かったのだ。男たちは船を動かしはじめた。四人が引っ張り、トマスがうしろから押した。彼はモリーのほうを振り返ってにやりと笑った。それから船は一個の岩を越え、止まり、左手上方に着実に進んでいった。

モリーはお茶を飲みチーズを食べながら川岸へ行くと、ブーツをぬぎ、腰をおろしてなまぬるい水に足をひたした。ひとりひとりがなにかしら理由があってこの旅に参加しているこ とはわかっていたので、自分が余計者だという感じはまったくしなかった。ミリアム姉妹だけが、見たものを正確に記憶し思い出すことができた。ものごころついて以来、彼女たちはこの才能を伸ばすように訓練されてきた。ミリアム姉妹がきゃしゃな身体をしていたのはあいにくだった。けれど、モリーはあくまでこの才能ゆえに選ばれたのであって、兄弟たちのように、体力やその他の能力を買われたわけではなく、ほかの者たちがだれからもその必要性を疑われることがないのと同様に、この旅になくてはならない存在だった。

足に触れる水が前より冷たく感じられるようになると、彼女は服を脱ぎはじめた。そして川のなかに入り、泳いで、水が髪をもてあそび、肌を清め、心を静めるのにまかせた。岸に上がったときには、たき火はほとんど消えていた。彼女はカップを使ってそれを完全に消し、ふたたび服を着たあと、兄弟たちと重い船の通った跡を辿って歩きだした。

突然、なんの前ぶれもなく、だれかに見られているような気がして、彼女は立ち止まった。耳を澄まし、木々の奥に目をこらしたが、木の葉がしきりにざわめく音のほか、森は静まりかえっていた。彼女はぐるりと向き直った。なにもない。大きく息を吸って、彼女はふたたび歩きだした。おじけづいているわけじゃないわ、ときっぱり自分に言いきかせて、先を急いだ。怖がらなければならないものなどありはしない。動物も、なにもいないのだから。穴に住む虫だけが生き残ったのだった。アリ、シロアリ……彼女はアリのことを考え続けようとした――いまではアリが授粉をおこなっているってわけ――そして気づくと、彼女はゆらめく木々を何度も見上げていた。

うだるような暑さだった。木々が押し寄せてくるように見えた。絶えまなく押し寄せてくるのだ。けれど、実際には少しも近づいていなかった。生まれてはじめてひとりになったからだわ、と彼女は思った。本当にひとりぼっち。だれからも離れ、だれにも触れることができず。心細さに、彼女は下ばえをかきわけて足ばやに進んだ――打ちひしがれ、ひどく取り乱して。そして思った。これが何世紀もむかしの人々が狂った理由なんだわ、と。彼らが狂ったのはさびしさのため、同じ考えを、同じあこがれ、願い、喜びを持つ兄弟や姉妹というなぐさめを知らなかったために違いない。

彼女は走っていた。息が苦しくなってきたので、むりやり足を止め、ちょっとのあいだ深呼吸した。木に寄りかかって、胸の動悸がおさまるのを待ってから、またいきおいよく歩きだした。走るまいとしたが、それも行く手に兄弟たちの姿を見てほっとするまでのことだった。

この夜、森の奥深くの壊れかけた道路の真ん中で、彼らは野営した。木々が頭上を閉ざして空を消し、圧倒的な闇が四方から押し寄せのしかかるなかで、小さなたき火はたよりなくいまにも消えそうに見えた。モリーは身じろぎもせずに横たわり、この世界に生きているのは自分たちだけではないことを物語る音を求めて、懸命に耳を澄ませた。しかし、なんの音も聞こえなかった。

翌日の午後、モリーは兄弟たちをスケッチした。ひとりで腰をおろした彼女は、日光と水を楽しんだ。どちらもおだやかで豊かになっていた。彼女は兄弟たちのことを、彼らがたがいにどれほど違っているかを考えた。すると彼女の指は、これまでにない、はじめて見るタッチで男たちを描きはじめた。

彼女はトマスの姿が好きだった。彼の筋肉は長くなめらかだったし、頬骨は高く突き出て、顔を適切に区切っていた。彼女はその顔を描くのに、頬の平たい面を、細長く高い鼻を、とがった顎を連想させる直線だけを使った。彼は若々しくて、ミリアム姉妹より年下に見えた。実際はミリアム姉妹が十九歳で彼は二十一歳だった。

モリーは目をつぶってルイスの姿を思い浮かべた。とても大きくて、六フィート以上。すごく肩幅が広い。彼女は岩のような身体を描いた。前後に長い頭と顔とは流れるような輪郭線を持ち、たっぷり肉がついて、骨組みは完全に隠れ、大きな鼻だけが目立った。その鼻が満足できなかったので、彼女は目をつぶり、少ししてから、一度描いた鼻を消すと、こころもち顔の中央からそらし、わずかに曲げて描き直した。なにもかも誇張しすぎていることは承知の上だったが、どういうわけか、そうするうちに、彼の本質が捉えられているのだった。

ハーヴィーは背が高く、かなりやせていた。なんて大きな足かしらと彼女は思い、スケッチブックの上に現われつつある姿にほほえみかけた。大きな手。まん丸の目。ひと目見ればわかるわ、と彼女は心のなかで呟いた——ハーヴィーが無器用で、すぐなにかにつまずいたり、ものを壊したりすることは。

ジェドは簡単だった。丸々と太っていて、全身が曲線でできていた。小さな、きゃしゃと言っていい手。貧弱な骨格。顔の中央に集まり、たがいにくっつきすぎた、ちまちました目鼻だち。

ベンは一番むずかしかった。均整のとれた身体のなかで、頭だけがほかの者たちより大きく、筋肉もトマスほどみごとに発達してはいなかった。それに彼の顔はただ顔というだけで、目だつ特徴はなにもなかった。モリーは眉を実際より太くして、目を細めた表情を描いた。彼はじっと耳を澄ますとそういう顔になるのだった。モリーはその絵をつくづくと眺めた。似ていなかった。顔つきがきびしすぎる。しっかりしすぎているし、個性がありすぎるわと、彼女は思った。あと十年ぐらいしたら、彼もいまよりこのスケッチに似てくるかもしれない。

「岩だ！　十二時方向、三十ヤードだ！」と、ルイスが叫んだ。

やましい気持ちを感じながら、モリーはスケッチブックをすばやくめくって新しいまっさらのページを出し、川とその障害物を描きはじめた。

12

ベンは医療記録に最新の情報をつけ加えていた。ルイスは日誌を書き終えようとしていた。トマスは船の後部に座って、刻々背後に遠ざかりゆく風景を見つめていた。ベンはここ三日間、彼の様子を注意深く観察し続けてきた。どういうことかよくわからなかったものの、トマスの態度が変わり、しかも彼がそれをもう隠そうとすらしていないのが気に入らなかったのだ。

ベンはこう記した。〝兄弟姉妹からの別離は、われわれのだれにとっても予想以上につらかった。将来の探険隊は可能なかぎりつねに同じ兄弟姉妹を二人組にして参加させてはどうか〟

トマスが病気になったのだとしても、どうしたらいいのだろう？　谷の病院にすら、精神病を治療する用意はできていなかった。狂気は社会の脅威であり、それに冒された者と同様に病んでいる兄弟姉妹にたいする脅威だった。初期に一族は、いかなる社会的脅威も存在することを許すわけにはいかないと決めていたのだった。だれかが狂気に陥ったら、その人間の存在は認められないことになっていた。それが掟なのだ。とベンははっきり自分に言いきかせた。とはいえ、彼らの小さなグループにみすみす人手を失う余裕はなかったし、それが現実だった。現実と掟とが衝突した場合、さてどうするか？

モリーをちらりと見てから、ベンはさらに書き加えた。〝探険隊は男性女性同数で構成してはどうか〟モリーが一行のだれよりも孤独なことを、彼は知っていた。彼女がスケッチブックのページを次々に埋めるさまを見守っていた彼は、それがなんらかの形で姉妹の不在の埋め合わせになっているのだろうかと考えた。たぶんトマスは、本当の任務に直面させられれば、長いことぼんやり景色を眺めたりするのをやめて、だれかに触れられるか名前を呼ばれるかしだい、動きだすだろう。

「食糧割当計画を変えなければならなくなりそうだ」と、ルイスが言った。「旅のこの行程に五日間しか見込んでいなかったが、もう八日になる。食糧がどれだけ残っているかたしかめるか、ベン？」

ベンは頷いた。「あす船を岸に着けたら、リストを作ろう。食事の量を減らさなければならないかもしれないな」そんなことをすべきでないのは、わかっていた。彼はまたメモした。〝二倍のカロリーが必要ではないか〟

モリーの片手が彼女の頬の下から滑り出て、寝棚のわきにたれさがった。ベンはその夜、彼女と寝るつもりだったのだが、もうどうでもよかった。彼らはみな疲れすぎていて、セックスでなぐさめを得る気にさえなれなかった。ベンはため息をついて、ノートを置いた。残照が空から消えてゆこうとしていた。いまでは船腹をさざ波がやさしく打ち、船尾から深い寝息が聞こえるだけだった。空気が少し冷たかった。トマスが眠るのを待って、ベンは横になった。

モリーは、船が転覆する夢を、船の下から抜け出すことができないで、浮かび上がれる場所、息のできる場所を必死で探す夢を見た。水は薄い金色を帯び、彼女の肌を金色に染めていた。そして彼女は、あとちょっとのあいだそこにじっとしていたら、自分が永遠に川底で黄金の像になってしまうだろうことを知っていた。彼女はさらに泳いだ。息をしたくてたまらず、肺が痛み、めちゃくちゃに手足を動かし、恐怖にわれを忘れた。と、二つの手が彼女自身の雪のように白い両手にむかって差し伸ばされ、彼女はそれを握ろうとした。いつのまにか何十にも増えた手は空をつかみ、開き、また閉じた。それらの手は何度も彼女をつかまえそこねた。最後に彼女は絶叫した。「あたしはここよ！」すると、彼女をおぼれさせようとどっと水が襲いかかってきた。彼女は沈みはじめ、全身が凍りつき、ただ心だけが激しく乱れて、口がもらすことのできない抗議の叫びをくり返しあげた。

「モリー、落ちつけ。大丈夫だ」耳もとの静かな声がようやく意識に届き、彼女はふいに夢からさめた。「大丈夫だ、モリー。安心しろ」

ひどく暗かった。「ベンなの？」と、モリーはささやいた。

「ああ。夢を見ていたんだな」

彼女は身震いして、壁ぎわに寄り、ベンが横に寝られるようにした。震えはなかなか止まらなかった。ポトマック川に入って以来、夜の空気はたいそう冷たくなっていた。ベンは温かかった。彼は片腕でしっかりとモリーを抱き、もう一方の温かくやさしい手で彼女の冷えきった身体を愛撫した。

彼らは性的抱擁によって身体と身体がひとつになっているあいだ、ほかの者たちを起こさないよう物音を立てなかった。そして、そのあとモリーは彼にぴったりと寄りそって、ふたたび眠った。

翌日一日、大規模な荒廃のしるしが増えていった。焼け落ちた家々もあれば、暴風に倒された家々もあった。郊外の住宅地は生い茂る灌木と木々に覆われつつあった。さまざまながらくたが旅をいっそう困難にした。沈没船や崩れ落ちた橋が川を迷路にし、彼らは尺取虫さながらに小刻みにのろのろと前進した。ふたたび、帆を使うのが不可能なことが明らかになった。

ともに船首に立ったルイスとモリーは水面下の危険にたいして油断なく気を配り、ときにはそろって叫び、ときにはひとりで叫んで、障害物のあることをしらせた。二人とも、一度に一、二分以上口をつぐんでいることはなかった。

だしぬけにモリーが指さして叫んだ。「魚よ！　魚がいるわ！」

彼らは驚異の念に打たれて魚の群を見つめた。船は漂い、やがてルイスが叫んだ。「障害物だ！　十一時方向、十ヤード！」彼らがオールを強く引くと、魚の群は消えた。が、重苦しい気分は吹き飛んだ。船を漕いでいるあいだ、彼らは夕食用に魚を網で捕る方法について、帰りの旅にそなえて魚を干物にすることについて、魚がとにかく生き残っていることを知ったら谷の仲間がどんなに興奮するかについて、話しあった。

川から多くの廃墟を見てきたとはいえ、ワシントン郊外で出会った荒涼たる風景に、彼らは激しいショックを受けた。モリーは爆撃された都市——ドレスデンやヒロシマ——に関する本で写真を見たことがあったが、ここの破壊の跡はあらゆる点から見て徹底的なように思われた。街路は瓦礫の下に埋もれ、あちこちでつる植物が積み重なったコンクリートの破片を覆い、木々は地上高くに根をおろして、レンガと角石と大理石の山を締めつけていた。彼らは心がしずまるまで川にとどまった。今度は人工の障害物が早瀬を作り出していた。何台ものさびついた自動車、破壊された橋、古いバスの墓場……

「むだだった」と、トマスが呟いた。「この旅のなにもかもが。むだだったんだ」

「そうとは限らんぞ」と、ルイスが口を開いた。「貯蔵庫や地下室や耐火性の倉庫があるはずだ……。力を落とすな」

「骨折り損のくたびれもうけってやつさ」と、トマスは重ねて言った。

「船を岸につないで、ここがどこか調べよう」と、ベン。夕暮れが迫っていた。朝まではなにもできない。「ぼくは食事のしたくをする。モリー、地図からなにかわからないか？」

彼女は首を振った。その目はじっと動かず、一行の前に拡がる悪夢のような光景を凝視していた。だれがこんなことを？　なぜ？　あたかも、人々が破壊するために集まって、最終的に彼らを完全に失望させたこの場所が生まれたかのようだった。

「モリー！」ベンの声がするどくなった。「まだ少しは目じるしがあるんじゃないか？」

彼女は身じろぎすると、いきなり都市に背を向けた。ベンはトマスを、次いでハーヴィーを見た。ハーヴィーは行く手の川をじっと眺めていた。

「連中はわざとやったんだ」と、ハーヴィーが言った。「最後にはだれもかれもが狂い、破壊の観念にとりつかれていたに違いない」

ルイスが言った。「ここがどこかがわかれば、貯蔵庫を発見できるだろう」そして手を振って、「これはなにもかも野蛮人のしわざだ。損害はすべて表面だけさ。貯蔵庫は無事のはずだ」

モリーはゆっくり身体をまわして、四方を見渡した。「あと二つ橋があるはずよ。そこがキャピタル・ヒルのふもとだと思うわ。もう二、三マイルね」

「よし」と、ベンは静かに答えた。「いいぞ。中心部はこれほどひどくないかもしれん。トマス、手を貸してくれないか？」

夜を徹して船はあちこちへ動いた。それはちょうど、さまざまな人々が、疲れてはいても眠ることができず、たがいになぐさめを求めて休みなく歩きまわるさまに似ていた。

夜明け前に彼らは万事休した。そこで、そそくさと食事をすませ、空が白むころには瓦礫の上をワシントンの中心めざし進んでいた。都心部の破壊は実際上周辺部より少ないようだった。すぐに、ここでは建物と建物のあいだがいっそう離れていることがわかった。空地のせいで、荒廃ぶりがさほどでもないように錯覚されたのだった。また、だれかが一部の破壊の跡をかたづけようとしたことも容易に見て取れた。

「ここで二人ずつに分かれよう」ルイスがいま一度指揮をとった。「正午にまたここで落ち合おう。モリーとジェドはむこうだ。ベンとトマスはむこう。ハーヴィーとぼくはあちらからはじめる」彼がしゃべりながら指さすと、ほかの者たちは頷いた。モリーはみなのために主な建物の位置を確認しておいた。上院はあそこ。郵政省は、連邦政府調達局は……

「ぼくたちは甘かった」と崩壊した郵政省の建物にむかって歩きながら、突然トマスはベンに言った。「自由に出入りできる建物が少しはあると思っていたんだからな。自分たちがやらなければならないのは、ドアからなかに入り、引出しをひとつかふたつ開けて、望みのものをなんでも手に入れることだけだと信じこんでいたんだ。そして、谷に帰れば英雄ってわけさ。馬鹿だったよ。そうじゃないか？」

「もうたくさん収穫があったじゃないか」と、ベンはおだやかに答えた。

「これまでにはっきりしたのは、こういうやり方じゃだめだってことさ」トマスの口調はするどかった。「なんの成果もあげられないだろうよ」

彼らは建物のまわりをまわった。正面はふさがれていたのだ。横手の壁が、ほぼ完全に崩れていた。内部は焼け焦げて略奪されつくしていた。

彼らがはいろうとした四番目の建物もやはり焼けていたが、部分的にしか破壊されていなかった。ここにはオフィス、机、ファイルがあった。「中小企業の記録だ！」とだしぬけに言って、トマスはファイルに背を向け、興奮した様子でベンを見た。

ベンは首を振った。「それがどうした？」

「さっき電話番号簿のある部屋を通っただろう！　どこだった？」またもやベンが狐につままれたような顔をすると、トマスは笑った。「電話番号簿さ！　倉庫が載っているはずだ！　工場も！　貯蔵所も！」

数冊の番号簿が床に積み重なっている部屋が見つかると、トマスは一冊を熱心に調べはじめた。ベンは別の一冊を拾いあげて、それを開きかけた。

「気をつけろ！」と、トマスのするどい声が飛んだ。「その紙はもろいぞ。ここから出よう」

「それが役に立つだろうか？」とベンはトマスの持つ番号簿を指差して訊ねた。

「ああ、だが電話会社の本社を探さないとな。モリーなら見つけられるかもしれない」

その日の午後、翌日、そのまた翌日と、彼らは有用な情報を追い求めた。モリーはワシントンの地図を現状に合わせて手直しし、なにか役立つもののある建物の位置を描きこんだり、危険な建物や浸水地域――地下室の多くはひどいにおいのする水で満たされていた――にしるしをつけた。また彼女は、みなが絶えず足をつまずかせている多くの骸骨を描いたが、そのときも建物や街路をスケッチするときと同じように冷静だった。

四日目には彼らは中央電話局を見つけた。トマスは部屋のひとつに腰を落ち着けて、東部の諸都市の番号簿をくわしく調べにかかり、利用できるページを注意深く拾い出した。ベンは彼のことを心配するのをやめた。

五日目と六日目は雨だった。小やみなくふる灰色の雨が低地を池に変え、いくつかの建物の地下室から水を溢れさせた。雨が長く続いたら、この都市全体が水浸しになるだろう。過去においてそうした事態が何度もあったことは明らかだった。それから空が晴れ、風の向きが変わって北から吹きはじめると、彼らは身体を震わせ、調査を続けた。

絵を描きながら、モリーは考えた。何百万、何億もの人々が、みないなくなってしまったなんて。彼女は崩れ落ちたワシントン記念碑を、リンカーンの打ち砕かれた彫像とその横の壁に残る碑文の文字をスケッチした。〝国家は……〟次に、連邦最高裁判所の骨組みを描いた。

彼らはキャンプを市内に移さず、毎晩船で寝た。みな、谷に持ち帰れそうにないほどたくさんの資料を集めつつあった。毎日夕暮れに都市を離れる際、多数の記録、書籍、地図、図表をたずさえて来ると、食事のあとはかならずめいめい自分の資料の山をこまかく検討して分類しようとした。そして自分たちが足を踏み入れた建物の状態、内容物、残された資料の有用性について長々と記録した。次の探険隊は即座に仕事に取りかかれるだろう。

資料のなかには何体かの骸骨も含まれていた。瓦礫の上にあったものもあれば、なかば埋もれていたもの、建物のなかに横たわっていたものもあった。こいつらのことが全然気にならないとはな、とベンは思った。いまは絶滅してしまった別の種族だ。気の毒に。すべて過去のことさ。

九日目の夜、彼らはなにを船に積むか最終的な選択をおこなった。彼らは部分的に打ち壊された、とある建物のなかに無傷の部屋を見つけ、そこに次の探険隊のために余分の資料をしまいこんだ。

十日目に彼らは帰途についた。今度は流れにさからってオールを漕がなければならないが、さわやかな風が北東から吹いてきて、いままで使うことのできなかった大きな一枚の帆をふくらませた。ルイスが舵柄を取りつけると、風は船を川上へ運んだ。

速く、速く！　モリーは心のなかで船をせきたてた。彼女は舳先に立ち、大声で危険をしらせた。ときには障害物が見えてくるかこないかのうちに叫ぶこともあった。あそこには木の切り株があったわ、と彼女は思い出した。そしてふたたび、機関車、砂州《さす》……。午後になると風向きが真北に変わったため、帆をおろさないと岸に乗り上げる恐れが出てきた。しだいに、はじめみなが感じていた興奮は薄れて、不屈の決意が、そして最後には無心の忍耐がそれに取ってかわった。夜が来て船を止めてみると、往きにここを通ったときとくらべてせいぜい半分の距離しか進んでいないことがわかった。

その夜、モリーは踊る姉妹を夢に見た。うれしさのあまり、両腕をひろげて、彼女はそちらへ走った。自分も仲間にはいろうと急ぐ彼女の足は、少しも地面に触れなかった。と、空気が濃くなり、かすかに光りだして、姉妹の姿がゆがんだ。ひとりがこちらを向くと、その顔の輪郭はまるで違っていた。目鼻立ちもおかしくて、片方の目の位置が上すぎたし、口は妙な形にひきつっていた。モリーは足を止めて、そのグロテスクな顔を凝視した。すべてを変える濃密な空気のなかを、彼女はそちらへ引き寄せられていった。あらがい、踏みとどまろうとしても、足が勝手に動き、身体がそれに従った。周囲の空気が息苦しく押し寄せてくるのが感じられた。彼女自身の顔のカリカチュアがしかめづらになったかと思うと、相手は蛇に似た腕を彼女のほうに上げた。そのとたん、モリーは目を覚ましたが、しばらくは自分がどこにいるのかわからなかった。だれかが叫んでいた。

その声はトマスだった。ベンとルイスが彼と争っていた。二人は彼を寝棚から引きずり出すと、船首の、天蓋で覆われた場所に連れていった。ハーヴィーは船尾へ行き、徐々に静寂が戻った。しかし、モリーがふたたび眠りに落ちたのは、かなり時間がたってからだった。

三日目までに、帰りの旅は悪夢へと変わっていた。風が強まり、役立つどころか危険なほどになったので、彼らは帆を使うことをあきらめた。流れは前より早く、水は濁っていた。

ワシントンよりも内陸のほうが雨量が多かったに違いない。加えて、冷えこみは真昼まで続き、そのころになると、朝に着込んだ温かな服を着ていられないほど、日光は熱くなった。夕暮れまでに、昼の休みに着がえた薄い衣類では涼しすぎるようになった。いつでも、暑すぎるか寒すぎるかだった。

ベンとルイスはほかの者たちと離れて、川にのぞむ高台から日没を見守った。「みんな腹をすかしている。それも厄介ごとのたねだ」と、ベンが言った。ルイスは頷いた。「その上、モリーは生理がはじまって、だれも近づけようとしない。きのうの夜はあやうくかわいそうなハーヴィーの頭を喰いちぎるところだった」

「ハーヴィーは心配ないと思う」と、ルイス。

「わかっているさ。わからないのは、トマスにその気があるかどうかだ。夕食のときにやつをなだめたんだが。やつがあすはなにをしでかすかと、毎日気の休まるひまがないよ」

「足手まといの人間をかかえこむ余裕はないぞ」ルイスの口調は断固としていた。「一日の量をきびしく制限しても、食糧は問題になるだろう。やつがたとえ落ち着いたとしても、食わせる必要があることに変わりはないし、ひとり抜けた分、ほかのだれかが槽がなきゃならない……」

「やつは連れて帰るよ」突然、ベンは指揮者の立場に立った。「研究する必要がある。たとえ拘束服を着せてでも、いっしょに帰るんだ」

少しのあいだ、二人ともだまっていた。「兄弟と別れわかれになったせいだ、そうだろう？」ルイスは南を、故郷のほうを見た。「まさかこんなことになろうとはな。われわれは仲間とは違ってしまった！　過去を、歴史の本を、すべてを捨ててしまわなければならん。まさかこんなことになろうとはな」彼は静かにくりかえした。「帰ったら、仲間から離れて自分たちがどうなったかきちんと報告しなければならん」

「われわれはかならず帰る」と、ベン。「だからこそトマスが必要なんだ。だれにこの事態が予見できた？　自分たちがどれほどみなと違ってしまったかに気づいたからには、いっそう注意深く調べるしかない。いつどこにどんな思いがけない違いが出てくるか見当もつかないよ」

ルイスは立ち上がった。「戻らないか？」

「もう少しここにいる」

ルイスが土手を滑り下りて船に乗りこむのを、ベンは見送った。そして、それからいま一度空を眺めた。人類はむかしあそこに出ていったのだと考えると、不思議な気がした。そのような行動の理由は想像もできなかった。単独で、もしくは少人数で、人々は見知らぬ土地にわけ入り、大海原を越え、人間の足が一度も踏んだことのない山に登ったのだ。彼らがなぜそんなことをしたのか、よくわからなかった。彼らはいかなる衝動にかられて仲間のもとを去り、ただひとり、あるいは異邦人にかこまれて死んでいったのだろう？　この旅で見かけた廃屋はすべて、谷に残る古いサムナー邸と同様に、ひとりか、せいぜい二、三人が、わざわざほかの仲間とわかれて住むように設計されていた。なぜだろう？一族は隔離を罰として使っていた。どれほどいうことをきかない子供でも、小部屋に十分間ひとりで置かれたあとは、すっかり後悔し、反抗的なところはあとかたもなく消えた。隔離はデイヴィッドを罰するために使われた。デイヴィッドが一族とともに暮らした最後の数カ月のことを、医者たちは一部始終知っていた。デイヴィッドが危険な存在になると、一族は彼を永久に隔離し、かくして充分に罰したのだった。ところが、遠い過去の冒険家たちは孤独を求めており、ベンにはそれが理解できなかった。

13

二日間、雨が続いていた。風が三十ノットで吹きつけ、さらに激しくなりつつあった。

「船を水から出さなければだめだ」と、ルイスが言った。

油をしみこませた粗布で船全体を覆ってあったのだが、あちこちのすきまから水がしみこみ、ときどき波が船腹を打って、船べりからなかに崩れ落ちてきた。ますます頻繁に、なにか重いものが船をこすったり、ぶつかってきたりした。

モリーは背後の川を懸命に思い浮かべた。何時間か前には土手があったが、それ以後は、安全に上陸できる場所はひとつもなかった。

「一時間だ」と、彼女に答えるかのように、ルイスが言った。「一時間以内にあの低い土手に船をつけるんだ」

「引き返すのは無理だ！」と、トマスが叫んだ。

「ここにいつまでもいるわけにはいかないんだ！」と、ハーヴィーが彼にどなった。「馬鹿を言うな！　このままじゃ沈没だ！」

「おれは絶対に戻らないぞ！」

「どう思う、ベン？」と、ルイスは訊ねた。

彼らは船首で身を寄せ合っていた。モリーは中央でポンプを根気よく動かしながら、筋肉が痛むのを気づかれまいと努めた。新たな衝撃に船が震えると、ベンは頷いた。

「ここにはいられないな。だが川下へ戻るのもらくじゃないぞ」

「たしかめてみよう」ルイスは立ち上がった。

彼らはずぶぬれで、寒くて、不安だった。シェナンドア川のさか巻く水がポトマック川と合流するのが見え、往きに彼らをあやうく呑みこむところだったいくつもの渦巻が、今度は船をばらばらにしそうだった。この大水がおさまるまで、これ以上シェナンドア川に近づくことはできなかった。

「トマス、モリーとかわってやれ。いいか、トマス、忘れるな、ポンプ以外のことはなにも考えるんじゃないぞ！　とにかくポンプを動かし続けるんだ！」

モリーは立ち上がると、トマスが位置につき、機械を止めることなくあとを引き継ぐ用意ができるまで、ポンプを動かし続けた。彼女が船尾のオールのところへ行こうとすると、ルイスが声をかけた。「舳先に立ってくれ」彼らはオールを固定装置に戻した。雨がたたきつけるようにふり、トマスはいっそう激しくポンプを動かした。水が彼らの足もとを洗っていた。岸に伸びる何本かのロープがほどかれると、船はいきおいよく川の中央に向かった。船内の水が前後に揺れた。

「丸太よ！　どんどんこっちに来るわ！　八時方向！」と、モリーは叫んだ。丸太が彼らは船の向きを変えた。船はいきなり前進をはじめ、川を矢のように下った。丸太が彼らの左側をずっと平行して流れていった。

「切り株よ！　十二時方向！　二十ヤード！」船の速度があまりはやいので、モリーはこれだけ叫ぶのが精いっぱいだった。彼らは急いで船を左に寄せ、切り株のわきを通り過ぎた。洪水はすべてを一変させていた。その切り株は前にここを通りかかったときは岸にあったものだった。流れはさらにはやくなり、彼らは必死で川の中央に行こうとした。「木だわ！　一時の方向！　二十ヤード！」彼らはふたたび進路を変えた。すると、並んで流れていた丸太がぐるりと回転して、危険なほど近づいてきた。「丸太が！　九時方向！　三ヤード！」

豪雨のなかを、新しい川岸に沿って、彼らはなおも進んだ。大きな丸太は激しく回転しながらも船の横を離れなかった。「陸よ！　二時方向、二十ヤード！」彼らは強引に岸に向かった。にごった水のなかに隠れていたなにかを船底がこすり、前半分が川のほうに大きく振れた。船はひどく揺れて、水が船べりから流れこんだ。ルイスとベンがすばやく船から飛び出し、渦巻く茶色の水に胸までつかりながら、船を引っ張って岸へ歩いた。船が泥と石の上でギーギー音を立てると、ほかの者たちも水中に飛びこんで、船をもっと引きずりあげた。やがて船は岸に乗り上げ、傾いた。が、当面は安全だった。モリーがあえぎながら泥のなかに横たわっていると、ルイスが言った。「もっと高いところに引きあげよう。増水の速度がはやいからな」

ひと晩中、雨は降り続き、彼らはもう一度船を動かさなければならなかった。それから突然雨がやんで太陽が輝き、また夜が来ると今度は霜が降りた。

ベンはまたもや食べ物の割り当て量をへらした。嵐のために五日も予定より遅れてしまい、その上、川に船を戻したときには流れがはやくなっていたので、彼らの進む速度は以前よりさらに落ちた。

トマスは最悪の状態だ、とベンは思った。すっかりふさぎこんでしまい、だれも彼を元気にさせることはできなかった。ジェドがその次にあぶなかった。そのうちに、間違いなく、ジェドの症状はトマスのそれに劣らずひどくなるだろう。ハーヴィーはいつもいらいらしていたし、不機嫌で、みなを信用しなくなっていた。そしてベンとルイスが自分の食べ物を盗んでいるのではないかと疑い、食事のときには二人から注意をそらさなかった。モリーはやせ衰え、なにかに取りつかれたように見えた。彼女はつねに南の故郷のほうに目を向けて、絶えず耳を澄ましているかのようだった。ルイスは船の補修をおこたらなかったが、仕事の手を止めると、その大きな顔には同じ表情が現われた――耳を澄まし、注意して、待ち受ける表情が。ベンは自分の変化をどう判断していいかわからなかった。自分がたしかに変わったということはわかっていた。しばしば彼はだしぬけに顔を上げた。だれかに小声で名前を呼ばれたと思ったのだが、近くにはだれもいないし、だれも彼に注意を払ってはいなかった。ときとして、目に見えない危険が迫っているような、なにかが頭上に覆いかぶさるような気がして、彼は空を見上げ、木々を探した。しかし、見渡すかぎりなにもなかった……

彼はふいに、性的活動がすっかりおこなわれなくなったのはいつのことだろうと考えた。ワシントンにいたときか、でなければ帰途に着いた直後だ。その事実は自分になんの影響も与えていないと、彼は決めこんでいた。ほかの男たちを兄弟だと思うのはあまりにむずかしかったし、最終的にはあまりに不満であり、無益だった。なんらごまかしが必要ないだけ、モリーのほうがともかく楽だったが、それですら充分ではなかった。二人の人間がひとつになろうとしても、相手がなにを必要としているかも、なにを望んでいるかもわからないのだ。あるいは、性欲を失わせたのは飢えかもしれない。彼はノートに書きこんだ。

モリーは、彼を見ているうちに、厚い透明な壁によってこの世のあらゆる生き物とへだてられるような気がした。なにものもその壁を通り抜けることはできず、なにものもいかなる形であれ彼女に触れることはできなかった。そして、その気分が激しい恐怖を、もはや完全に眠ってはいない恐怖を呼びさまそうとしても、彼女は頭がもうろうとしてなにも考えられなかった。日ごとに彼らは故郷に近づいていたが、奇妙なことに、それは彼ら自身の努力によるというよりも、抗しがたい牽引力によるものかのように思われた。彼らは家に帰らずにはいられなかった。その牽引力はかたときもゆるむことなく、ちょうど彼らが船を大水から守るため堤防を引きずりあげたように、彼らを故郷へ引き戻した。彼らのあらゆる行動が本能的なものだった。では例の恐怖は？　彼女はその源を知らなかった。知っているのは、恐怖の波が思いがけないときに全身を貫くことだけで、そうしたときには、自分がひどく弱ってしまった感じがして、たいそう寒かった。そして、そのあいだ彼女の顔の筋肉はこわばり、心臓は激しく鼓動したかと思うと止まって、それからまた狂ったように動きだすのだった。

しばしば長いあいだオールを漕いでいると、また別のことが起こって、彼女はほっとした。その場合には、異様な幻覚が現われ、言葉にはできそうもない不思議な思想が頭に浮かんだ。驚異の念に打たれてあたりを見まわすと、彼女の目にうつる世界はいつものなじみ深い世界ではなく、それを描写するのに使っていた言葉はもう役に立たなかった。周囲にあるのは色彩だけ、色彩と線と光だけだった。恐怖はしずまり、おだやかな安らぎが心を満たした。しだいにその安らぎが疲れと飢えと緊張に取ってかわると、彼女は自分も幻覚も無視することができたが、無視しているあいだでさえ、すべてがふたたび起こることを切に望んでいた。

ときおり、舳先で障害物の見張りをしていると、自分がただひとりで無限の知恵と声とを持つ川と相対しているように思えることがあった。川の声はあまりに低くささやくので、なんと言っているのか聞き取れなかったが、そのリズムはまぎれもなかった。川はたしかに語りかけているのだ。ある日、川が自分になんと言っているのかわからなくて、彼女は泣いた。ベンが肩に手をかけてそっと揺すぶると、彼女は呆然と相手を見つめた。

「あなたにも聞こえた?」と、川の声と同じぐらいひそやかな声で、彼女は訊ねた。

「なんだって?」彼の返事がたいそうぶっきらぼうで荒々しかったので、彼女は身を引いた。

「なんのことだ?」

「なんでもないわ。気にしないで。疲れただけ」

「モリー、なにも聞こえやしなかったぞ! きみだって聞いちゃいない! そろそろ岸でひと休みして、脚を伸ばそう。少しお茶を飲むといい」

「わかったわ」と答えると、彼女は男のわきを通っていこうとして、ふと立ち止まった。

「あたしたちが聞いたのはなに、ベン? 川がしゃべってるんじゃないわよね?」

「言ったろう、おれはなにも聞いちゃいない!」彼はモリーに背を向けて船の舳先にしっかり立つと、オールを漕いでいる男たちに岸への方向を指示した。

川の最後の湾曲部を過ぎて見なれた畑が目に飛びこんできたときには、兄弟姉妹と別れてから四十九日たっていた。トマスとジェドは二人とも薬で人事不省にされていた。ほかの者たちはもうろうとした頭で、腹をすかせ、うつろな目をしながら、止まれという身体の命令よりもさらに強い命令に従ってオールを漕いだ。何隻もの小舟が近づいてきて、たくさんの手がロープをつかみ、帰ってきた船を波止場へ引いていったが、そのときも彼らは前方を見すえたまま、まだ現実が信じられず、くり返し見た夢のなかにいまもいるような気分だった。

その夢にはこの光景が何度も現われたのだった。

だれかがモリーを立たせ、岸へ連れていった。彼女は姉妹を凝視した。姉妹は彼女にとって見知らぬ人々だった。そして、これもまたくり返し見た夢、悪夢だった。彼女は身体がゆらぐのを感じながら、頭上に落ちてくる暗闇に感謝した。

モリーが目を開けると、太陽が部屋のなかにやさしく差しこんでいた。ごく早朝で、空気はひんやりとさわやかだった。どこもかしこも花でいっぱいだった。紫や黄色や乳白色のアスターと菊。ショッキングピンクや緋色の、皿ほどの大きさのダリヤもあった。ベッドは少しも動かず、ひたひた打ち寄せる波も、絶えまない揺れもなかった。かびのはえた衣服と汗のにおいもしなかった。そこは清潔で暖かく、乾いていた。

「あなたの声が聞こえたと思ったんだけど」と、だれかが話しかけてきた。

モリーはベッドの反対側を見た。ミリーか、メグか、それとも……。だれだかわからなかった。

「マーサがあなたの朝ごはんを取りに行ってるわ」と、娘は言った。

ミリアムが現われて、モリーのベッドの端に腰かけた。「気分はどう？」

「大丈夫よ。もう起きるわ」

「いいえ、もちろん寝てるのよ。まずお食事をして、それからマッサージとマニキュアと、そのほかあなたをもっと気持ちよくさせてあげられることを思いつくかぎりなんでも。そのあと、あなたがまだ起きたいと思うなら、そうするといいわ」モリーが身体を起こしかけて、またベッドに崩れ落ちると、ミリアムはやさしい声で笑った。

「あなたったら、二日間も眠ってたのよ」と、ミリーか、メグか、だれだかはっきりしない娘が言った。「バリーが四回来て、あなたを診察したわ。眠れるだけ眠って、食べられるだけ食べる必要があるそうよ」

目をさましたり、スープを飲んだり、身体を洗われたりしたことはぼんやりと覚えていたが、それらの記憶はどうしてもはっきりと焦点を結ばなかった。

「ほかの人たちは大丈夫？」と、彼女は訊ねた。

「みんな元気よ」と、ミリアムがなだめるように答えた。

「トマスは？」

「病院にいるわ。でも、やっぱり元気よ」

何日ものあいだ、姉妹は彼女を甘やかした。彼女のまめだらけの手はきれいに治り、背中は痛まなくなり、大分減った体重もいくらか戻った。

しかし、部屋の端の大きな鏡をつくづくと眺めながら、自分は変わったと、彼女は思った。むろん、彼女はいまだにやせてやつれていた。ミリーのすべすべした顔を見て、彼女は違いがそれより深いところにあるのを悟った。ミリーはからっぽに見えたのだ。快活さが消えると、笑ったりしゃべったりしなくなると、そこにはなにもなかった。ミリーの顔は、無を隠す仮面になった。

「もう二度とあなたを遠くへはやらないわ！」と、マーサがうしろに来てささやいた。ほかの者たちが同じ言葉を熱をこめてくり返した。

「毎日、いいえ、ほとんど一分ごとに、あなたのことを考えたわ」と、ミリー。

「それに、あたしたちみんな、お食事のあと毎晩いっしょにあなたのことを考えたのよ。ここでマットの上に輪になって座って、あなたの姿を思い浮かべたの」と、メリッサ。

「特に旅が長くなってからはね」ミリーは声をひそめた。「ほんとに心配したわ。あなたをいつもいつも呼んでいたのよ。心のなかで、でも、みんなそろって。何度も何度も早く帰ってくるようにあなたに呼びかけたわ」

「聞こえたわ」と、モリーは答えた。彼女の声はほとんど荒々しく響いた。ミリアムが姉妹にむかって首を振るのを、彼女は見た。姉妹は口をつぐんだ。「あたしたちみんな、あなたたちの呼び声を聞いたわ。あなたたちに連れ戻されたのよ」モリーは努めて声をおだやか保った。

姉妹は旅について、ワシントンについて、スケッチブックについて、なにも訊ねなかった。彼女の数冊のスケッチブックを荷物のなかから取り出したのは姉妹だし、なかを見たに違いないのだが。何回か、彼女は川のことを、廃墟のことをしゃべりかけたが、そのたびに失敗した。姉妹に理解させる方法はなにもなかった。やがて、彼女はそれらのスケッチブックをもとに仕事に取りかからなければならないだろう。スケッチを手引きとして使って、自分が見たものを、旅のはじめから終わりまでのいっさいを、くわしく絵に描かなければならないのだ。しかし、彼女は旅の話をしたくなかった。かわりに姉妹は谷のことと、モリーがいなかった七週間のうちに起こったことを話題にした。くだらないわ、と彼女は思った。まるでくだらないわ。なにもかも、まったく以前のとおりだった。

姉妹はモリーの回復を早めるために仕事を免除されていた。彼女たちはぺちゃくちゃしゃべり、うわさ話に花を咲かせ、モリーが快方に向かっていることを指摘し、散歩し、いっしょに本を読んだ。そしてモリーの体力が戻ってくると、部屋の中央のマットの上でたわむれた。モリーはそれに加わらなかった。その週の終わりごろに、みなでマットを引きずりだして拡げてから、ミリアムが小さなグラスに琥珀色のワインを注いだ。姉妹はモリーのために乾杯すると、彼女をともにマットに誘った。彼女の頭はここちよくぐるぐるとまわっていた。彼女がミリアムを見ると、ミリアムは彼女にほほえみかけた。

みんな、なんてきれいなのかしら、と彼女は思った。なんてつやつやした髪、なんてなめらかな肌なの。それぞれ少しの欠点もなく、完璧だった。

「長いこと、さびしかったわ」と、ミリアムがささやいた。

「なにかがまだ川の上に残っているわ」と、モリーはうつろな声で言った。泣きたかった。「連れ帰るのよ、ダーリン。手を伸ばして、あなたの分身を残さず連れ帰るのよ」

ゆっくりと、彼女は手を伸ばした——自分の半身に、目を大きく開き、耳を澄まし、彼女に安らぎをもたらしてくれた半身にむかって。それはあの透明な固い壁を築いたあたしだわ、と彼女はぼんやり思った。壁は彼女を守るために築かれたのであり、いま、彼女はそれをふたたび破ろうとしていた。

自分がどんどん川を下っているのがわかった。水の上を飛んでいるのだった。茶色く渦巻き濁って危険だったり、静かで濃い青緑で誘いこむようだったり、岩にぶつかって白く泡立ったりする川……。猛スピードで川を下りながら、彼女はもうひとりの自分を見つけようと、それを意識下に沈めて、また姉妹とひとつになろうとした……。頭の上で木々がざわめき、足の下で水がささやき返した。彼女はどちらにも触れず、そのあいだにいた。もうひとりの自分を見つけたらそれを殺さなければならないこと、その息の根を完全に止めてしまわなければならないこと、さもないとささやき声は決して消えないだろうことは、わかっていた。それから彼女はかつて見つけた安らぎのことを、かつて見た幻覚のことを思い出した。

まだだめ！　彼女は心のなかで叫び、川を駆け下るのをやめて、いま一度姉妹のいる部屋に戻った。まだだめだわ、と彼女はふたたび落ち着いて考えた。そして目を開き、不安げにこちらを見ているミリアムにむかってほほえんだ。

「もう大丈夫？」と、ミリアムはきいた。

「万事オーケーよ」と言いながら、モリーは、もうひとつの声がささやくのが聞こえると、どこかで思った。声はしだいに消えていった。彼女は手を伸ばして両腕をミリアムの身体にまわすと、ミリアムをマットに寝かせ、背中を、腰を、太腿をなでた。「なにもかも最高よ」と、彼女はふたたび呟いた。

そのあと、ほかの者たちが眠ってしまうと、彼女は小さく震えながら窓辺に立って谷を見渡した。秋になったばかりだった。年々、秋の来るのが少しずつ早くなった。けれど、広い部屋のなかは暖かかった。彼女の悪寒は季節のせいでも夜の空気のせいでもなかった。マットの上でのたわむれを思い出すと、目に涙が浮かんだ。姉妹は変わっていなかった。谷はもとのままだった。とはいえ、すべてが違っていた。なにかが死んだことに、彼女は気づいた。ほかのなにかが生まれ出て、それは、距離と川とができなかったやり方で彼女をおびえさせ、孤独にした。

彼女は一列に並ぶベッドの上のぼんやりした人影を次々と見て、ミリアムは感づいているだろうかと考えた。モリーの身体は忠実に反応していた。彼女は姉妹とともに笑い、泣いたのだった。もしも彼女の一部が独立して、生命を持ち、警戒していたとしても、その存在はなんのじゃまにもなっていなかった。

やれたかもしれない、と彼女は思った。ミリアムの助けを、そして姉妹の助けを借りれば、もうひとりの自分を打ち負かすことができたかもしれない。そうするべきだったと彼女は思い、ふたたび身ぶるいした。頭が混乱していた。彼女のなかになにかが住みついたのだ。なんとなく無気味で、しかもそれでいながら安らぎを与えてくれるなにかが。ほかのなにものも、そうした安らぎを与えてはくれなかった。気が狂いかけているんだわと思うと、ひどく怖かった。そのうち支離滅裂なことを口走るようになり、なんでもないのに悲鳴をあげ、他人や自分に暴力をふるおうとするだろう。でなければ、死のうとするかもしれない。永遠の安らぎというわけだ。しかし、彼女が川で感じたのはたんなる恐怖と苦痛の欠如ではなく、偉大な成就の、達成のあとに訪れる平安だった。

そして、幻覚が襲ってくるにまかせること、時間を見つけてひとりになり、幻覚に身をゆだねることが大切なのを、彼女は心得ていた。姉妹のことを考えると絶望的だった。姉妹は彼女がまたひとりになることを決して許してくれないだろう。全員いっしょにいることで、彼女たちは完全体になるのだ。ひとりでも欠ければ、残りは不完全なままだ。姉妹は執拗に彼女を呼ぶだろう。

14

すでに収穫は終わっていた。赤く熟したリンゴが枝もたわわに実り、抜けるような青空を背景にカエデはたいまつが燃えるかのように見えた。プラタナスとカバは金色に輝き、ウルシの真紅は濃さを増してほとんど黒くなっていた。毎朝、草の葉の一枚一枚が霜でふちどられた。霜はきらきらと光り、やがて、昇る太陽がそれを溶かした。秋の色彩がこれほど奔放だったことはないわ、とモリーは思った。カエデの根もとの光のなんと自在なこと！　それに、シカモアを取り巻くあのかすかな輝き！

「モリー？」ミリアムの声に彼女は窓から身を起こし、不承不承うしろを向いた。「モリー、なにをしているの？」

「別になにも。きょうの仕事のことを考えていたのよ」

ミリアムは口ごもった。「もっと長くかかりそう？　あなたがいないとさびしいわ」

「じきに終わると思うわ」モリーはドアに向かって歩きだした。ミリアムがわずかに動いた。その動きは、モリーをふたたび立ち止まらせるに充分だった。「あと二、三週間てとこね」

と、モリーは急いで続けた。ミリアムの手が腕にかからないうちに逃げ出したかった。

ミリアムは頷いた。そのまま、彼女がモリーに触れられるはずの瞬間、モリーを抱けるはずの瞬間は過ぎていった。彼女は途方に暮れた気分だった。これまで何度も、モリーを抱擁していただろうときにも、まさにいまと同様、その瞬間はむなしく過ぎ去っていたのだ。二人は離ればなれのまま、たがいに触れずにいた。

モリーがひとりでその広い部屋から出てゆくと、しばらくしてミリアムは病院へ向かった。

「いま忙しい？」と、ベンのオフィスの戸口に立って、彼女はきいた。「相談があるの」

「ミリアムか？」その問いは、彼女の軽い頷きと同じく、自動的なものだった。ひとりで来るのはミリアムだけだし、もっと若い姉妹は彼女につきそわれているはずだった。「入りたまえ。モリーのことだろう？」

「ええ」彼女はドアを閉めると、ベンの机の向かい側に腰をおろした。机は書類やメモや、旅のあいだ彼がたずさえていた医療ノートで覆われていた。書類の山から男に目を移した彼女は、この人も違っていると思った。モリーそっくり。旅に出た者はみなそうだった。

「事態がよくならなかったらまた来いと言ったでしょ。あの子は前よりひどいわ。姉妹全員を不幸にしているわ。なんとかできない？」

ベンはため息をついて椅子の背にもたれ、天井を見上げた「時間がかかるな」

ミリアムは首を振った。「あなた、この前もそう言ったわ。トマスやジェドはどうなの？

それに、あなたも」

「みんな回復しつつある」ベンはかすかな微笑を浮かべた。「モリーも治るはずだよ、ミリアム。嘘じゃない、きっと治る」

ミリアムは身を乗り出した。「それはどうかしら。あの子があたしたちのところに帰りたがっているとは思えないの。あの子はあたしたちに抵抗しているわ。これからずっとこんなふうなら、いっそのこと帰ってきてくれなかったほうがよかった。ほかの子たちにはつらすぎるのよ」彼女のくちびるから血の気が失せ、声は震えた。彼女は顔をそむけた。

「ぼくが話してみよう」と、ベン。

ミリアムはポケットから一枚の紙を取り出すと、広げて机に置いた。「これを見て。どういうことなの？」

そこには、旅のはじめにモリーが描いた兄弟たちのカリカチュアがあった。ベンはそれをじっくりと眺め、特に自分の姿に目をとめた。おれは本当にこんなけわしい顔つきをしていたのだろうか？　こんなに断固とした表情だったのだろうか？　それに、眉はこれほど太くも威嚇的でもなかったはずだが。

「馬鹿にしてるのよ！　あたしたちも、あなたたちも。あの子にこんなふうに一族の仲間を笑いものにする権利はないわ。あの子はいつも観察している。姉妹が働いたり遊んだりしているのをじっと観察しているの。あたしがワインを飲ませないかぎり、みなのなかにはいろうとしないし、そのときでさえ、あたしは違和感を覚えるわ。いつでもあたしたちを観察しているのよ。みんなをね」

ベンは紙のしわを伸ばして、訊ねた。「どうしろと言うんだ、ミリアム」

「わからない。旅のスケッチを使う仕事をやめさせるのね。その仕事のせいで、あの子は旅のできごとをいつまでも忘れられずにいるんだわ。以前のように、姉妹といっしょに毎日働くようにさせるの。あの小さな部屋に何時間もひとりにしておくのはやめることね」

「スケッチを描くにはひとりになる必要があるんだ。ぼくが報告書を書くにはひとりにならなければならず、ルイスが船があとどれだけ使えるか見積ったり、どこに手を加えるか決めるにはひとりにならなければならないのと同じことさ」

「でも、あなたもルイスも、ほかの人たちだって、みんなしかたなくそうしているんでしょ。あの子はそうしたいからそうしてるのよ。ひとりになりたがってるんだわ！　ひとりになる口実を探して、ほかのことをしているのよ。旅のありさまをスケッチする以外にね。あの部屋に入って、ほかになにをしているのかたしかめてちょうだい！」

ベンはゆっくり頷いた。「きょう会うことにしよう」

ミリアムが去ったあと、ベンはふたたびスケッチを眺め、ちょっと微笑した。モリーはたしかにみなの特徴を捉えていると、彼は思った。容赦なく、冷酷に、正確に。彼はその紙をたたんで腰の皮袋にしまうと、モリーやほかの者たちのことを考えた。

トマスについて、彼は嘘をついたのだった。トマスは正常に戻っていないし、二度と戻らないかもしれなかった。自分の兄弟にほとんど頼りきりになって、一瞬たりと離れようとせず、毎晩、兄弟のだれかといっしょに眠った。ジェドはいくぶんましだったが、やはりつねに元気づけてやる必要があった。

ルイスは実際上、旅に影響されていないように見えた。彼はほとんど無頓着にここの生活から抜け出し、また戻った。ハーヴィーは神経質だったが、一週間前ほどではないし、はじめて自分の兄弟のもとに帰ったときとくらべれば、ずっと落ち着いていた。いずれ立ち直るだろう。

そして、彼、ベンだ。ベンはどうだろう？ 彼はからかうように自分に問いかけた。おれは回復したさ、というのが結論だった。

彼はモリーに話しに行った。モリーは病院の管理者棟に部屋を与えられていた。彼は軽くノックしてから、返事が聞こえる前にドアを開けた。彼らはめったにドアを閉めず、特に昼間はそうだったが、この際彼女がドアを閉めているのは当然に思えた。彼が仕事中は自分の部屋のドアを閉めるのを当然のことと感じるのと同じことだった。彼はつかのまその場に立ってモリーを見た。彼女は製図用テーブルの上にのっている紙の下に急いでなにか隠したのではないだろうか？ 確信は持てなかった。彼女は窓を背にして座り、その前に斜めの製図用テーブルがあった。

「こんにちは、ベン」

「ちょっと時間をさけるかい？」

「ええ。ミリアムに言われて来たんでしょう？　いつかこうなると思ってたわ」

「きみの姉妹はきみのことをとても心配しているよ」

彼女はテーブルを見おろして、紙に手を触れた。

彼女は違っている、とベンは思った。ミリアムやそのほかの姉妹と彼女とを間違える者はひとりもいないだろう。彼はテーブルのまわりをまわって、スケッチを見た。そこに開かれたスケッチブックは、一ページそっくり、建物や廃墟となった街路や瓦礫の山の、手早く描かれた小さなスケッチで埋まっていた。彼女はワシントンの一区画をそのページに再現しようとしていた。一瞬、彼はそこにいるかのような、そしてその荒廃を、失われた時代の悲劇を目《ま》のあたりにしているかのような、奇妙な感覚に襲われた。モリーには、さまざまなイメージを彼の心のなかから紙の上に移す力があった。彼はうしろを向くと、窓のむこうの丘の連なりに目をやった。それらの丘は日差しをいっぱいに浴びて、華麗な色彩のモザイクを成していた。

彼を見ながら、モリーは考えた。トマスもジェドも彼女と話をしようとはしなかった。トマスは彼女が伝染病にかかりでもしているかのように決してそばに来なかったし、ジェドはいつもほかのことを、急いでしなければならないことを思い出すのだった。ハーヴィーは口数が多すぎて、なにも言わないも同然だった。ルイスは忙しすぎた。でも、ベンとなら話ができる、と彼女は思った。彼となら、たがいにあの旅をふたたび体験し、なにが起こったのか理解しようと努めることができるだろう。なぜなら、彼女になにが起こったにしろ、それはベンにも起こったからだ。彼女はベンの顔に、ベンが彼女のスケッチからひどく唐突に目をそむけた動作のうちに、それを認めることができた。なにかが彼のなかに潜んでいて、目覚めようと、すきがあれば彼にささやきかけようと、身がまえているのだ——ちょうどそれと同じものが彼女のなかに潜んでいて、彼女の目にうつる世界を変えてしまったように。それは言葉によってではなく、色彩によって、彼女にはわからない象徴によって、夢によって、つかのま心を横切る幻影によって、彼女に語りかけた。彼女は窓辺に立つベンを、日光に照らされたその姿を、見守った。光が片腕にふりそそいで、うぶ毛を金色に輝かせ、茶色の平原に金色の木々が森を作っているかのようだった。彼が動くと、平原にはたそがれが落ち、木々は黒くなった。

「かわいい妹」と、彼がしゃべりだすと、モリーはにっこりして首を振った。

「そんなふうに呼ばないで。あたしのことは……なんと呼んでもかまわないけれど、それはやめて」彼はとまどっていた。一瞬眉がひそめられたが、そのあと彼の表情から心の動きを読み取ることはできなくなった。「モリーよ、モリーと呼んでちょうだい」

だが、彼はなにを言おうとしていたのか思い出せなかった。違うのは表情だ、とふいに彼は気づいた。肉体的には彼女はミリアムと、ほかの姉妹とあらゆる点で等しかったが、表情だけは異なっていた。彼女のほうが成熟しているように見えた。いや、強情と言ったほうがいいだろうか？　それとは違うが、あたらずといえども遠からずだ。しっかりしているのだ。もっと奥ゆきがあるのだ。

「当分のあいだ、きみと定期的に会いたい」と、ベンはだしぬけに言った。さっきしゃべりかけたのはまるで別のことだったし、言葉が口から出るまでそんなことは夢にも思っていなかったのだが。

モリーはゆっくり頷いた。

それでもまだ彼はためらっていた。自分がほかにどんなことを口走るか見当もつかなかった。

「いつにするか決めてちょうだい」モリーの声はやさしかった。

「月曜、水曜、土曜の昼食後すぐだ」と、彼はぶっきらぼうに言い、手に持った本にメモした。

「きょうからはじめるの？　それとも、月曜まで待たなきゃいけない？」

おれをからかってるな、と腹を立てた彼は、本をバタンと閉じると身をひるがえして大またにドアへ歩き、言った。「きょうからだ」

モリーに声をかけられて、彼はドアのところで立ち止まった。「あたしは気が狂いかけているのかしら、ベン？　ミリアムはそう思っているわ」
彼は片手をノブにかけたまま、モリーを見なかった。その質問は衝撃的だった。彼女を安心させるべきだということはわかっていた。なんとかなぐさめなければ。ミリアムがひどく心配していることとか、なにか言ってやらなければ。「昼食後すぐだ」と荒々しく言って、彼は部屋を出た。

モリーはワシントンのスケッチの下に滑り込ませた紙を取り出すと、目を細めてしばらくそれを見つめた。それはこの谷の図だったが、実際の姿を少しゆがめてあったので、発電所と病院とサムナー邸とを一列に並べて、それらがすべてかかわりあっていることを示すことができた。しかしながら、その図は正しくなかったし、彼女にはどこがまずいのか判断がつかなかった。人間を描きこむ予定の場所に、かすかにしるしがつけてあった——発電所にひと群れ、病院の入口にもっと大勢、古い屋敷の裏の畑に何人か。彼女はそれらのしるしを消すと、ごく薄く、畑に立つひとりの人物を、男をスケッチし、次いでもうひとり、病院と屋敷のあいだを歩く女を描いた。問題はあらゆるものの大きさだわ、と彼女は思った。どの建物も、とりわけ発電所はたいそう大きく、人間は、彼らが作ったものとくらべるとたいそう小さかった。ワシントンで目にしたたくさんの骸骨のことが思い出された。骨だけになった人体はいっそう小さかった。人間はやせさせよう。ほとんど骨組みだけにして、硬直させて……

突然、彼女はその紙をつかみあげると、くしゃくしゃに丸めて、ごみ捨て用の缶に放りこんだ。そして、両腕に顔を埋めた。

あたしのためにきっと〈追悼の儀式〉がおこなわれるわ、と彼女はぼんやり考えた。姉妹はほかの仲間たちになぐさめられるだろう。パーティーは夜明けまで続き、みなはなげかわしい損失に直面して団結の固さを示すだろう。朝日を浴びながら、残る姉妹は手をつないで輪を作る。そしてそのあと、彼女は姉妹のために存在することをやめるのだ。最近のよそよそしさで、自分勝手なふるまいで、姉妹を苦しませることはもうないだろう。だれにも自分の兄弟姉妹を不幸にする権利はないんだもの、と彼女は思った。もしも自分の存在が一族にとって脅威であるならば、だれにも存在し続ける権利はないのだ。それが掟だった。

彼女は姉妹といっしょに食堂で昼食を取り、みなと同じように陽気にふるまおうと努めた。姉妹はその夜ジュリー姉妹のために開かれる成年パーティーの話をしていた。

いたずらっぽく笑い声を立てて、メグが言った。「忘れないで、どれだけたくさん申し込まれても、絶対ブレスレットをもらっちゃだめよ。そして、だれでもいいから最初にクラーク兄弟を見つけた人が、止められないうちに向こうにブレスレットをはめてしまうの」メグは喉の奥で笑った。これまでに二度、彼女たちはクラーク兄弟をつかまえようとして、二度とも別の姉妹に負けていた。そこで今夜は、ばらばらに分かれ、公会堂への小道の要所要所に立って、クラーク兄弟を待ち伏せする予定だった。クラーク兄弟は若くて、頬はまだうぶ毛で覆われ、ようやくこの秋におとなになったばかりだった。

「みんな、ずるいって騒ぐわよ」ミリアムの反対には迫力がなかった。

「承知の上よ」メグはまた笑った。

メリッサが声をそろえて笑い、マーサはモリーを見てほほえんだ。「あたしがまず行く手をふさぐわ」と、マーサ。「あなたは発電所への道のわきで待ちかまえてちょうだい」目が生き生きと輝いた。「ブレスレットは用意したわ。色は赤で、六つの小さな銀のベルが決まりの場所についてるわ。クラーク兄弟のだれがはめるにしろ、さぞにぎやかな音がするでしょうね！」六個のベルは、姉妹全員が兄弟全員を誘うつもりでいることを意味した。

食堂のなかはどこもかしこもこんなグループだらけだわ、と、すばやくあたりを見まわしてモリーは思った。小さなグループが、どれもみな頭を寄せ合って、大はしゃぎで異性をくどき落とす計画を練り、罠をしかけている……。そっくりさんたち、と彼女は思った。人形と同じだわ。

ジュリー姉妹はブロンドの髪をたばねずにたらし、それを深紅の花でできた髪飾りでうしろに押さえていた。身につけているのは長いチュニックで、うしろが長々とたれ下がり、前は高い位置にひだがついていて、胸もとを魅力的に強調していた。彼女たちは恥ずかしそうで、にこにこしていて、あまり口をきかず、なにも食べなかった。十四歳だった。

モリーはふいにジュリー姉妹から顔をそむけた。目が熱くなった。六年前、彼女はそこに立っていた――ちょうど同じように、頬を赤らめ、不安と誇りを同時に覚えながら、ヘンリー兄弟のブレスレットをはめて。ヘンリー兄弟のことがふと記憶によみがえった。最初の男はヘンリーだったのに、それをすっかり忘れていたのだった。彼女は左手のブレスレットをちらりと見た。姉妹のひとりが最初にクラークをつかまえたので、このあとモリーたちはクラーク兄弟とマットの上でたわむれることになっていた。まだ幼さの残る彼らの顔は、ジュリー姉妹の顔と同じようになめらかだった。

いまではみながブレスレットを交換しようとしていた。全員が長いテーブルのまわりを動きまわって、あれこれ口実を作ってはたがいのブレスレットを確認しあった。しきりに大きな笑い声が起こった。

「なぜきょうの午後オフィスに来なかったんだ?」

モリーが振り返ると、ベンがすぐそばにいた。「うっかりしてたわ」と、彼女は言った。「そんなはずはない」

彼女は下を向き、ベンがまだ自分のブレスレットをしているのに気づいた。それは草を編んだだけの地味なもので、なんの飾りもなく、彼の兄弟を象徴するしるしすらついていなかった。ゆっくりと、ベンを見ずに、彼女は自分のブレスレットから銀のベルを次々ともぎ取った。そして最後に一個だけベルの残ったブレスレットをすばやくはずすと、腕を伸ばしてそれを彼の手首にはめようとした。ちょっとのあいだ抵抗したものの、彼は片手を差し出した。赤いブレスレットは関節の上を、突き出た手首の骨の上を、なめらかに滑った。そのときになってはじめてモリーは相手の顔をのぞきこんだ。彼の顔は仮面だった――けわしく、異様で、怖かった。その仮面をはがすことができれば、なにか変わるはずだわ、と彼女は思った。

いきなりベンは頷くと、身をひるがえして歩み去った。彼女はその後姿を見送った。ミリアムたちは怒るに違いない。これでクラーク兄弟のうちのだれかがあぶれるはめになったのだから。そんなことはどうでもよかった。が、ミリアムは姉妹全員がいっしょに行動することを期待していたのだ。もはやその期待は一方的なものでしかなかった。

ジュリー姉妹はローレンス兄弟とそれぞれ二人ずつ四人一組で踊っていた。モリーは急にひどく悲しくなった。ルイスは子供を作る能力があったから、おそらく彼の兄弟もそうだろう。もしもジュリー姉妹のひとりが妊娠して繁殖員の収容所に送られることになったら、次に彼女たちのために開かれるパーティーは〈追悼の儀式〉だろう。モリーは彼らを見つめたが、どれがルイスなのか、どれがローレンスで、どれがレスターなのか、わからなかった……

彼女はバリーと踊り、次にメグとジャスティンと、次にミリアムとクラークと、そしてもう一度メグとメリッサと二人のジエレミー兄弟と踊った。けれど、ジエレミー兄弟のうち、ジェドは、壁ぎわに立ったまま、不安そうに自分の兄弟の姿を目で追っていた。彼はあいかわらず自分のブレスレットをしていた。彼の兄弟の手首にはさまざまなブレスレットがはめられているというのに。気の毒なジェド。モリーは自分のを彼にあげたいとさえ思った。

彼女はマーサとカーティスの二人といっしょに腰をおろして、牛のひき肉をはさんだサンドイッチを食べ、ふたたび琥珀色のワインを飲んだ。ワインを飲むほどに、彼女の頭はたいそう気持ちよくくらくらしはじめた。それから、彼女はジュリー姉妹のひとりと踊った。その娘は夜がふけたせいかまじめな顔をしていた。まもなく、ローレンス兄弟がジュリー姉妹に朝までともに過ごすよう求めるだろう。

音楽が変わった。ローレンス兄弟のひとりがモリーと踊っていた娘を求めた。娘は相手を見ておずおずとほほえんだ。その微笑は一瞬消えて、また現われた。彼らは踊りながら去っていった。

モリーは腕をポンと叩かれた。横を向くとベンだった。固い表情だった。彼はモリーのために腕を差し出し、二人は無言で踊った。どちらも笑顔を見せなかった。彼はテーブルのところへモリーをリードした。そこで踊りをやめると、彼はワインの入った小さなグラスをモリーに手渡した。静かにワインを飲んだあと、彼らは並んで公会堂を出た。その途中で、モリーはミリアムの顔をちらりと見た。そして、挑戦的に背をいっそうしゃんと伸ばし、頭を高く上げて、ベンとともに冷たい夜の闇のなかに足を踏み出した。

15

「少し川岸に座りたいわ」と、彼女は言った。「寒いか？」と、ベンは訊ねた。彼女がええと答えると、彼はマントを二枚取って来た。

モリーは青白い水を見つめた。水はつねに変化しながら、しかしつねに同じだった。彼が近くにいるのが感じられた。彼は触れもしなければ、話しかけもしなかった。薄い雲がふらみかけた月のおもてを駆け抜けた。もうじき満月に、中秋の名月になり、小春日和は終わるだろう。彼の輪郭がじつにきれいに、じつにはっきりと浮かびあがっているのに、モリーは目をとめた。不恰好な壺ってところね。そう、まだまだ修行の必要な未熟な職人が作った加工品て感じだわ。

川面の月が動き、何本もの細長いきらめくロープに分かれた。それらのロープは輪を描き、音もなくばらばらに崩れ、一体になり、まるで固体のように見える太い光の帯を形作り、ふたたび分解した。岸にいると、川の声はやさしく、秘密めいていた。

「寒いか？」と、ベンがまたきいた。彼の顔は月光のせいで青ざめ、眉は昼の光のもとで見るよりいっそう黒く、まっすぐで、重々しかった。あたしをにらんでいるのかしら。よくわからなかった。彼女が首を振ると、彼はもう一度川のほうを向いた。

川は生きているんだわ、と彼女は思った。そして、人が川を理解したと思った瞬間に、川は変化して別の顔、別の雰囲気になるのだった。今夜の川は魅力的で頼もしく、しかもその頼もしさがいつわりであることをみずから心得ていた。例の声が甘い言葉でささやきかけるのが聞こえ、自分が川に引き寄せられるのが感じられた。

ベンも川のことを考えていた。上げ潮で増水し、小石の上で、明るくきらめき、丸石にあたって泡とくだける川。土手にふたたび小さなたき火が見えた。そこに立つ娘の姿が淡く光る水を背景にシルエットを描き、一方、兄弟たちが船を丘に引きあげていた。

「きょうは行かなくてごめんなさい」と、ふいに彼女は小声で言った。「オフィスのドアの前まで行ったんだけど、どうしてもなかに入れなかったの。なぜかはわからないわ」

公会堂からどっと笑い声が聞こえた。彼はもっと遠くまで行けばよかったと思った。雲が月を隠し、川は黒くなった。その声と、真水の独特のにおいだけが、あとに残った。

「寒いか?」と、月光にぬくもりがあり、それがいまは消えたかのように、彼はまたもや訊ねた。

モリーは彼のそばに寄ると、低く、夢見るようにささやいた。「帰ってくるあいだずっと、川があたしに話しかけるのが聞こえたわ。それに、木も雲も。疲れと飢えのせいでしょうけど、でも本当に聞こえたの。ただ、なにを言っているのかはたいていわからなかった。あなたは聞こえた、ベン？」

彼は首を振った。月が隠れたために彼の姿は見えなかったが、モリーには彼がそうした声の存在を否定していることがわかった。彼女はため息をついた。

「だれかがひとりになりたいとか、そんな考えを抱いたら、なにが起こるかしら？」と、少しして彼女はきいた。

ベンは不安げに姿勢を変えた。「そうだな」用心深い口調だった。「われわれはそれについて検討する。そして通常は、もっともな理由が、装備や食糧の不足などの事情がないかぎり、そうした考えを抱く者なら、だれだろうとためらわずそれを実行する」

ようやく月が顔を出した。つかのまの暗闇のあとで、その光は前より明るく思えた。「ほかの人たちがその考えの価値を認めなかったとしたらどう？」と、モリーは訊ねた。

「それなら、その考えにはなんの価値もないのだろうし、だれもつまらないことで時間をむだにしたがらないはずだ」

「でも、それがうまく説明できないようなことだったら？　口では言いあらわせないようなことだったら？」

「本当はなにをききたいんだ、モリー？」ベンは彼女と向き合った。彼女の顔は月と同じくらい蒼白で、目は深い影となり、口は黒く、ほほえんでいなかった。上を向くと、その目には月が映っていて、彼女はなぜか輝いているように、身体のなかから光を発しているように見えた。モリーは美しいと、ベンは心の底から思った。彼はこれまでそれに気づいていなかったのだ。が、いまひとりでにそうした想念が頭に浮かんだことは、ショックだった。

突然モリーは立ち上がった。「見せるものがあるの、あたしの部屋に」

彼らは肩を並べて、たがいに触れることなく、病院へ戻った。ベンは心のなかで考えた。もちろん、ミリアム姉妹はみんな美人だし、大部分の姉妹はそうだ。ちょうど大部分の兄弟がハンサムなのと同じことだ。そう決められているのだ。だから、なんの意味もない。

彼女は小部屋の窓にブラインドをおろし、製図用テーブルのうしろの椅子にマントを投げた。そして、何枚かのスケッチを取り出すと、そのなかから一枚を選び出して、ベンに手渡した。

ひとりの女が描かれていた。知らない女。サラだな、と彼は気づいた。実際の顔形を変えられてはいるが、サラだ。サラのかたわらで、無数の鏡が無限の奥へと連なっていた。どの鏡にも女が、サラが映っていたが、どれも少しずつ違っていた。ここではしかめ面をして口をきっと結び、あちらでは派手にほほえみ、笑っていたり、白髪としわを持っていたり……

彼は当惑してモリーを見た。

彼女は別のスケッチを手渡した。木が一本あって、ほかにはなにもなかった。固い岩から伸びる木。ありえないことだ。彼は落ち着かない気分になった。

もう一枚。彼女はそれをベンに無理やり押しつけた。この紙の端から端までを占める広大な海に、ちっぽけな舟が浮かんでいた。舟のなかにはただひとつ人影があったが、たいそう小さいので、だれであってもかまわないし、だれなのかもわからなかった。

そのスケッチに、彼の心は激しく動揺した。製図用テーブルのむこうのモリーに目を移すと、相手はベンをじっと見つめていた。まるで熱に浮かされたような様子で、頬は赤く、目は異様にキラキラと輝いていた。

「手を貸してほしいの、ベン」その声は低く、力強かった。「あたしに手を貸して」

「なんだって」

「あたしはどうしてもそういったものを絵の具で描きたいの。理由はわからないけれど、どうしてもそうしなきゃならないのよ。ほかのスケッチもね。鉛筆じゃだめだし、ベンとインクでもだめ。色と光が必要なの！　おねがい！」

彼女は泣いていた。ベンはびっくりしてそれを見つめた。では、これが彼女の秘密なのか？　彼女は絵を描きたいのか？　彼は思わずモリーにほほえみかけてやりたくなって、その気持ちを押さえた。彼女は、すでに自分が手に入れているものをくれと哀願する子供のようなものだった。

彼女は男の表情を読み取ると、椅子に座ってマントに頭をもたせかけ、目を閉じた。「ミリアムは知ってるし、あたしの姉妹はみんな知ってる」疲れた声だった。頬の赤らみは失せ、彼女はたいそう若く弱々しく見えた。「どうせ許してもらえないに決まってるけど」

「なぜだ？　絵の具で絵を描くことのどこが悪い？」

「あたし……みんな、あたしの絵を見るといやな気分がするの。だから、危険だと思うのね。

ミリアムはそう思ってる。ほかの兄弟や姉妹もきっと同じだわ」

ベンは果てしない大海原に漂う小舟を見た。「でも、これは絵の具で描かなくてもいいんだろう？　ほかの絵ではだめなのか？」

彼女は首を振った。目はあいかわらず閉じていた。「だれかの心臓が悪かったとして、あなただったら、そっちのほうが簡単だからと耳を治療したりする？」モリーは彼を見た。その顔にあざけりの色はなかった。

「ミリアムに相談したことは？」

「旅の途中で描いた兄弟たちのスケッチを何枚か取り上げられたわ。あの人には気に入らなかったのね。どれも返してくれない。あの人にも、ほかの人たちにも、相談する必要なんかないの。なんと言われるかわかっているんですもの。あの人たちを苦しませるだけだわ」彼女はクラーク兄弟とともにマットの上にいる姉妹の姿を思い浮かべた。笑いさざめき、琥珀色のワインをすすり、少年からおとなへと変りつつある身体を愛撫しているだろう。グループセックスとは違うわ、とふいに彼女は思った。それぞれ同数の分身に分けられた男と女がいるだけなのだ――静かな川面の割れた月のように。ミリアム姉妹はひとつの生き物を、女を成し、クラーク兄弟もまたひとつの生き物を、男を形作る。そして今夜は、たがいに抱擁しても、分身が全員そろっていない女が完全に満足することはないだろう。女の分身のひとりが欠けていた。ずっと前から行方知れずだった。そしてその分身は、切断された四肢のように、実体のない苦痛を引き起こした。

「モリー」ベンの声はおだやかだった。彼の手が腕に触れると、モリーはぎくっとした。

「ぼくの部屋へ行こう。ずいぶん夜がふけた。じきに朝だ」

「いいのよ。あたし、あなたには打ち明けまいと思っていたの。だから、昼間、オフィスへはいらずに引き返したってわけ。でも夜になって、助けが必要なら話すべきだと考え直したの。無理に誘わなくてもいいわ」

ほとんど気の進まない様子で、ベンは言った。「行こう、モリー。ぼくの部屋へ。きみがほしいんだ」

16

ものうげに音もなく、雪が降っていた。風はなく、空は手が届きそうなほど低く見えた。雪は平らな面に、木々の枝に、松とトウヒの針のような葉に積もった。病院の雨どいと屋根とのあいだのすきまから雪が落ちて、短い壁ができたが、それはほどなくおのれの重みで崩れるだろう。けがれない、清らかな雪が大地を覆い、積もりに積もり、そのため、ときおり顔をのぞかせる太陽に溶かされたり風に吹き散らされたりすることのないものかげでは、深さは六フィートから七フィート、八フィートに達した。そこここに灰色や青をした陰影が横たわる白い世界を背景に、川は黒く輝いていた。雲があまり厚いので、地上を照らす光は雪が天に向けて発しているかのように思われた。その光は非常に弱くて、少し遠くに目をやると、雪と空と空気とがたがいに溶けあい、区別がつかなかった。

どこにも境界がないわ、とモリーは思った。すべてがひとつになっていた。窓辺に立つ彼女の背後では、イーゼルが絵の具を使った描きかけの絵をのせて待っていたが、いまはそのことは考えられなかった。雪が、下から照る奇妙な光が、表の渾然一体となった光景が、心を捕えて離さなかった。

「モリー！」

彼女はすばやく振り向いた。ミリアムが戸口に立っていた。屋外用の服を着たままで、肩に、フードに雪がついていた。

「言ったでしょ、メグがけがをしたのよ！　あたしの声が聞こえなかったの？」

「けが？　どうして？　なにがあったの？」

ミリアムは一瞬、彼女を見つめてから、首を振った。「知らなかったのね？」

モリーはまごついた。自分が見知らぬ土地に迷いこんだなにもわからないよそ者になったような気分がした。イーゼルの絵は、けばけばしく、醜悪で、無意味に見えた。いまではメグの苦痛と恐怖を、そしてそれをやわらげようとする姉妹の存在を、感じることができた。みながあたしを必要としている、と彼女ははっきり認識したが、なぜかはわからなかった。メグが心から消えていった。「メグはどこ？」と、彼女は訊ねた。「なにがあったの？　いっしょに行くわ」

ミリアムは彼女を見て首を振った。「いいえ。ここにいてよ」そして、立ち去った。

モリーはメグのいる場所を突き止めて、姉妹に加わろうとその病室へ行ったが、なかに入れてもらえなかった。

ベンは自分の兄弟を見て、その質問に肩をすくめた。〝モリーをどうすべきか？〟かつてデイヴィッドを追放したように、彼女も追放するか？　病院の一室に隔離するか？　繁殖員と——母親たちと——生活させるか？　いっさい目をつぶるか？　彼らはあらゆる方法を検討したが、どれにも満足していなかった。

「彼女がよくなりつつあるという徴候はまったくない」と、バリー。「彼女が正常な生活に戻りたがっているかどうかもあやしいものだ」

「こうした事態はまったく前例がないのだから、われわれが決定することはなんであれ正当でなければならない」と、ブルースが冷静に言って、太い眉をちょっと寄せた。「ベン、彼女はきみの患者だ。きみはまだひと言も口を開いていない。彼女に絵の具を使わせれば治療になるときみは確信していたが、そのもくろみははずれた。ほかに提案はないか？」

「ぼくが前に実験室の仕事から手を引いてかわりに心理学の研究をしたいと申し出たら、拒否したじゃないか。ワシントンへ行った残りの者は、ぼくを含めて完全に回復している。機能的には申し分ない」最後の言葉をベンは平然とした顔でつけ足した。「例外はモリーだ。原因を明らかにしたり、治療法を見つけたり、回復の見込みがあるかどうかをたしかめるだけの知識は、われわれにはないんだ。そう、時間をかけることだ。彼女が教室に出る必要はない。絵を描かせてやれ。個室を与えて、ひとりにするんだ」

バリーは首を振っていた。「心理学はわれわれにとっては袋小路だ。個人礼賛を復活させるからな。集団が機能しているときには、そのメンバーは自然に回復するものだ。彼女を病院にいさせろということだが……。彼女は姉妹に絶えまなく苦痛と混乱をもたらしている。メグは大丈夫だろう。だが、モリーは自分の姉妹が転んで腕を折ったことを知ってさえいなかった。姉妹は彼女を必要としたが、彼女は応じなかった。組織の中の個人をではなく、組織そのものの安寧を守ることこそわれわれの義務であることは、みなが理解し同意しているんだ。その二つのどちらかを選ばなければならない場合には、われわれは個人を捨てなければならない。それは決められたことだ。唯一の問題は、どうやるかだ」

ベンは立ち上がって窓辺に行った。生け垣のむこうに繁殖員の宿舎が見えた。あそこはだめだ、と彼は強く思った。決してモリーを受け入れはしないだろう。彼女をあそこに入れたら、死んでしまうかもしれない。ほんのひと月前に、ジャネットを対象に〈追悼の儀式〉がおこなわれ、ジャネットはいまでは繁殖員のひとりに数えられて、医者が必要と決めただけ何度でも子供を産む繁殖専門の女としての新しい身分に無理やり彼女を順応させるための、薬の投与と催眠術による条件づけを受けていた。新しく生まれた子供はすぐさま育児室へ移され、繁殖員はそのあと健康を取り戻すための時間を、次の出産にそなえて丈夫になるための時間を与えられるのだった。そして、それが何度もくり返される……

「あそこに彼女を放り込んでもなんにもならない」ボブが窓辺へ歩いてベンの横に立った。「安楽死という手段に訴えるほか解決法はないということを、はっきり認めたほうがいい。そのほうが酷ではないだろう」

ベンは胸が重くなるのを感じて、兄弟のほうに向き直った。彼らの言うとおりだ、とぼんやり思った。「また同じことが起こったら、またこうしていやな思いで集まって、どうしたらいいか同じように役にも立たない議論をすることになるだろう」のろのろしゃべりながら、どのような結論を出そうとしているのか自分でもはっきりしなかった。

バリーが頷いた。「わかっている。それでぼくは悪い夢を見るんだ。食糧を探したり、道路を補修したり、都市を調査するためにもっと大勢の人間が必要とされている現状では、モリーのような例がさらに増えるかもしれない」

「ぼくにまかせてくれ」と、唐突にベンは言った。「彼女をサムナー邸に住まわせる。〈追悼の儀式〉をおこなって、正式に追放を宣告するのさ。ミリアム姉妹は欠員を補い、二度と苦しまないだろうし、ぼくはこのやっかいな反応を研究できるというものだ」

「屋敷の中はひどく寒いが、ストーブを燃やせば暖かくなるだろう」と、ベン。「ここが気に入ったかい？」

彼らは屋敷中をくまなく調べ、モリーは川に面した二階の翼を選んでいた。そこにはカーテンのない大きな窓が並び、寒ざむとした午後の光が部屋を満たしていたが、夏になれば日差しが暖かく明るく溢れるだろう。それに、いつも川を眺めることができた。となりの部屋は子供部屋か化粧室だったのだろう、と彼女は思った。そちらはもっと小さくて、ほとんど天井まで伸びた細長い窓が二つ並んでいた。彼女はその部屋にペンキを塗るつもりだった。窓の外にはちっぽけなバルコニーがあった。

すでに音楽が谷のむこうから聞こえていた。儀式がはじまったのだ。人々は踊り、ごちそうを食べ、ワインに酔いしれるだろう。

「電気は切れている」と、ベンは荒々しく言った。「電線がだめになっていてね。雪が溶けしだい修理させる」

「そんなのどうでもいいわ。ランプや暖炉が好きなの。ストーブでたきぎを燃やせばいいわ」

「アンドルー兄弟がたきぎを絶やさないようにしてくれるはずだ。必要なものはなんでも彼らが持ってくる。玄関の前に置いていくことになっている」

彼女は窓辺に寄った。薄い雲に覆われた太陽が丘の稜線の上に浮かんでいた。まもなく太陽は丘のむこう側に沈み、闇が急速に訪れるだろう。生まれてはじめて、彼女はひとりで夜を迎えるのだった。ベンに背を向けて立った彼女は、川を見つめながらこの古い屋敷のことを考えた。この屋敷は谷のほかの建物とたいそう離れていて、木々や、木々と同じくらい高く生い茂った灌木によって隠されていた。

たとえ悪い夢を見て、眠ったまま身動きしたり、大声で呼んだりしても、彼女の声はだれにも聞こえないし、かたわらでなだめてくれたりなぐさめてくれる者もいないのだ。

「モリー」ベンの声はあいかわらず荒々しくて、まるで彼女にひどく腹を立てているかのようだった。彼女にはなぜベンが怒っているのかわからなかった。「もし心細ければ、今夜はいっしょにここにいてもかまわないんだが……」

すぐさま彼女はうしろを向いてベンを見た。彼女の顔は陰になり、冷たい光と雪と灰色の空がその背後にあった。ベンは、彼女が恐れていないことを知った。あの夜、川岸で感じたことを、彼はふたたび感じた。モリーは美しく、室内の光は彼女から、彼女の目から溢れ出ているのだった。「しあわせなんだな。そうだろう?」と、彼は驚嘆して訊ねた。

モリーは頷いた。「暖炉に火を起こすつもりよ。それからあの椅子をそばへ引っ張っていって、腰をおろして、炎を眺めながら音楽を聞くの。そしてしばらくしたらベッドに行き、もしかしたら少しばかり本を読むわ。ランプの明かりで、眠くなるまで……」彼女はベンにほほえみかけた。「大丈夫よ、ベン。いまの気分は……あたし、自分がいまどんな気分なのかわからないわ。頭を押さえつけていた重いものがすっと消えたような感じ。おかげで、のんびりして、解放されて、ええ、しあわせと言ってもいいくらい。気が狂ったのかもね。気が狂うってこういうことだったのかもしれないわ」彼女はまた窓のほうに向き直ると、少しして訊ねた。「繁殖員はしあわせを感じているかしら?」

「いや」

「彼女たちはどんな気持ちでいるの?」

「ぼくが火を起こそう。煙突はふさがってない。たしかめておいた」

「繁殖員はなにをされるの、ベン?」

「どうやって母親になるかを学ぶための講座を受けさせられるのさ。最終的にはその生活が気に入るはずだ、たぶん」

「自由を感じているかしら?」

火床にたきぎを置きはじめていた彼は、手に持った大きなたきぎをドシンと落として立ち上がると、モリーのところへ行き、彼女をこちらに向かせた。「繁殖員は絶えず孤独に苦しんでいるよ。来る夜も来る夜も泣き疲れたあげくに眠るんだ。つねに麻薬びたりにさせられ、その上、条件づけというつらい経験をして新しい生活に順応させられるが、それでも毎晩、泣きながら寝入るんだ。きみの聞きたかったことはこれか？　きみは、彼女たちがいまのきみと同じように自由でいると思いたかったんだ。彼女たちが好きでひとりぼっちになり、ほかの者にたいするおのれの責任を考えることなく自由に自分のしたいことをしていると、考えたかったんだ。そんなものじゃない！　われわれには彼女たちが必要だ。だから、可能な唯一の方法で彼女たちを利用している。繁殖員でない姉妹の受ける危害を最少限にするためだ。繁殖の任務を終えたあと、それに適していれば、彼女たちは育児室で働く。適していなければ、眠らされる。これでいいか？」

「なぜあたしにそんなことを話すの？」彼女の顔には血の気がなかった。

「真相を知れば、きみもこの小さな隠れ家について幻想を抱かないはずだ！　われわれはきみを利用できる。それがわかるか？　仲間の役に立つかぎり、きみはここで王女のように暮らすことを許されるだろう。役に立つかぎりはな」

「役に立つって、どんなふうに？　だれもあたしの絵は見たがらないのに。地図も旅のスケッチもみんな描き終えたわ」

「ぼくはきみのあらゆる思考を、願望を、夢を、分析するつもりだ。そして、きみになにが起こったかを、どういう理由できみが自分の姉妹から離れたのかを、なにゆえきみが個人になることを決心したかを、明らかにする。それらが明らかになれば、こうしたことを二度と起こさせないための方法がわかるだろう」

彼女はベンを見つめた。いまではその目は光を放つかわりに濃い影で覆われ、隠されていた。彼女は両肩に置かれた男の手をそっと振りほどいた。「自分を調べることね、ベン。自分がほかのだれにも聞こえない声に耳をかたむけている現場を押さえるの。自分を観察しなさい。ほかのだれが、繁殖員のあつかわれ方に腹を立てた？　なぜあなたは、仲間のためにあたしを使い古しの繁殖員と同じように眠らせるべきときに、一生懸命あたしの命を救ってくれたの？　あたしの絵をちらりとでも見た人がほかにいた？　祝賀会に出るよりも、気の変な女とこの寒くて暗い部屋にいるほうを選ぶ人が、ほかにいた？　あたしたちの性行為は楽しいものではない。たがいに抱き合うとき、あたしたちがするのは、耐えがたく、苦しく、つらいことよ。そして悲しくてたまらなくなるのだけれど、どちらにもそのわけはわからない。自分を調べなさい。あたしのことはそのあと。そして、保菌者を殺さずに根絶することのできる病原菌があるかどうかたしかめるのね」

乱暴にベンは彼女を引き寄せ、彼女がしゃべれないように、自分の胸に彼女の顔をきつく押しつけた。「嘘だ、嘘だ、嘘だ。きみは頭がおかしいんだ」と呟きながら、彼は柔らかな髪に頬をあてた。モリーの両腕が動いて、彼の背中にまわり、彼を抱いた。ベンは荒っぽく身を引くと、彼女から離れて立った。早くも暗闇が部屋を重苦しく満たし、彼女は影から浮かび出た影でしかなかった。

「そろそろ帰る」と、彼はぶっきらぼうに言った。「火を起こすのに手はかからないはずだ。二階のストーブをつけておいたから、じきにここも暖かくなるだろう。寒い思いはしないですむ」

彼女は答えなかった。ベンはくるりとうしろを向き、その部屋から急いで立ち去った。表に出ると、彼は深い雪のなかを走りはじめた。そして、ひどく息切れがしてそれ以上走れなくなるまで走った。屋敷のほうを振り返ると、屋敷は黒い木々にさえぎられてもう見えなかった。

17

いまでは、こまかな雨が小やみなくふり、風は静まっていた。どの丘の頂きも雲に隠され、川は霧に隠されていた。休みなく響くハンマーの音は、雨で弱められてはいても、聞く者を元気づけてくれた。船着き場の屋根の下で、人々は作業を続け、三隻目の船を建造していた。去年、彼らは農夫であり、教師であり、専門技術者であり、科学者だったが、今年は船大工だった。

ベンは雨を眺めた。つかのまの静けさは終わり、風がかん高い音を立てて谷を吹き抜けて、雨を波状に追い立てた。その光景がぼやけ、窓を打つ雨しか見えなくなった。

モリーはぼくが本当に現われるかどうかあやぶんでいるだろう、と彼は思った。急激に強まる雨の力で、窓が震えた。破られるぞ！　彼は一瞬はっとした。いや、彼女が興味を持ったりするものか。モリーは彼がいないことに気づきさえしないだろう。はじまったときと同じようにだしぬけにすさまじい嵐はやみ、雲が薄くなって、地面にものの影が落ちるほどの日差しが顔をのぞかせた。ぼくがいようといまいと、モリーにとっては同じことだ、と彼は思った。彼に話しかけたり、彼の質問に答えているあいだも、モリーは絵の具を塗るか、スケッチするか、筆を洗うかしているのだった。ときには、じっとしていられなくて、彼を散歩に連れ出すこともあった。行く先はいつも丘の上とか、森のなかとか、彼女が立ち入りを禁じられているみなの住む谷から遠く離れた場所だった。つまり、これらの行動は、本来、彼女がひとりでするはずのことだったのだ。

まもなく、彼の兄弟が、かねて開くことを要求していた正式の会合に出席するためやってくるだろう。そして彼は、まだ書きはじめてさえいない報告書の完成の時期について同意しなければならないだろう。彼は長いテーブルの上に置いた自分のノートに目を落としてから、いま一度、窓のほうに向き直った。そのノートはぎっしりと文字で埋まっていた。彼女に質問すること、彼女から聞き出すことはもうなにもなかったが、にもかかわらず、秋以来なにひとつ明らかになってはいなかった。

彼のポケットには、ハーブティーの小さな包みが入っていた。初物で、モリーへの贈り物だった。二人はしばしばお茶を入れて暖炉の前に座り、香りのよい、熱い飲み物をすすった。それから並んで横たわり、彼は谷の話をした。研究施設が拡張されたこと。船の建造の進行状況。それから、道路を直したり橋をかけたりといった、ワシントンへ、フィラデルフィアへ、ニューヨークへのルートを開くのに必要なことをなんでもこなすことのできる労働者や徴発係を、クローニングする計画について。彼女は自分の姉妹のことをよく訊ねた。彼女の姉妹は教科書に取り組んで、挿絵や図表やグラフを注意深く描き写していた。答えを聞くと彼女はまじめな顔で頷いて、谷のだれもが理解できず、また理解しようともしない自分の絵に、すばやく視線を投げるのだった。彼女はなんでもしゃべり、どのような質問にも答えた。ただし、自分の絵についてだけは別だった。

彼女には自分のすることが、彼と同様、ほとんど理解できず、これは彼のノートにも記されていた。彼女は絵を描かずにはいられないのだった。ぼやけて、あいまいで、有害ですらある数々の幻覚を、目に見える形にせずにはいられないのだった。その衝動は生きようとする意志よりも強い、と彼は苦々しく思った。もうすぐ彼の兄弟が集まって彼女をどうするか決めるだろう。

彼女は一袋の種子を与えられて、川ぞいに護送されてゆくことになるのだろうか？

ぶ厚い雲が山脈から流れてきて、弱々しい日光を消すと、ふたたび風が窓をガタガタいわせ、大粒の雨をたたきつけた。ベンが立ってそれを見ていると、兄弟が部屋に入ってきて席に着いた。

「まず、はっきりさせよう」と、バリーが口を開いた。ベンが彼の立ち場なら、やはりそう切り出しただろう。「彼女はよくなっていない、そうだな？」

ベンは腰をおろして兄弟の輪に加わると、首を振った。

「要するに、どちらかといえば、彼女は旅から帰ってきたときよりもっと悪くなっている」と、バリーは続けた。「隔離によって、彼女の病気が広がる可能性が、重くなる可能性が出てきた。だから、わずかの時間にせよ、彼女と二人きりになることによって、病気がきみに移ったかもしれない」

ベンはうろたえ慌てて兄弟を次々に見た。兄弟がこうした考え方をしていることをほのめかす手がかりが、ヒントがあっただろうか？　彼は、自分がかつてほかの者に答えた質問をあらためて自分にたいし投げかけることによって、はっきり悟った。気づくべきだったのだ。完璧に機能している集団において、秘密はありえない。ゆっくり首を振ると、彼はたいそう慎重にしゃべりだした。「一時はたしかに自分も病気だと考えた。だが、ぼくはわれわれの計画に、われわれの必要にしたがって役目を果たし続けたし、種々のおかしな考えは頭から追い払ってしまった。ぼくのどんなところが気にさわったんだ？」

バリーがもどかしそうに首を振った。

一瞬、ベンは彼らのみじめさを感じることができた。「モリーについて仮説を立てた。たぶんそれはぼくについてもあてはまるだろう」みなは次の言葉を待った。「われわれが生まれる以前の時代においては、かならず子供のころに、自我の発達が自然に起こる時期があった。そして、その時期に万事順調にゆけば、両親から独立したひとりの個人が作り出された。われわれの場合、そうした発達は必要ないし、可能でさえない。なぜなら、われわれ兄弟姉妹は独立して生きる必要がなく、かわりに単一の意識が形成されているからだ。その単一ないしは集団意識の存在を認める研究が、一卵性双生児に関しては非常に古くからなされている。だが、研究者たちにはその仕組みを理解する態勢がととのっていなかった。集団意識の存在にはほとんど注意が払われず、それ以上の研究は皆無に近い」彼は立ち上がって、ふたたび窓辺へ歩いた。雨は本降りになっていた。「われわれの内部にはいまなお個人の自我が発生する可能性が潜んでいるのではないだろうか。自然に出現すべき生理的なタイミングが過ぎてしまうと、それは眠ってしまう。しかしモリーの場合は、そしておそらくほかの者たちの場合も、適切な条件のもとで、充分な刺激があれば、それは活動をはじめるんだ」

「その適切な条件というのは、緊張に満ちた状況で兄弟や姉妹と別れることか？」と、バリーが考えこんだ表情で質問した。

「たぶんな。だが、いま大切なのは、それをこのまま発達させて、結果を確認することだ」ベンの口調は切迫していた。「ぼくには彼女の将来の行動を予言することはできない。

その日その日にどういうことが起こるかはわからないんだ」

バリーとブルースがたがいに目くばせし、続いてほかの兄弟を見た。ベンはその目つきの意味を解釈しようとしたが、うまくいかなかった。そして寒さに身ぶるいし、かわりに向き直って雨を見守った。

「結論を出すのはあすにしよう」と、ようやくバリーが言った。「しかし、モリーに関する決定がどのようなものであれ、すでに下されたもうひとつの決定は不変だ。きみは彼女と会い続けるべきではない、ベン。きみ自身のためと、そしてわれわれのために、きみが彼女のもとを訪れることを禁じなければならない」

ベンは承知して頷いた。「彼女に話さないと」

その声の調子に気づいて、バリーはふたたびほかの兄弟たちを見た。彼らはしぶしぶ同意した。


「なぜそんなに驚いているの？」と、モリーは訊ねた。「起こるべくして起こったことだわ」

「お茶を少し持ってきた」ベンの態度はそっけなかった。

モリーは包みを受け取ると、長いあいだそれを見つめ、低い声で言った。「あなたにプレゼントがあるの。別のときにあげようと思っていたんだけど……。取って来るわ」

彼女は歩み去り、すぐに、せいぜい五インチ四方の小さな包みを持って戻ってきた。そのなかには一枚の紙がたたまれたものが入っていた。それを開くと、いくつかの顔があった。どれも、少しずつ違うベンそっくりの顔だった。中央にあるのは大きな頭部で、たけだけしい眉と突き差すような目を持ち、その周囲をかこむ四つの顔は、たがいによく似ているので、みな血のつながりのあることがわかった。

「こいつらは何者だ？」

「真ん中はこの家の持ち主だった人よ。屋根裏部屋で写真を見つけたの。それが彼の息子で、デイヴィッドのお父さん。それから、そっちがデイヴィッドよ。それがあなた」

「バリーでも、ブルースでもあるし、ぼくたちより前に生まれただれでもありうるな」ベンはあくまでそっけなかった。彼はその五つの顔から成る絵が気に入らなかった。自分たちとはあまりに違う、罪深い人生を送り、しかもあまりに自分に似ている男たちの顔を見るのは、いやだった。

「そうは思わないわ」モリーは目を細めて絵を見てから、次いで彼をつくづくと眺めた。「目がどことなく違うわ。あの人たちの目は外しか見ていないと思うけれど、あなたや、この絵のなかのほかの人たちの目は、どちらの方向も見ることができるのよ」

だしぬけに彼女は笑い出し、ベンを火の前へ引っ張っていった。「でも、そんなことは放っておいてお茶を飲みましょう。クッキーもあるわ。ひとりでは食べきれないほど運んできてくれるので、たくさん取ってあるの。パーティーを開きましょう！」

「お茶はけっこうだ」ベンは彼女から顔をそむけたまま、暖炉の炎を見つめて、訊ねた。「きみは平気なのか?」

「平気かですって?」

ベンはその声に、打ち消しがたい、激しい苦痛を聞き取って、きつく目を閉じた。

「泣きわめいて服を引き裂いたり、壁に頭をぶつけたりしろって言うの? 捨てないでくれ、いっしょにいてくれとあなたに哀願しろって言うの? この家の一番高い窓から身を投げなきゃいけないのかしら? やせ細って青ざめて、秋の花のようにしおれて、自分には理解できない寒さのせいで枯れてしまわなければいけないのかしら? どんなことをしたら平気じゃないとわかってもらえるの、ベン? どうしたらいいのか教えて」

彼は頬にモリーの手を感じて目を開け、目がひりひりと痛むことに気づいた。

「いっしょに来て、ベン」と、彼女はやさしく言った。「あとで、お別れのときに、二人で泣きましょうよ」

「彼女に決して危害を加えないことは約束する」と、バリーは静かに言った。「もしも彼女がわれわれのひとりを必要とした場合には、だれかが行って世話をする。彼女はサムナー邸で終生暮らすことを許されるだろう。われわれは彼女の絵を決して展示しないし、ほかの者が展示することも許さないが、すべて注意深く保存して、われわれの子孫がそれらを研究し、今日われわれが取った処置を理解できるように取り計らう」彼はちょっと口をつぐんでから、また言葉を続けた。「さらにわれわれの兄弟ベンは、将来新たなグループが使うベースキャンプを設置するため川を下る分遣隊に同行することとする」そして、彼は前に置いた紙から目を上げた。

ベンは落ち着いて頷いた。裁決は公正で思いやりがあった。彼は兄弟の苦悩をわかちあい、船団が戻って彼を対象に〈追悼の儀式〉がおこなわれるまでは、その苦しみが終わらないだろうことを、知った。そのときはじめて彼らはみなふたたび解放されるだろう。

モリーは船団が川を滑ってゆくのを見守った。先頭の船の舳先に立つベンの髪を、風がうしろになびかせていた。船が最初の湾曲部にさしかかるまで、彼はサムナー邸のほうに顔を向けなかった。その湾曲部を通り過ぎれば、屋敷からもう船は見えなかった。つかのま、モリーは彼の青白い顔を見た。彼は去り、船は去った。

船団が姿を消したあとも、長いことモリーは大きな窓の前に立ち続けた。川の声が、高い梢から答える声が、地面の草の葉は一枚もそよがせずに木々をゆるがす風のことが、心によみがえった。夜のあいだ彼女たちを押し包んで、侵入者である彼女たちに触れ、彼女たちをためし、味わった沈黙と闇のことが、心によみがえった。彼女の片手が腹へと動き、そこの生き物を、胎内で育ちつつある新たな生命を押さえた。

夏の暑さは九月はじめの霜に道をゆずり、船団が帰還した。今度は別の人間が舳先に立っていた。木々が赤に金に燃え上がり、雪が降り、一月になって、モリーはただひとり、手助けなしに、息子を産んだ。横たわったまま片腕を曲げて赤ん坊を抱いた彼女は、わが子にほほえみかけると、やさしくささやいた。「愛しているわ。あなたの名前はマークよ」

妊娠の後期に入ってからずっと、モリーは、明日こそバリーに伝言を送ろう、そして彼の決定に従って繁殖員の宿舎に入ることにしようと、ほぼ毎日自分に言い聞かせていた。だが、いまこうして、あまり目を固くつぶっているのでまるで目がないように見える赤ん坊を眺めていると、わが子を手放すことなどとてもできないことがわかった。

朝ごとにアンドルー兄弟が、たきぎや、食糧の入ったかごや、そのほか彼女がたのむものをなんでも持ってきて、玄関前のポーチに置き、帰っていった。彼女は遠くから彼らの姿を目にするだけで、直接にはだれとも会わなかった。マークが言葉を理解するようになると、ただちに彼女は、アンドルー兄弟が屋敷の近くにいるあいだは静かにしている必要があることを、息子に覚えさせた。マークがもっと大きくなって、あらゆる事柄について〝なぜ〟と訊ねはじめると、彼女は、アンドルー兄弟がマークを彼女のもとから連れ去って学校に入れるだろうこと、そして二人は二度と会えなくなるだろうことを、教えなければならなかった。

彼が恐怖を示すのを見たのは、そのときが最初で最後だった。そのあと、若い医者たちが来ると、彼は母親と同じように静かにしていた。

彼は歩きだすのもしゃべりだすのも早かった。四歳で字が読めるようになると、階下の図書室からぼろぼろになった本を持ってきては、暖炉のそばで長いあいだ読書にふけった。それらは、子供の本のこともあれば、そうでないこともあった。彼は気にかけていないようだった。二人は屋敷中でかくれんぼをした。そして、天気の良いときには、屋敷の裏に連なる丘の斜面で遊んだ。そこは谷からは見えなかったし、谷の人々は、どのようなことがあっても、そうするよう命令されないかぎり森のなかには入ってこなかった。モリーは息子に歌をうたってやったり、物語の本を読んでやったりした。そして本をみな読んでしまうと、ほかの物語を作った。ある日、マークは母親に物語を聞かせ、彼女は楽しげに声を立てて笑った。それ以後、物語を作って話すのは、彼女だったり、マークだったりした。彼女が絵の具で絵を描いているあいだ、マークは鉛筆でスケッチしたり、やはり絵の具を使ったりした。そして彼は母親が取ってきた川の粘土でますます頻繁に遊ぶようになり、さまざまな形を作っては、母親とともにそれらをバルコニーに並べ、日光で乾燥させた。

彼の身体がしっかりするにつれて、二人は丘の中腹をしだいに上まで登っていった。彼が五歳の夏のある日、二人は何時間かを森のなかで過ごした。モリーはシダやゼニゴケを指差して彼に教え、太陽の光が美しい緑の葉の色を変えるありさまに彼の注意を向けさせた。深緑は濃さを増して黒に近い色になっていた。

「時間よ」と、とうとう彼女は言った。

マークは首を振った。「てっぺんまで登って、世界中を見渡そうよ」

「また今度ね。お弁当を持って、頂上に行きましょう。今度はきっと」

「約束だよ」

「ええ」

二人はゆっくり丘を下りながら、しばしば足を止めて、岩や、めずらしい植物や、古い木の皮や、彼の興味を捕えたものをいちいち調べた。そして、森のはずれで立ち止まると、木々の覆いから出る前に用心深くあたりを見まわしたあと、手に手を取って台所のドアまで走り、笑いながら、いっしょにそこを通り抜けようとした。

「あなたはもう大きすぎるわ」とはずむ声で言って、モリーは息子を先に入らせた。

マークはいきなり立ち止まり、彼女の手をぐいと引っ張ると、身をひるがえして駆けだした。バリー兄弟のひとりが食堂から台所に入ってきた。もうひとりが外へ通じるドアをしめ、彼らの退路を絶った。残りの三人が静かに台所に現われ、信じられないといった表情で少年を凝視した。

やがて、ひとりが口を開いた。「ベンの子供か?」

モリーは頷いた。彼女の手がマークの手を、骨が折れそうなほどきつく握りしめた。マークは彼女のそばに立って、恐ろしそうにバリー兄弟を見つめた。

「いつだ?」と、相手は続けた。

「五年前の一月よ」

相手は大きくため息をついた。「いっしょに来てもらおう、モリー。その子もだ」

彼女は首を振った。恐怖のあまり全身の力がぬけてゆくのが感じられた。「いやよ！　ほっといてちょうだい。なにも悪いことはしていないわ！　かまわないで！」

「掟だ」と、きびしい声が返ってきた。「それはわれわれ同様、きみもよく心得ているはずだ」

「約束してくれたじゃないの！」

「こうした場合までは考えに入れていなかったからな」彼はモリーのほうに一歩足を踏み出した。マークが彼女の手を振りほどいて、男に飛びかかった。

「母さんにかまうな！　行っちまえ！」「母さんをひどい目にあわせたら承知しないぞ！」

だれかがモリーの両腕をつかみ、彼女を押さえた。別のひとりがマークをつかまえ、足をばたばたさせて狂ったようにあばれる彼をかかえ上げた。マークは大声でわめき続けた。

「その子にけがをさせないで！」と叫んで、モリーは男の手からのがれようとあがいた。注射針をさされたのにもほとんど気づかなかった。マークの口から苦痛の悲鳴が上がるのが最後にぼんやり聞こえ、それから、なにもわからなくなった。

18

モリーはまばたきすると、すべてを覆う銀色の霜のまぶしい光に、目をつぶった。じっと動かずに、頭だけ動かして、そこがどこかを、自分がだれかを、どんなことでもいいから思い出そうとした。もう一度目を開けると、ぎらぎらする光にやはり目がくらんだ。まるで、その記憶を呼び戻そうとするとどんどんぼやけてしまう、長い、悪夢まじりの夢から、ようやくさめたような気分だった。だれかがそっとひじでつついた。

「ここ《ここ》にいたら凍え死ぬわ」と、だれかがすぐそばで言った。モリーが振り向くと、見知らぬ女がいた。「さあ、なかに入るのよ」と、もっと大きな声で続けてから、女は顔を突き出して、モリーをじっと見た。「おや、正気に戻ったのね？」

女はモリーの腕を取って、暖かな建物のなかに導いた。ほかの女たちがぼんやり顔を上げ、それからまた下を向いて縫い物を続けた。何人かは明らかに妊娠していた。別の何人かはどんよりした目をして、放心したような表情を浮かべ、なにもしていなかった。

モリーに手を貸してくれた女は、彼女のために椅子を取って来ると、かたわらに立って早口に言った。「しばらくじっと座っているのよ。すぐに思い出しはじめるから」それから女はそこを離れて一台のミシンの前に座り、布を縫いはじめた。

モリーは床を見ながら、記憶が戻るのを待った。長いあいだ、悪夢の恐ろしさが感情としてよみがえるだけで、細部はわからなかった。

台にひもでくくりつけられたわ、何度も、と彼女は思った。そして、いろいろなことをされたのだが、それらは思い出せなかった。何人かの女たちに押さえつけられて、いろいろされたときもあった。彼女は激しく身ぶるいして、目を閉じた。その記憶は遠のいていった。マークの姿が、突然、たいそうはっきりと、心に浮かんだ。マーク！　彼女はいきおいよく立ち上がって、狂おしくあたりを見まわした。友達になった女が飛んできて、モリーの腕をつかんだ。

「いいこと、モリー、騒ぎを起こしたら、また麻薬づけにされるのよ。わかった？　あたしたちの休み時間まで、おとなしく座っててちょうだい。そのときになったら話してあげるわ」

「マークはどこ？」と、モリーはかすれた声できいた。

女は周囲にすばやく視線を走らせてから、小声で答えた。「あの子は大丈夫。さあ、座って！　看護師が来るわ」

モリーはふたたび腰をおろして床を見つめた。看護師は部屋を見まわすとまた出て行った。マークは無事だった。地面には氷が張っていた。冬なのだ。とすると、マークは六歳だ。夏の終わりと秋のことを、彼女はなにひとつ覚えていなかった。いったいなにをされたのだろう？

休憩までの数時間がひどくのろのろと過ぎていった。ときおり、女たちのだれかがこちらを見た。その動作は意識的であって、前のように無関心な目つきではなかった。彼女が正気に戻ったといううわさが広まりつつあり、みなが彼女の様子を観察していた。それは彼女がこれからなにをするか見るためかもしれず、彼女を歓迎するためかもしれず、彼女にはわからないなんらかの理由があるのかもしれなかった。彼女は床を見た。両手を固く握ると、爪がてのひらに食いこんだ。そこで、手の力をゆるめた。彼女は病院の一室に連れてゆかれたのだった――ふつうの病院ではなく、繁殖員の宿舎の一室に。そして徹底的に検査された。たくさんの注射や、数えきれないほどの質問に答えたことや、種々の丸薬の記憶がよみがえった……。けれど、それはあまりに不鮮明だった。彼女はふたたび両手を握りしめた。

「モリー、いらっしゃい。お茶を飲みましょう。あたしの知っていることは残らず話してあげるわ」

「あなたはだれ？」

「ソンドラよ。さあ」

すぐ気づくべきだったのに、と、ソンドラのうしろを歩きながら、モリーは思った。そして、ふと、ソンドラのためにおこなわれた儀式を思い出した。ソンドラは彼女より三つか四つしか年上ではなかった。あたしが九歳か十歳のときだったわ、と彼女は思った。

お茶というのは、えたいの知れない薄黄色の飲み物だった。ひと口すすったあと、彼女はそれを下に置いて、休憩室の奥のむきだしの窓に目をやった。「いま何月？」

「一月よ」ソンドラはお茶を飲み終わると、身を乗り出して、低い声で言った。「聞いて、モリー、あなたは麻薬づけからやっと解放されたのよ。今後二、三週間は、どんなふるまいをするか絶えず観察されているはずよ。もしも面倒を起こしたら、またなにかされるわ。あなたは条件づけされていたの。それにさからっちゃだめ。そうすれば大丈夫よ」

モリーは、ソンドラが言っていることのうち半分しか理解できないような感じがして、ふたたび休憩室を見まわした。ここの椅子は座りごこちがよく、適当な間隔を置いていくつかのテーブルが並んでいた。女たちは三、四人ずつ固まって、ぺちゃくちゃしゃべりながら、ときどきこちらをちらっと見た。何人かはほほえみを浮かべ、ひとりはウィンクした。部屋のなかには三十人の女がいた。モリーは信じられない気持ちだった。繁殖員が三十人も！

「あたし妊娠しているの？」と、ふいに彼女は訊ね、腹に手をあてた。

「してないと思うわ。しているとしても、まだごく初期だけど、まずその可能性はないわね。あなたがここに来てから、連中は毎月ためしたけど、これまではいつもだめ。先月のも成功したとは思えないわ」

モリーは椅子に身体を沈め、かたく目を閉じた。台の上でされたのは、それだったのだ。

涙が溢れて頬を伝うのが感じられたが、涙を止めることはできなかった。すると、ソンドラが彼女の肩に腕をまわして、彼女をきつく抱いた。

「みんなそんなふうにつらい思いをするのよ、モリー。姉妹から切り離されて、はじめてひとりぼっちになったせいだわ。慣れることはなくても、ひとりで生きるこつがわかるようになるし、しばらくすれば、そんなに苦しくなくなるものよ」

モリーは首を振った。まだ口がきけなかった。違うのよ、と彼女ははっきり思った。孤独のせいじゃないわ。物のようにあつかわれた屈辱のせい、麻薬を打たれてから利用され、その処置に無条件に協力させられた屈辱のせいよ。

「もう戻らなくちゃ」と、ソンドラは言った。「あなたはあと一日か二日はなにもしなくていいはずよ。それだけの時間があれば、考えをまとめることができるし、もう一度すべてに慣れることもできるわ」

「ソンドラ、待って。マークは大丈夫だって言ったわね。どこにいるの？」

「ほかの子供たちといっしょに学校にいるわ。ひどいことはなにもされないわよ。連中は子供にはとてもやさしいんですもの。それは覚えてるでしょ？」

モリーは頷いた。「連中はあの子のクローンを作ったかしら？」

ソンドラは肩をすくめた。「わからないわ。そんなことはないと思うけど」それから顔をしかめて、片手を腰にあてた。ひどく年老い、疲れた様子で、ふくらんだ腹以外は、やせ細っていた。

「いままでに何回妊娠したの？」と、モリーはきいた。「ここにどれくらいいるの？」

「今度のを入れて、七回よ」と、ソンドラはためらわず答えた。「ここに連れてこられて二十年になるわ」

モリーは相手を見つめ、首を振った。しかし、みなでソンドラの喪に服したときには、モリーは九歳か十歳だったはずだ。「あたしはここにどれくらいいるの？」と、ついに彼女は訊ねた。

「モリー、急いじゃだめ。きょうは、とにかく、くつろぐようになさい」

「教えて」

「一年半よ。さあ、いらっしゃい」

午後のあいだずっと、彼女はおとなしく座っていた。記憶がほんの少し鮮明になったが、一年半の空白を埋めることはできなかった。それだけの時間が彼女の人生から消えてしまったのだ――あたかも、ひとつのひだができて、その両端がつながり、中間の、一年半という輪を作る部分で起こったことは、いっさい削除されてしまったかのように。

では、あの子は七つだわ、七つといえば、もう幼児ではない。彼女は頭を振った。午後遅くに医者のひとりが部屋を歩きまわり、あちこちで足を止めて、何人かの女に話しかけた。彼女が近づくと、モリーはほかの者たちと同じように「こんにちは、先生」と言った。

「気分はどうだね、モリー？」

「おかげさまで、とてもいいです」

医者は通り過ぎた。

モリーはまた床に目を落とした。はるか遠くからちょっとした幕間狂言を見たような感じで、その感覚をぬぐい去ることはどうしてもできなかった。条件づけだわ、と彼女は思った。ソンドラが言っていたのは、こういうことだったのだ。ほかにどんな条件づけをされたのかしら？　彼らが器具を、注意深く貯蔵した精子を持って近づくと、すすんで脚を広げること？　彼女はふたたび無理やり手を開いて、指を曲げた。長いあいだあまり力を入れていたので、どの指も痛んだ。

急に、彼女は顔を上げた。しかし、医者はもういなかった。あれはだれだったのだろう？　一瞬、目まいがしたが、すぐまた部屋は落ち着いた。彼女はあの人物を〝先生〟と呼んで、名前がないことに疑問を抱きすらしなかったのだ。あれはバリーだろうか？　ブルースだろうか？　これも条件づけの一部だわ、と彼女は皮肉っぽく考えた。繁殖員は死者であって、もはやクローンのひとりひとりを識別する権利はないのだった。ただの医者。ただの看護師。彼女はまたうつむいた。

何日かすると、一日を過ごすのが簡単になった。彼女たちは寝るときに睡眠薬を、朝食のときに興奮剤を与えられた。すべて、例の薄黄色のお茶にひそかに入れられていた。モリーはそのお茶を飲もうとしなかった。夜中に声を立てて泣く女たちもいれば、薬入りのお茶がすぐにきいて、ぐっすりと眠る女たちもいた。性行動は大いにおこなわれた。だれもがマットを持っていた。昼のあいだ、彼女たちは衣類製作部のさまざまな仕事に従事した。そして午後遅く自由時間になると、本を読んだり、休憩室でゲームをしたり、ギターやヴァイオリンをひいたりした。

「本当はそうひどくもないわ」と、モリーが正気づいて二、三日後に、ソンドラは言った。「大事にしてくれるしね。いたれりつくせりよ。指にけがをしただけで、だれかが飛んできて、赤ん坊みたいに世話してくれるんだから。そうひどくもないわ」

モリーは返事をしなかった。ソンドラは背が高く、六カ月目の腹が重そうだった。その目は油断なく生き生きと輝いていたかと思うと、どんよりくもって、なにも見ていなかったりした。彼らはソンドラを見張っているんだわ、とモリーは思った。そして、抑鬱状態や感情的混乱の兆候が少しでも現われたら、投薬量を変えて、彼女を一定のレベルであやつり続けるのだ。

「たいていの新入りはあなたみたいに長いこと麻薬づけにされないんだけど」と、別のときにソンドラは言った。「たぶん、あたしたちのほとんどがここに来たときはまだ十四か十五だったのに、あなたはもっと年上だったからでしょうね」

モリーは頷いた。彼女たちは子供だったから、自分の身の上をさしてみじめと思わない繁殖機械に条件づけることは、たやすかったのだ。ただし夜が来ると、多くの者は姉妹を思って泣いた。

「なぜ彼らはそんなに大勢の赤ん坊をほしがるの？」とモリーは訊ねた。「人間の赤ん坊は減らしているんじゃなかったの？　人数を増やさないようにしているんだと思ってたわ」

「道路やダムの作業員にするのよ。都市でいろいろな物資を探す気なんだと思うわ。おもに化学製品をね。生まれてきた赤ん坊のクローンもどんどん作っているって話よ。道路を建設したり川から航行の危険をなくすために、ごっそり送り出すつもりなんだわ」

「なぜそんなにいろいろなことをよく知ってるの？　あなたたちはもっと隔離されているとばかり思ってたのに」

「この谷には秘密のことなんてなにひとつないわ」ソンドラは満足げだった。「育児室で働いている人もいれば、台所で働いている人もいて、その人たちがあれこれ耳にしてくるのよ」

「それじゃ、マークのことは？　マークのことをなにか聞いていない？」

ソンドラは肩をすくめた。「なにも知らないわ。ほかの男の子と同じ、ふつうの男の子なんじゃないかしら。ただ、兄弟はいないだけでね。しょっちゅうひとりでここらを歩きまわってるそうよ」

待とう、とモリーは思った。遅かれ早かれ、バラの生け垣越しに息子の姿を見ることができるだろう。そのときが来る前に、彼女は医者のオフィスに呼び出された。

彼女はおとなしく看護師のあとに従い、オフィスに入った。

「こんにちは、モリー」

「こんにちは、先生」彼女はいぶかった。これはバリーだろうか。ブルースだろうか。それともボブ……？

「ほかの女たちは親切にしてくれているかね？」

「はい、先生」

こうした質問と、それにたいする〝はい、先生〟もしくは〝いいえ、先生〟という答えが、ひとしきり続いた。目的はなんなのかしら、と彼女は不思議に思い、いっそう警戒心を強めた。

「なにかほしいものとか入り用なものがあるかね？」

「スケッチブックをいただけないでしょうか？」

なにかが変わった。そして彼女は、それがこの呼び出しの理由だということを悟った。彼女はあやまちをおかしたのだ。おそらく彼らは、二度とスケッチすることを、絵を描くことを考えないよう、彼女を条件づけたのだろう……。モリーは彼らに言われたこと、されたことを思い出そうとした。なにも頭に浮かんでこなかった。あんなことを頼むんじゃなかった、と彼女はまた思った。しくじったわ。

医者は机の引き出しを開けて、彼女のスケッチブックと炭筆を取り出すと、それらを彼女のほうに押しやった。

モリーは必死に思い出そうとした。医者はなにを待ちかまえているのだろう？　どうすればいいのだろう？　おそるおそる彼女はスケッチブックと炭筆に手を伸ばした。一瞬、その手に震えが走り、胃が痙攣《けいれん》して、吐き気が襲ってきた。それらの感覚が去ったあとも、彼女はそれ以上前に手を出せなくなって、その手を凝視した。これでことのしだいは明らかだった。彼女はくちびるをなめて、ふたたび手を動かした。ほんのつかのま、同じ感覚が戻ってきて、それだけでも充分に効果はあった。すぐそれらの感覚は消えた。彼女は医者を見なかった。医者は彼女をじっと観察していた。また、彼女はくちびるをなめた。今度はもう少しでスケッチブックに触れるところまで行った。だしぬけに彼女は手を引くと、椅子からいきおいよく立ち上がって荒々しく部屋のなかを見まわしながら、片手で腹を押さえ、もう一方の手を口にあてた。

彼女はドアにむかって走り出したが、医者の声に足を止めた。「来たまえ、座るんだ、モリー。じきに治る」

彼女がもう一度机に目を向けたときには、スケッチブックも炭筆も消えていた。しぶしぶ彼女は腰をおろした。次はどのような計略が待ち受けているか心配だったし、自分がたしかにしでかした不可避的なあやまちのことを考えると不安でたまらなかった。もう一年半、麻薬づけにされるのだろうか？　死ぬまで一生、正気をなくしたままにされるのだろうか？　彼女は医者を見なかった。

さらにいくつか、どうでもいい質問があって、彼女は放免された。自分の部屋へと歩きながら、彼女は、なぜ生け垣でへだてられているだけなのに繁殖員がこの区域から抜け出そうとしないのか、納得した。

三月ははじめから終わりまで風が吹き、水が溢れ、氷のように冷たい雨が、いったん降りだすと何日もやまなかった。四月の雨はもっとおだやかだったが、雪溶け水が丘を滝となって落ちるにしたがい、川はほぼひと月のあいだ増水し続けた。五月は寒くじめじめとはじまったが、月のなかばには日差しは暖かくなり、農場の労働者たちは畑仕事に精を出した。

もうすぐ、と思いながら、モリーは繁殖員の宿舎の裏手に立って、丘の上を見上げた。ハナミズキが花ざかりで、その上部のアメリカハナズオウは燃えるようだった。どの木もみずみずしい青葉に包まれ、地面はしめったスポンジのような感触を急速に失いかけていた。もうすぐ、とくりかえして、彼女は室内の裁縫台のところに戻った。

これまでに三度、彼女は谷の一般居住区を横断していた。一度目は、猛烈に吐いた。次のときは、前の経験を生かして吐き気と恐怖の両者と懸命に戦ったが、クローン用の病院を通り過ぎたところで気を失いそうになった。三度目になると反応は弱まって、ちょうどひとつの記憶が一時的に刺激されたときのように、それらの同じ感覚はたちまち消え去った。

サムナー邸まで行ったら、ほかの、もっと激しい反応が起こるかもしれない。しかしいまでは、条件づけられた反応に従う必要のないことがわかっていた。あと少ししたら、とまた考えながら、彼女は身体を曲げて針仕事を続けた。

これまでに四度、彼女は繁殖員用の病棟に入れられて、体温測定器を取りつけられた。体温がおあつらえむきだと、看護師が盆を持ってやってきて、「もう一度やってみましょうね、モリー」と陽気に言う。すると素直にモリーは両脚を広げ、ぴかぴか光る冷たい器具によって精子が注入されているあいだ、じっとしている。「さあ、いいこと、しばらくは動いちゃだめよ」と、あいかわらず陽気にきびきびと言葉をかけたあと、看護師は狭い簡易ベッドに身じろぎもせず横たわる彼女を残して立ち去る。二時間後に、彼女は服を着て病院を出ることを許される。四度、と彼女は苦々しく考えた。人間じゃない、ただのものだわ。このボタンを押せばこうなると、すべてあらかじめわかっているのだ。合図どおりに動く自動機械。

月のない闇夜に、彼女は繁殖員の収容所を出た。三カ月がかりでゆっくりと、ひそかに中身をつめこんだ、大きな洗濯物の袋ひとつが荷物だった。目を覚ました者はいなかった。谷には、いや、おそらくこの世界のどこにも、危険なものなどなかった。けれど彼女は、道を避け、足音を消してくれる草の上を選んで急いだ。サムナー邸をかこむ密生した草木の作り出す闇は、開いた穴、たまたま近づきすぎたものをなにもかも呑み込む暗黒のようだった。

少しためらったあと、彼女は木々とやぶのあいだを手さぐりで進み、やがて屋敷に辿りついた。

夜明けまでまだ二時間あった。さらに一時間かそこらすれば、彼女のいないことはわかってしまう。彼女はポーチに包みを置くと、屋敷のまわりをまわって裏口へ行った。そこのドアは触れると開いた。なかに入ってもなにも起こらなかったので、彼女はほっとため息をついた。ではやはり、彼女がふたたびこれほど遠くまで来るとはだれも予想していなかったのだ。彼女は手さぐりで階段をのぼり、むかしの部屋に行った。ここはあたしが立ち去ったときのままだわ、と最初は思った。しかし、なにかがおかしかった。なにかが変わっていた。暗すぎてなにも見えなかったが、どこか違うという感じはどうしても消えなかった。そこでベッドを見つけてそこに腰をおろし、夜が明けて、部屋が、絵が見えるようになるのを待った。

室内が明るくなると、彼女は息をのんだ。彼女の絵がずらりと並べられ、四方の壁に、ありったけの椅子に、彼女が一度も使ったことのない古い机に、残らず立てかけてあるのだ。かつて絵を描いた、もうひとつの部屋に足を踏み入れると、マークが粘土をかわかすのに使った工作台の上には、彼が作った五、六個の不恰好な像のかわりに、何十個もの粘土の作品があった。つぼ、人間の頭部、動物、魚、足、両手……。モリーは戸枠に力なく寄りかかって、泣いた。

彼女がやっとドアから離れたときには、部屋いっぱいに日光が差し込んでいた。ぐずぐずしすぎた。こうしてはいられない。彼女は階段を駆け下りて屋敷から出ると、袋を拾い上げ、丘を登りはじめた。二百フィートほど登ったところで立ち止まり、むかしマークと二人で見つけた場所を捜した。その場所はクロイチゴのしげみの背後に隠れ、大きく突き出た石灰石の岩棚に頭上を守られていた。そこからは屋敷が見えたが、下からそこを見ることはできなかった。しげみが大きくなったために、そこは記憶にあるよりいっそう人目につかなくなっていた。ようやくそこを見つけると、彼女はほっとしてぐったり地面に座りこんだ。太陽が高くなっていた。そろそろみなが彼女の姿が消えているのに気づくころだ。ほどなく、何人かがサムナー邸を調べに来るだろう。彼女がいると本気で思ってはいなくても、なにごとにつけ徹底的にやらなければ気がすまない連中だ。

捜索隊は昼前に来て、屋敷と庭を一時間かけて見まわったあと、立ち去った。たぶんもう屋敷に引き返しても安全だろうと思ったけれど、彼女は丘の隠れ家から動かなかった。捜索隊は日没の直前にまたやってきて、前に調べた同じ場所をもう一度もっと念入りに調べて帰った。これで屋敷に行っても安全だった。彼らは暗くなってからは、集団でなければ、決して外を出歩かない。だから、まさか彼女がひとりで闇のなかを歩きまわるとは思ってもみないだろう。彼女は立ち上がり、こわばった脚と背中をそっと動かした。日差しをさえぎられているせいで、そこの地面はしめっぽく、空気はひんやりしていた。

モリーはベッドに横たわった。彼が屋敷に入ってきたら音でわかるだろうと思ってはいても、眠ることができず、うつらうつらしながら夢ばかり見た。ベンがとなりに寝ていた。ベンが暖炉の前に座って、ピンクの香りのよいお茶をすすっていた。ベンが彼女の絵を見て、顔色を変えた……。マークが階段をよじ登っていた――おぼつかない足取りで、固い決意に眉を寄せて。マークが、まだ端がきつく巻いているシダの葉の上に屈みこみ、まるでそうすることで巻いている葉をほどかせようとでもするかのように、それをまばたきひとつせず見つめていた。マークが、丸々太った泥だらけの手で、汗みづくになりながら、顔をしかめ、母親のことも忘れて、粘土遊びに熱中していた……。

彼女ははっと目が覚めて、身体を起こした。彼が屋敷にやって来たのだ。彼の足の下で階段がかすかにきしむのが聞こえた。彼は立ち止まった。あたりの様子をうかがっているのだ。あたしがここにいることに気づくに違いない。彼女の心臓の鼓動が速まった。彼女は仕事部屋のドアのところへ行って、待った。

彼はろうそくを持っていた。ちょっとのあいだ、彼はほかに人がいることに気づかなかった。そして、ろうそくをテーブルに置いてから、ようやく用心深く周囲を見まわした。

「マーク!」と、彼女は低く呼びかけた。「マーク!」

彼の顔に光があたった。ベンの顔だわ、とモリーは思った。それに、あたしの顔にも少し似ている。たちまち彼の顔がゆがんだ。彼女がそちらへ一歩進むと、少年はあとずさりした。「マークでしょ?」と、ふたたび彼女は声をかけた。だがいまでは、固い、冷たい手に心臓をつかまれているような感じがして、息をするのが苦しかった。この子はなにをされたのだろう?　彼女はもう一歩前に出た。

「なんでここに来たんだよ!」と、突然、少年は叫んだ。「ここはぼくの部屋だ!　なんで戻ってきたのさ!　母さんなんか大きらいだ!」彼は絶叫した。

19

冷たい手がいっそう強く心臓をしめつけた。モリーはうしろの戸枠を手さぐりで捜し、それをきつくつかむと、ささやいた。「あなたはなぜここに来るの?　なぜ?」

「みんな母さんが悪いんだ!　母さんがなにもかもだめにしたんだ。あいつらはぼくを笑いものにして、部屋に閉じ込めて……」

「それでもここに来るんでしょ。どうして?」

いきなり彼は工作台へ駆け寄り、その上のものを床に払い落とした。象、人間の頭部、足、手、すべてが大きな音をたてて壊れた。彼はそれらの破片を両足でめちゃめちゃに踏みつぶし、狂ったように泣きじゃくりながら、言葉にならない声を張り上げた。モリーは動かなかった。少年の興奮状態は、はじまったときと同じように唐突に終わった。マークは灰色のちりを、残ったかけらを見おろした。

「あなたがなぜここに帰ってくるのか教えてあげるわ」と、あいかわらず戸枠をしっかりつかみながら、モリーは静かに言った。「彼らは小部屋に閉じこめることであなたを罰するんだわ、違う？　でも、あなたは怖がらない。小部屋のなかで、あなたは自分自身の声を聞くことができる、そうでしょう？　心の目で、あなたは自分がこれから形を与えるつもりの粘土を、石を見る。するとある形が現われてくるの。まるで、あなたはただそれを解き放ち、それが目に見えるようになるのに力を貸しているだけのような感じで。あなたに話しかけるそのもうひとりの自分は、粘土のなかにどんな形があるか知っているのよ。そして、あなたの両手を通じて、夢を通じて、あなたにしか見えない心像を通じて、あなたに教えるの。だけど、彼らは、それは病的で、悪いことで、反抗にほかならないと言う。そうじゃなくて？」

いまでは彼は母親を見つめていた。「どう？」と、彼女はかさねてきいた。少年は頷いた。

「マーク、彼らには決して理解できないわ。もうひとりの自分がささやいているのを、いつもささやいているのを、彼らは聞くことができないのよ。そして、心像を見ることもできないの。彼らにはもうひとりの自分の声は決して聞こえず、その姿もまるで見えないはずだわ。

彼ら兄弟姉妹はもうひとりの自分を打ち負かしてしまうのよ。ささやきはかすかになり、心像はぼやけ、最後にどちらも消えてしまう。もうひとりの自分があきらめてしまうんだわ。ひょっとすると、死んでしまうのかもしれない」彼女は言葉を切って息子を見てから、やさしく続けた。「あなたがここに来るのは、そのもうひとりの自分をここで見つけられるからよ。ちょうど、あたしがここに来ればもうひとりの自分を見つけられるのと同じようにね。そして、彼らがあなたに与え、あるいは、あなたから奪うことのできるなにものよりも、それは大切なのよ」

彼は床を、散乱する土くれを見おろし、腕で顔をふいた。それから「母さん」と言って、口ごもった。

モリーは動いた。少年がためらっているあいだに、彼女は近づき、小さな身体をしっかりと抱いた。少年も彼女を抱いた。二人とも泣いた。

「みんな壊しちゃって、ごめんなさい」

「もっと作ればいいわ」

「母さんに見てもらいたかったのに」

「全部見たわ。とてもよくできていたわ。特に手が」

「あれはむずかしかったんだ。指って変てこなんだけど、変てこに作るわけにはいかなかったから」

「手は一番むずかしいのよ」

彼はやがて母親からわずかに身を引いた。モリーは少年から離れた。彼はふたたび顔をふいた。「ここに隠れるつもりなの？」

「いいえ。そのうち、また追手が来るわ」

「なんでここに来たの？」

「約束を守るためよ」おだやかな口調だった。「最後に丘に登ったときのことを覚えている？　あなたは頂上まで行きたがって、あたしはこの次と言ったわ。忘れた？」

「食べ物を持っていこうよ」と、少年は興奮して言った。「おなかが空いたら食べようと思って、ここに少し隠しておいたのがあるんだ」

「すてき。それを使いましょう。明るくなってあたりが見えるようになったら、すぐ出発よ」

美しい日だった。北の方角にいくすじもの薄雲が高々と浮かんでいるほか、空はくまなく晴れわたり、息をのむほど澄んでいた。どの丘も、遠くのどの山も、くっきりと輪郭が浮かび出ていた。まだ靄はかからず、風はやさしくて暖かだった。木立のなかは森閑と静まりかえり、母と息子は二人ともその静寂を話し声で破りたくなかったので、だまって歩いた。途中でひと休みすると、彼女は息子にほほえみかけ、息子も微笑を返した。彼らはあおむけに寝て両手を頭の下で組むと、空を見つめた。

「その大きな袋にはなにが入っているの？」と、そのあと斜面を登りながら、彼は訊ねた。モリーは小さな包みを作って息子に持たせ、自分は例の洗濯物の袋を背中にくくりつけていた。

「いまにわかるわ」と、彼女は答えた。「びっくりするようなものよ」

さらに少しして、少年は言った。「頂上は思ったより遠いや。そうじゃない？　暗くなるまでに着けるかな」

「ゆうゆうよ。でも、まだ先は長いわ。もう一度休みましょうか？」

彼は頷き、二人は一本のトウヒの木の下に腰をおろした。トウヒがだんだん山を下ってきていることに彼女は気づき、その一帯のむかしの森林地図をくわしく心によみがえらせた。

「あいかわらずたくさん本を読んでいるの？」と、彼女は訊ねた。

マークは落ち着かない様子で身体を動かし、空を、次いで木々を眺め、最後にあいまいな声を出した。

「あたしも前はずいぶん読んだわ。あの屋敷は本でいっぱいでしょう？　でも、ひどくぼろぼろになっているから、ていねいにあつかわなきゃだめ。毎晩あなたが眠ったあと、あたしは夜ふかしして、ありとあらゆる本を読んだ」

「インディアンの本も読んだ？」ときいて、彼は腹這いになり、丸めた両手にあごをのせた。

「インディアンはなんでも知ってたんだよ。火を起こすことや、カヌーやテントを作ることや、どんなことでもね」

「そうよ。そして、男の子たちがクラブやなにかで集まってキャンプに行き、インディアンのやり方を残らず新しく学んだことが、別の本に書いてあったわ。いまでも、それはできるわ」彼女は夢見るような表情を浮かべた。

「それに、森のなかでなにを食べたらいいかとか、そんなようなことも書いてあるやつ？　その本なら読んだよ」

彼らは歩き、休み、屋敷にある本について、マークが作ろうとしているさまざまなものについて話をし、さらにいくらか斜面を登った。そして午後遅く山の頂きに辿り着くと、谷全体を、はるかかなたのシェナンドア川にいたるまで、はるばる見渡した。

モリーがものかげに平らな場所を見つけた。マークは、彼女が息子のために用意した思いがけない贈り物をようやく見ることができた。毛布、保存食品が少々、果物、肉、トウモロコシパン六個、火にかけてポンポンはぜさせるためのトウモロコシ。食事のあと、彼らは土の山にトウヒの針に似た葉を刺した。マークは毛布にくるまり、あくびした。

「あの音はなに？」と、ちょっとたって彼は訊ねた。

「木々の声よ」と、モリーは静かに答えた。「地上では感じられないときでも、風は空を吹き渡っているの。そして、木々と風はたがいに秘密を打ち明けあうのよ」

マークは笑い声を立てて、またあくびすると、「きっとぼくたちのことを話しているんだ」と言った。モリーは闇のなかでほほえんだ。「言葉が聞こえるような気がするな」と、彼は続けた。

「あたしたちは遠いむかしからいままでにこの木々が目にしたはじめての人間だわ」と、モリーは呟いた。「人間がほかにもまだいることを知ったら、さぞ驚くでしょうね」

「ぼくも戻らない！」と、マークは叫んだ。彼らは最後に残ったトウモロコシパンと干しリンゴを食べ終わったところで、たき火は消え、まわりの地面は平らにされていた。

「マーク、聞いてちょうだい。あたしは繁殖員の収容所にまた入れられるはずだわ。わかる？　二度と外には出してもらえないでしょう。そして、とてもおとなしくなる薬を飲まされて、なにも、だれもわからなくなる。あたしが谷に戻れば、そういう人生が待っているの。でも、あなたは？　あなたには学ぶことがたくさんある。屋敷の本をみんな読んで、それらの本から学べることはすべて学ぶのよ。その上で、いつの日か、出て行く決心をなさい。でも、おとなになるまではだめ、マーク」

「母さんといっしょにいるよ」

彼女は首を振った。「木々の声を覚えている？　さびしくなったら、森に入って、木々に話しかけてもらうのよ。あたしの声も聞こえるかもしれない。あたしはいつもそばにいるわ、あなたが耳を澄ましさえすれば」

「どこに行くの？」

「この川を下って、シェナンドア川まで。あなたのお父さんを捜すの。あそこなら安全だわ」

少年の目に涙が浮かんだ。が、彼はそれがこぼれそうになるのを抑えた。そして包みを持ち上げると、背負いひもに両腕を通した。彼らはふたたび山を下りはじめた。道のなかばで足を止めて、モリーが言った。「ここから谷が見えるわ。これから先はひとりで行きなさい」

彼は母親を見なかった。

「さようなら、マーク」

「母さんがいなくても、木々は話しかけてくれる？」

「どんなときでも、耳をかたむければ、きっと。ほかの人たちは都市を救おうと夢中になっているけれど、都市は滅びて廃墟になっているわ。でも、木々は生きている。そして、あなたが必要としたときには、いつでも話しかけてくれるはずよ。約束するわ、マーク」

少年は母親のところに来て、彼女を力いっぱい抱きしめ、「大好きだ」と言った。それからくるりと身をひるがえすと、坂を下りていった。そのうしろ姿を見守るうちに、やがて彼女は涙で目の前がかすみ、なにも見えなくなった。

少年が森から出て、開拓された谷を歩きはじめるまで、彼女は待った。それから向き直って、南へ、シェナンドア川の方角へ進んだ。ひと晩中、木々は彼女にささやきかけた。目が覚めて、木々が彼女を受け入れてくれたことがわかった。彼女が忙しく足を動かすあいだも、むかしいつもそうだったように、木々はささやきを止めなかった。それらの声にかぶさるように、かすかに、また、ありありと、まだ遠い川の声が聞こえた。そしてそれに加えて、ベンの声もたしかに聞こえた。彼女がそちらへ急いでゆくにつれて、ベンの声は強くなった。やがて真水のにおいがしてきて、川や木々の声とベンの声とはひとつにまざりあい、彼女に急ぐよう呼びかけた。彼女は喜びに溢れてベンのほうへ走った。ベンは彼女を受け止め、二人はともに、冷たくここちよい水のなかに、ゆっくりと沈んでいった。

Ⅲ　静止点にて

20

通路に一定の間隔を置いてつけられているぼんやりした照明をのぞけば、新しい寮は暗かった。マークは廊下を走り、部屋のひとつに入った。ほとんど光がないので細部はわからない。はじめは白いベッドの上で眠っている少年たちの姿しか見えなかった。窓は黒い影だった。

マークはひっそりとドアのわきに立って、目がなれるのを待った。さまざまな形が闇から浮かび出て、暗い部分と明るい部分になった――腕、顔、髪。はだしで、まったく足音を立てずに、彼は最初の簡易ベッドに近づくと、ふたたび立ち止まった。今度の待ち時間は前より短かった。ベッドの上の少年は身動きひとつしなかった。マークはクロイチゴとクルミから作ったインクの小瓶をゆっくり開けて、細いブラシをそれにさっとひたした。その小瓶は胸にしっかりかかえていたので、温かかった。たいそう注意深く動いて、眠っている少年の上に屈むと、彼はその頰に数字の1をすばやく描いた。少年は動かなかった。

マークは最初のベッドからあとずさりして、となりのベッドに行くと、また足を止めて、そこの少年が熟睡していることをたしかめ、今度は2と描いた。

ほどなくその部屋を出た彼は、次の部屋に急いだ。そして、そこでも同じ行動をくりかえした。相手がうつぶせに寝て、シーツに顔を埋めている場合には、手か腕に数字を描いた。

夜が明ける直前に、マークはインク瓶にまたふたをして、自分の部屋へこっそり帰った。彼の寝室は小さくて、簡易ベッドがひとつと、その上にいくつか棚があるだけだった。彼はインクを棚にのせた。それを隠すつもりはなかった。そのあと、彼はベッドに腰かけて足を組み、待った。

彼はほっそりした身体と、黒い、豊かな髪を持ち、その髪のせいで、頭が大きすぎるように見えた。それは特に目立つというのではないが、彼をよくよく眺めるとそんな感じがするのだった。ただひとつ強烈な印象を与えるのは目で、一度見たら忘れられないとてもあざやかな濃い青い色をしていた。辛抱強く座っている彼の口もとに、かすかな微笑が浮かんだ。その微笑は深まり、消えかけて、また現われた。窓の外が明るくなった。春なので、ほかの季節にはない輝きが空気を満たしていた。

人々の声が聞こえてくると、彼は口をあけて、にやりとした。どの声も大きくて、腹立たしげだった。彼は笑いだした。そして、ドアが開き、五人の少年が入ってきたときには、笑いすぎて息も絶えだえだった。部屋があまり狭いので、少年たちはベッドに脚を押しつけて並ばなければならなかった。

「おはよう、一号、二号、三号、四号、五号」こう言っているうちにもまた笑いがこみあげてきて、言葉がとぎれとぎれになった。少年たちが怒りに顔を紅潮させると、彼はがまんできずに、身体を折り曲げた。

「あの子はどこ?」と、ミリアムは訊ねた。会議室に入ってきた彼女は、まだドアのところに立っていた。

バリーがテーブルの上座についていた。「かけたまえ、ミリアム。あの子がなにをしたか知っているか?」

彼女は長いテーブルの反対側の席に座って、頷いた。「知らない者がいる? どこもかしこも、その話でもちきりよ」彼女はほかの者たちをちらりと見た。医者が顔をそろえていた。ローレンス、トマス、サラ……。全員出席の協議会だ。

「あの子はなにか言った?」と、彼女は訊ねた。

トマスが肩をすくめた。「自分がしたことを否定してはいない」

「理由は言ったの?」

「区別できるようにだそうだ」と、バリー。

ほんの一瞬、ミリアムは、彼の声におもしろがっているような調子があることに気づいた。けれど、彼の表情にそれらしい様子は少しもなかった。彼女は激しい怒りに顔がひきつるのを感じた。まるで、どういうわけか、あの少年について、あの少年の常軌を逸したふるまいについて、彼女が責任を問われているかのようだった。あたしには関係ない。彼女は憤慨して身を乗り出すと、テーブルの表面に両手を押しつけ、質問した。「処分はどうするつもり？　なぜおとなしくさせないの？」

「この会合を開いたのは、それを話しあうためだ」と、バリーは答えた。「なにか提案があるかね？」

彼女は首を振った。まだ腹立ちはおさまらず、神経がたかぶっていた。こんなところに来るんじゃなかった、と彼女は思った。あの子がなにをしようと知ったことじゃない。彼女は最初からマークとの接触を避けていたのだった。彼女をこの会合に招くことで、彼らは実際にはありもしないつながりをでっちあげたのだ。ふたたび首を振ると、会議の進行から逃避するかのように、彼女は椅子の背にもたれた。

「罰を与えなければならないだろう」と、ちょっとのあいだ沈黙が続いたあとで、ローレンスが言った。「唯一の問題は、どんなふうにするかだ」

どんなふうに？　バリーは頭をひねった。隔離はだめだ。あの子は隔離されるたびに力強く成長し、むしろ隔離されたがっている。余分の労働もだめだ。まだこの前のいたずらのつぐないが終わっていないのだから。ほんの三カ月前に、マークは少女たちの部屋に入りこみ、それぞれのグループのリボンと帯を全部ごっちゃにしてしまったのだった。それを完全にもとどおりにするには何時間もかかった。そして、またこれだ。今度は、インクが消えるまで何週間もかかるだろう。

ローレンスがふたたび口を開いた。その声は物思いに沈んだ調子で、顔にはかすかに苦渋の色があった。「われわれは自分たちが誤ちをおかしたことを認めるべきだ。ここにあの子のいる場所はない。同じ年ごろの少年たちはあの子をのけ者にしている。だれも友達になろうとしない。あの子は気まぐれかと思えば強情で、すばらしく頭がいいかと思えば間が抜けている。われわれはあの子の処置を誤ったのだ。いまのところ、あの子の悪ふざけはこの程度の、子供っぽいものでしかない。だが、五年後には？　十年後には？　将来あの子はどうなると思う？」彼はバリーに質問を向けた。

「知ってのとおり、五年後にはあの子は川下にいるはずだ。あの子のうまいあつかい方に頭を悩ますのも、せいぜい今後二、三年さ」

サラが椅子のなかでわずかに動くと、バリーはそちらを向いた。「隔離されてもあの子が悔い改めないことはわかっているわ。ひとりでいることが本性なのよ。だから、あの子の求めるプライヴァシーを与えなければ、適切な罰を見つけることになるはずよ」と、サラ。

バリーは首を振った。「それについては前にも話し合った。ほかの者たちに、いわばよそ者であるあの子を強制的に受け入れさせるのは、適当ではないだろう。あの子の存在は仲間にとって苦痛以外のなにものでもない。仲間の子供たちまでいっしょに罰することになってしまう」

「仲間だけじゃないわ」と、サラは力をこめて言った。「あなたとあなたの兄弟は、あの子を研究すれば、ひとりひとり別々に生きることに耐えられるようほかの者たちを訓練する方法がわかるに違いないと言って、あの子をここに置くことを主張したわ。あの子をあなたたのあいだにむかえ入れて、罰としてあなたがたの厳重な監視のもとで暮らさせるのが、あなたがたの責任じゃないかしら。さもなければ、ローレンスの言うとおりだということを認めるのね。あたしたちは誤ちをおかしたのであって、その誤ちをいつまでも放っておくより、いますぐ正したほうがいいということをね」

「あなたがた兄弟がいなかったら、あの子の非行のためにわれわれが罰せられるのか？」と、ブルース。

「思い出してちょうだい、あの子はここにいなかったでしょうよ」サラの答えははっきりしていた。「あの子についての最初の会合を。あたしたち残りの者は、あの子を追放しようと主張したわ。最初から面倒が起こることを見越していたのよ。でも、最終的にあたしたちの意見を変えさせたのは、あの子が役に立つかもしれないというあなたがたの説得だった。あの子をここに置いておきたいなら、あなたがたのところで、あなたがたの監督のもとに、ほかの子供たちから引き離して、暮らさせなさい。子供たちは絶えずあの子とあの子の悪ふざけに傷つけられているわ。あの子は一匹狼で、異常者で、手に負えないやっかい者よ。こうした集まりは多くなる一方だし、あの子のいたずらはますますたちが悪くなっているわ。あの子の行状を論じるために、あとどれだけ時間をついやさなければならないの？」

「それが実際的でないことはわかっているだろう」と、バリーがもどかしそうに言った。「われわれは一日の半分は研究所や、繁殖員の宿舎や、病院にいる。どこも十歳の子供にふさわしい場所ではない」

「では、あの子を追放なさい」サラは椅子に深々と座り、胸の前で腕を組んだ。

バリーはミリアムを見た。くちびるを固く引き締めたミリアムは、彼の視線を冷ややかに受け止めた。彼はローレンスのほうを向いた。

「ほかの方法があるか？」と、ローレンスは訊ねた。「われわれは思いつくかぎりのあらゆる方法をためしたが、なにひとつ効果はなかった。けさ、例の少年たちはあの子を殺しかねないほど怒っていた。この次は、暴力沙汰になるかもしれない。暴力がこの共同体にどんな影響を与えるか、考えたことがあるか？」

彼らの歴史に暴力は存在しなかった。体罰が一度も考慮されなかったのは、ひとりに痛い思いをさせると、かならずほかの者たちにも同じように痛い思いをさせることになるからだった。マークの場合は違う、とふいにバリーは気づいたが、それを口にはしなかった。あの少年に痛い思いをさせることを考えると、肉体的に苦しめることを考えると、胸がむかついた。兄弟を見ると、だれの顔にも彼が感じているのと同じ困惑の表情があった。マークを見捨てることはできなかった。あの少年は人間がどのようにひとりで生きるかの手がかりを握っているのだ。彼らにはマークが必要なのだ。彼の心はそれ以上に深く探りを入れようとはしなかった。とにかくマークを研究しなければならない。人間について、彼らにとっては不可解な事柄がたいそうたくさんあった。マークは、それらを理解させてくれるよすがになるかもしれない。

少年がベンの子供だという事実、ベンと兄弟とはかつて一体であったという事実は、いっさい関係なかった。彼はマークになんら特別のきずなを感じなかった。これっぽっちもだ。もしもだれかがそうしたきずなを感じることができるとしたら、それはミリアムのはずだ、と彼は思った。そして、なにか感じている様子はないかと、彼女を見た。彼女の顔はまったく無表情で、その目は彼を避けていた。彼はぴんと来た。表情が固すぎる。平然としすぎている。

彼は、感覚を持たない素材による実験について考えるときのように、冷静に考えた。もしも自分の推測どおりなら、あの子をわれわれのもとに置いておくのはまさしく間違いだ。あの子にバリー兄弟のみならずミリアム姉妹をも傷つける力があるなら、あの子の存在そのものが誤ちだ。あかの他人がどういうわけか影響をおよぼして古傷を激しくうずかせ、そのためにそれらの傷が新しい傷となって、いっそう破滅的な結果がもたらされるなどということは、ありえない。

「われわれにやれないことはない」と、突然ボブが言った。「むろん、いろいろ危険はあるが、あの子をなんとか御することはできるはずだ」そしてサラを見ながら、「四年後には、あの子は道路修理班とともに送り出されるのだから、それ以後はもうだれも悩まされずにすむ。だが、都市を理解するための調査を本格的にはじめたら、あの子は必要になるだろう。あの子は、孤独により精神に障害をきたすおそれなしに、道を探し出し、森のなかでひとりで生きてゆくことができる。いずれあの子は必要だ」

サラは頷いた。「では、このような会合をもう一度開かなければならなくなったら、それを最後の会合にすると、きょうここで決めてもらえるかしら？」

バリー兄弟はたがいに目くばせしてから、不承不承頷いた。バリーが答えた。「よろしい。あの子はわれわれが引き受ける。またなにかあれば、追放だ」

医者たちはバリーのオフィスに戻った。マークがそこで彼らを待っていた。窓辺に立つ少年は、まばゆい太陽の光を背景に、小さな黒い影となっていた。少年は彼らのほうに向き直った。その顔はごく平凡に見えた。日差しが髪に触れて、そこだけ赤っぽい金色に輝かせていた。

「ぼくをどうするつもり？」と、少年はきいた。その声は落ち着いていた。

「こちらに来て、かけなさい」と言いながら、バリーは机のうしろに座った。少年は部屋を突っ切って歩いてくると、背のまっすぐな椅子にたいそう浅く腰かけた。まるで、いつでも逃げ出せるようにと身がまえているかのようだった。

「らくにしろ」と言って、ボブが机の端に腰をおろし、片脚をぶらぶらさせながら少年を見つめた。五人の兄弟がそこにそろうと、部屋はにわかに狭苦しい感じになった。少年は彼らをひとりひとり見てから、最後にバリーに注意を向けた。質問をくりかえすことはしなかった。

バリーは会合のことを話した。そして少年を観察しながら答えた。この子のいくらかはベン、いくらかはモリーだ。しかし、残りの部分について言えば、この子ははるか過去に行き、遺伝子のプールにさっとつかって、見知らぬ人々の遺伝子を補充したのだ。だから、谷に住むほかのだれとも似ていない。マークは熱心に耳をかたむけた——興味を引かれた授業のときにそうするように。少年は即座に、完全に、事態を把握した。

「なぜみんな、ぼくのすることをそんなにひどいと思うのかな」と、バリーが口をつぐむなり、少年は訊ねた。

バリーはこまって兄弟を見た。これからもずっとこの調子だぞ、と彼らに言いたかった。理解のための共通の基盤がまったくないのだ。あらゆる点で、少年は異邦人だった。

いきなりマークは質問した。「あんたたちをどうやって区別したらいいの?」

「おまえがわれわれを区別する必要はない」と、バリーはきっぱり言った。

すると、マークは立ち上がった。「持ち物を取りに行かなきゃ。あんたたちのところに移さないといけないでしょ？」

「ああ。早くやれ。ほかの子供たちが学校にいるあいだにな。そして、すぐ帰ってこい」

マークは頷くと、ドアのところで立ち止まり、もう一度すばやくひとりひとりの顔を見た。

「絵の具をほんの、ほんのちょっぴり、耳の先につけるかなにかしたらどうかな……？」少年はドアを開けて走り出た。彼らの耳に、廊下を駆けながら笑う少年の声が聞こえた。

21

バリーは講義室をすばやく見渡し、マークがうしろのほうにいるのを見つけた。少年は眠そうで退屈した様子だった。バリーは肩をすくめた。退屈させておけばいい。兄弟のうち三人は研究所で仕事しており、四人目は繁殖員の宿舎でいそがしかった。残るは講義だけだ。たとえ死んでもマークは終わりまでいなければならないのだ。

「われわれがきのう提起した問題は、諸君が思い出してくれればだが」バリーはノートにちらりと目を落とした。「第四世代以降のクローン変種の衰弱の原因をいまなお発見できていないということだ。これまでのところ、それをのがれる唯一の方法は、有性生殖で生まれた赤ん坊を、三カ月以前に人工子宮でクローニングして、われわれの血統を絶えず補充することだ。このやり方で、われわれは兄弟姉妹から成る一族を維持してくることができた。しかし、疑いもなく、これは理想的な解決法ではない。この方式の明らかな障害を、だれかあげられるか？」彼は言葉を切って、部屋を見まわした。「カレン？」

「研究所でクローニングにより生まれた赤ん坊と、人間の母親から生まれた赤ん坊とのあいだには、わずかな違いがあります。出生前の影響と、出生時外傷とが、有性生殖で増やされた人間を変えるのかもしれません」

「大変よろしい」と、バリー。「だれか、意見は？」

「最初、彼らはクローニングで赤ん坊を生み出すまで二年待ちました」と、スチュアート。「いまではそんなことはしません。そのために、一族はみな同じひとりの人間のクローンであるかのように親密です」

バリーは頷くと、次にカールを指さした。「人間の赤ん坊に、出産時外傷が原因の生まれつきの欠陥があれば、その赤ん坊は初期に始末されることがありますが、その点クローニングで生まれた赤ん坊たちは問題ありません」

「それは障害と言えるものではないな」バリーは微笑した。それに応じて、クラス全体に笑顔が広がった。

彼はちょっと待ってから、口を開いた。「遺伝子のプールは予測不能で、その履歴は不明であり、その構成要素はあまりに多様であり、そのため作用の過程が調整され制御されていない場合には、望ましくない特質を発生させる危険がつねに存在する。そしてまた、われわれの共同体にとって貴重な才能を失うかもしれないという、いっそう重大な危険もある」彼は話の内容が理解されるのにかかる時間を見越して少しあいだを置くと、続けた。「われわれの未来を保証し、現状の継続を確実にする唯一の方法は、クローニングの手順を完全なものとすることだ。そして、それゆえに、われわれは施設を拡張し、研究者をふやし、さまざまな品の入手源を探しだして、摩耗しつつあるものを取りかえたり新しい研究所を用意したりしなければならないし、その単数もしくは複数の供給源との安全な連絡路を完成させなければならない」

手があがった。バリーは頷いた。「手遅れにならないうちに望ましい設備が充分に調わなかったら、どうなるんでしょう?」

「その場合は、クローニングでふやされた胚の胎内移植に着手しなければならない。これはすでに何例かおこなわれており、方法は確立されているが、数少ない人的資源の浪費であり、その上、繁殖員をこのように使えば、われわれの予定表の徹底的な変更が余議なくされるだろう」彼は部屋を見渡した。「われわれの目標は、有性生殖の必要性をなくすことだ。そうなれば、われわれは未来を計画することができるだろう。土木作業員が必要なら、その目的に合わせて五十人でも百人でもクローンを作り出し、幼いときから訓練して、彼らの運命を成就させるべく送り出すことができる。また、造船工員の、水夫のクローンを作って、彼らを海へ送り出し、われわれの最初の探険隊がポトマック川で発見した魚の回遊路をつきとめることもできる。百人の農夫を作り出せば、ニンジン畑でくわをふるうより試験管を使って仕事するほうが性に合っている者たちを解放することもできる」

またもや学生のあいだに笑い声がさざ波のように広がった。バリーも微笑した。例外なく、彼らはみな畑での作業を適当にさぼっていた。

「人類が地球の表面を歩くようになって以来はじめて、不適格者というものはなくなるのだ」と、バリーは言った。

「そして、天才もいなくなる」と、ものうげな声が聞こえた。彼が教室の奥に目を向けると、マークがいた。あいかわらず椅子にだらしなく座ったまま、青い目をきらきら輝かせ、口もとに薄笑いを浮かべた少年は、バリーにむかってのんびりウィンクすると、ふたたび目を閉じて、明らかにまた眠りこんだ。

「お話をしてあげようか」と、マークは言った。彼は、各々三つずつ二列に並んだベッドの、列と列のあいだの通路に立っていた。カーヴァー兄弟は全員が同時に虫垂炎《ちゅうすいえん》にかかったのだった。兄弟は通路の両側からマークを見つめ、ひとりが頷いた。彼らは十三歳だった。

「むかし、あるところにウォジがいた」と言いながら、マークは窓辺に行き、外光を背に椅子に座って脚を組んだ。

「ウォジってなんだい？」

「うるさく質問すると、お話をやめるぞ」と、マーク。「聞いていればわかるさ。そのウォジは森の奥深くに住んでいて、毎年、冬が来ると、凍え死にそうになった。それは、冷たい雨でずぶぬれになって、雪にすっぽり包まれ、その上、食料にしている木の葉がみんな落ちてしまって、食べるものがなにもなかったからだ。ある年、彼はあることを思いついて、大きなトウヒの木のところへ行き、自分の考えを木に打ち明けた。はじめ、トウヒの木は彼の提案に見向きもしなかった。でも、ウォジはあきらめなかった。彼はトウヒの木に自分の考えを何度も何度も話した。最後に、ようやくトウヒの木は考えた。おれはなにを失うというんだ？　なぜためしてみないんだ？　そこで、トウヒの木はウォジに、さあやれと言った。何日も何日もかかってウォジは木の葉を集め、それらを巻いて針に作り直すと、何本かの針を使ってそれらを残らずトウヒの木の枝に縫いつけた。それから彼は木のてっぺんに登り、氷のように冷えきった風にむかって大声で叫び、相手をあざ笑い、もうおまえなんか怖くないぞ、ぼくには家と、ひと冬のあいだずっと食べられるだけの食料があるんだから、と言った。

「ほかの木々は彼の言葉を聞いて笑い、冷たい風にむかってわめく頭のおかしなチビのウォジのことをたがいに話しはじめた。そして、とうとう、木々が姿を消し雪原がはじまる場所に立つ最後の木が、その話を聞いた。それはカエデの木だった。カエデの木は葉が震えるまで笑った。氷のような風はそれが笑うのを聞きつけると、吹き上げてきて、あばれまわり、氷を投げつけ、なにがそんなにおかしいのかと問いつめた。カエデの木が氷のような風に、木々から葉を奪うという相手の風の力に挑戦した、頭のおかしいチビのウォジのことを話すと、氷のような風はますます怒り狂い、ますます強く吹き荒れた。カエデの葉は恐ろしさのあまり赤と金色に変わり、それから地面に落ちた。そして、木ははだかで風にさらされることになった。氷のような風が南に吹くと、ほかの木々は身ぶるいして色を変え、葉を落とした。

「ついに、氷のような風は例のトウヒの木のところに来て、出てこいとウォジにどなった。ウォジはどうやっても出てこなかった。彼はトウヒの葉の奥深くに隠れているので、氷のような風はその姿を見ることもできなければ、触れることもできなかった。風がいっそう強く吹くとトウヒの木は震えた。でも、針の葉はしっかりとくっついていたし、色もまるきり変わらなかった。氷のような風は今度は氷のような雨を呼んで力を貸してくれとたのんだ。トウヒの木はつららで覆われたけれど、それでも葉は落ちず、ウォジはぬれもしなければ寒い思いもしなかった。すると氷のような風はそれまでよりもっと腹を立てて、雪に力を貸してくれとたのんだ。雪は積もりに積もって、やがてトウヒの木は雪の山のようになった。でも、その奥深く、木の幹の近くにいるウォジは、暖かく、なんの不足もなかった。それに、まもなく木が肩をすくめると、雪は落ちてしまったので、木は、氷のような風がもう自分を痛めつけることができないのを知った。

「氷のような風は冬のあいだ中、トウヒの木のまわりでうなった。けれど針の葉がちゃんと枝についていたので、ウォジはいつでもぬくぬくと気持ちよかった。そして、ときどき彼が葉をかじっても、木は許してくれた。なぜなら、ほかの木がみなそうしているからというだけで、ちぢこまり、色を変え、冬中震えながらはだかで氷のような風の前に立つことをやめるよう、トウヒの木に教えたのは、彼だったからだ。春が来て、ほかの木々が自分たちの葉も針に作り直してくれと熱心にたのむと、ウォジは最後に承知した。ただし、彼のことを笑わなかった木々にかぎってだ。だから、常緑樹はいつも緑なのさ」

「それだけ?」と、カーヴァー兄弟のひとりが訊ねた。

マークは頷いた。

「ウォジってなんだい? お話が終わったらわかるって言ったじゃないか」

「ウォジっていうのは、トウヒの木に住んでいるやつのことさ」マークはにやりとした。「目には見えないんだ。だけど、ときどきその声が聞こえることがある。ふつうは笑い声だ」

彼は椅子から飛びおりた。「もう行かなくちゃ」そして、小走りにドアへ向かった。

「そんなやついるもんか!」と、兄弟のひとりが叫んだ。

マークはドアを開けると、用心深く様子をうかがった。ここに来てはいけないことになっているのだ。それから、彼は肩ごしに振り返って、兄弟に問いかけた。「どうしてわかる?

森に行ってウォジが笑っているのを聞こうとしたことがあるのか？」医者や看護師が現われないうちに、彼はすばやく部屋を出た。

五月末のある日の夜明け前に、一族はいま一度波止場に集まり、六隻の船と、それらの乗組員である兄弟姉妹を見送った。今度は浮かれ気分はかけらもなく、前夜祭もおこなわれなかった。バリーはルイスのそばに立って、準備の様子を見守った。二人とも無言だった。もはや引き返すことができないのを、バリーは知っていた。彼らは大都市にある補給品を手に入れなければならない。さもなければ、死あるのみだ。そのどちらかしかないのだ。すでに支払った代償は高価すぎたが、それを引き下げる方法はわからなかった。特別訓練が少しは役に立ってくれたが、充分ではなかった。兄弟姉妹をそれぞれグループごと送り出すのも助けになったが、やはり充分ではなかった。これまで四回の川下りの旅で、二十二人の人命が失われ、さらに二十四人がつらい体験のため心の病におかされていた。おそらくその二十四人は永久に立ち直れないだろう。そして、彼らを通じてその兄弟姉妹もまた少なからず影響を受けていた。今度は三十六人が旅立つ。霜が降りるか、川が例のごとく秋の増水期をむかえるか、どちらが早いにしろ、谷に残る者たちはそれまで持ちこたえなければならなかった。

何人かが、例の滝の周囲に迂回路を作ることになっていた。別の何人かが、いまでは旅のたびに立ち向かわなければならない荒れ狂う流れの危険を避けるために、シェナンドア川とポトマック川とを結ぶ運河を掘るはずだった。二つのグループが滝とワシントンとのあいだを往復して、去年発見された補給品を運び出す。ひとつのグループが川の巡視をおこない、気まぐれな川が冬ごとによみがえらせる早瀬を取り除く。

今度は何人帰ってくるだろう、とバリーは考えた。みな、いままで旅に出たほかのだれよりも長くがんばるだろう。とはいえ、彼らの仕事はいっそう危険だ。何人が無事に戻るだろう？

「滝のある場所に建物を立てるのは、いい考えだ」と、ふいにルイスが言った。「とりわけこたえたのは、身を守るすべもなく危険にさらされているという感覚だったからな」

バリーは頷いた。それは全員が報告していた――だれもが、目に見えぬ脅威にさらされ、見張られているように感じたのだ。まわりの世界が自分を押し包もうとしているように、日が沈むやいなや木々が近くに動いてくるように、感じたのだ。彼はちらりとルイスを見て、返事の言葉を忘れた。そして答えるかわりに、ルイスの口の端がぴくぴくひきつるありさまを凝視した。ルイスは両のこぶしを握りしめて、しだいに小さくなる船の列を見つめていた。と、口もとが急にひきつって、直り、またひきつった。

「大丈夫か？」と、バリーはきいた。ルイスは身体をゆすって、川から目をそらした。「ルイス、どこか悪いのか？」

「いや。じゃあ、またな」ルイスは足ばやに歩み去った。

「特に暗くなってから森のなかにいることには、精神を傷つけるなにかがあるんだ」と、しばらくしてバリーは兄弟に言った。彼らは共有している寮の部屋にいた。部屋の奥に、彼らから離れて、マークがいた。少年は簡易ベッドに脚を組んで座り、彼らをじっと眺めていた。バリーは少年を無視した。いまでは彼らは少年の存在になれきってしまい、じゃまをされないかぎり、めったに少年に注意を払わなかった。ふだん、彼らが注意を払うのは、少年が例のごとく姿を消したときだけだった。

兄弟は次の言葉を待った。静まりかえった森にたいする恐怖は、よく知られていた。

「子供たちをそれぞれの将来の役割にそなえて訓練する際に、より長期間、森のなかで暮らす経験を、組み入れるべきだ。子供たちは午後に出発するのがいいだろう。つまり、一泊の野営旅行に出るわけだ。それを、一度に何週間もいられるようになるまでやるんだ」

ブルースが首を振った。「逆に精神に変調をきたして、まったく旅に出られなくなったらどうする？　そんなことになったら、十年間の重労働が水の泡だぞ」

「実験してはどうだ？」と、バリー。「男と女の、二つのグループを使うんだ。最初の野営のあとで彼らに激しい苦痛を受けた様子があったら、実行の時期を遅らせればいいし、彼らがあと一、二歳大きくなるまで延期したっていい。最終的に、彼らは外へ出て行かなければならないんだ。徐々にならすことで、外の世界での生活をらくにしてやれるかもしれない」

彼らはもはや同じグループのクローンたちの数を六人に抑えず、十人にまで増やしていた。

「もうじき十一歳になる子供が八十人いる」と、ブルース。「四年後には一人前だ。統計の数字がこのまま変わらなければ、彼らが出発して最初の四カ月以内に、事故もしくは心理的ストレスによって、その五分の二が、死亡するか、働けなくなるだろう。彼らをあらかじめ森での自分たちだけの生活にならすのは、ためす価値のあることだと思う」

「監督する人間が必要だ」と、ボブ。「われわれのひとりがやるしかない」

「われわれは年を取りすぎている」ブルースは顔をしかめた。「それに、われわれが心理的ストレスに弱いことはわかっている。ベンを忘れるな」

「そうとも」と、ボブ。「われわれは年を取りすぎて、これといったことをなにもできずにいる。若い連中が日ごとに役目を受け継ぎつつあるし、それよりさらに若い連中も必要とあれば彼らのかわりをつとめる用意ができている。われわれは犠牲にされてもしかたのない存在なんだ」

「そのとおり」と、バリーはしぶしぶ言った。「これはわれわれの実験であり、これを最後までやりとげるのは、われわれの義務だ。くじを引くか？」

「交替でやるさ」と、ブルース。「実験が終わる前にひとりずつためすんだ」

「ぼくも行っていい？」と、突然マークがきいたので、彼らはみな振り返って少年を見た。

「だめだ」と、バリーはそっけなく答えた。「おまえが森にひとりでいても平気なのは知っている。これは絶対に失敗したくないんだ。いたずらも、悪ふざけも、強がりもごめんだ」

「それじゃ、みんな道に迷うな」と、マークは叫んだ。そしてベッドから飛びおりるとドアへ走り、そこで立ち止まって、大声で言った。「あんたたちはギャーギャー泣きわめくガキどもといっしょに森のなかに放り出されて、ひとり残らず頭がおかしくなるのさ。ウォジはそれを見て、死ぬほど笑うだろうよ！」

一週間後、ボブが少年たちの最初のグループをひきいて谷の背後の森に入った。めいめいが弁当を入れた小さな包みをたずさえ、長ズボンとシャツとブーツというでたちだった。一行の出発を見送りながら、バリーは、自分がまず最初に行くべきだったという思いを払いのけることができなかった。自分が思いついたことなのだから、自分が危険をおかすべきだ。彼は腹立たしげに首を振った。どんな危険があるというんだ？　彼らは森にハイキングに行くのだ。昼食を取ったら、向きを変えて、引き返してくるはずだ。彼はマークの視線を受け止め、つかのま、二人はにらみあった。おとなと少年でありながら、不思議なほどそっくりで、しかもたがいにあまり遠くへだたっているので、類似点のありえない二人。

マークは目をそらして、ふたたび少年たちを見た。少年たちは着実に斜面を登って、密生した草むらに足を踏み入れつつあった。じきに彼らは木々のあいだに見えなくなった。

「きっと道に迷うから」と、マークは言った。

ブルースが肩をすくめた。「一時間や二時間でそんなことにはならないさ。昼になったら食事をして、向きを変え、帰ってくる。それだけだ」

空は真っ青で、ふわふわした白い雲がいくつも浮かび、はるか高みには、ひと群れの絹雲がはっきりした始まりも終わりもなしに流れていた。あと二時間たらずで正午になるだろう。強情にマークは首を振った。が、それ以上なにも言わなかった。彼は教室に戻り、それから食堂に行って昼食を取った。食事のあと、彼は二時間ほど菜園で働くことになっていた。彼が菜園にいると、バリーからすぐ来るようにと伝言が来た。

マークがオフィスに入ると、バリーが言った。「一行がまだ戻ってこない。彼らが道に迷うことをなぜあんなに確信していたんだ？」

「というと？」

「あいつらには森がわかってないからさ。あいつらには、いろんなものが見えないんだ」

マークはこまって肩をすくめ、「いろんなものさ」とくりかえした。そして兄弟を次々に見て、ふたたび肩をすくめた。

「彼らを見つけられるか？」と、ブルースが訊ねた。その声はけわしく、眉のあいだには深いしわが刻まれていた。

「ああ」

「すぐ行こう」と、バリー。

「あんたと二人で?」と、マークはきいた。

「そうだ」

マークはためらっているようだった。「ぼくひとりのほうがはやく見つけられると思うけど」

バリーは身体が震えはじめるのを感じて、荒々しく机から離れた。ようやく、身震いを抑えることができるようになった。「ひとりで行かせるわけにはいかない。おまえにどんなものが見えるのか教えてもらおうじゃないか。道のないところでどうやって方角を知るのかもだ。これ以上遅くならないうちに出かけよう」彼は、少年の半ズボンにはだしという恰好をちらりと見て、つけ足した。「すぐ着換えてこい」

「あそこならこれで大丈夫さ」と、マークは答えた。「あそこの木々の下にはなにもないもの」

森をめざして進みながら、バリーは少年の言葉について考え、少年を観察した。少年は彼の前を歩いていたかと思うと、横に並んで、楽しそうに空気を吸いこみ、ひっそりとした薄暗い森のなかで、かえってくつろいでいた。

彼らは先を急ぎ、たいそう早く森の奥に着いた。そこでは木々が充分に成長しており、頭上にひとつの天蓋を作って、日差しを完全にさえぎっていた。影がないのだから、方角を知る方法はなにもないはずだが、とバリーは考え、荒く息をしながら敏捷な少年のあとを懸命に追った。マークは一度もためらわず、一度も足を止めず、自信に満ちてどんどん前進した。バリーには、少年がどのような手がかりを見つけるのか、どうやってあちらではなくこちらへ行くべきだということを知るのか、見当がつかなかった。訊ねてみたいと思ったが、登り続けるためにはひと息つく必要があった。少年のうしろを進むうちに、全身が汗でぬれ、足は鉛のように重くなっていた。

「少し休もう」と声をかけて、彼は地面に腰をおろし、巨大な木の幹に背中をもたせかけた。先を歩いていたマークは、小走りに引き返してくると、二、三フィート離れたところにしゃがんだ。

「なにを目じるしにしているのか教えてくれないか」と、ちょっとたってからバリーは言った。「彼らが通った証拠を見せてくれ」

マークはこの言葉にびっくりした様子だった。「連中がこっちに来たことは、なにを見てもわかるよ」少年はバリーの背中をささえている木を指さした。「そいつはビターナット・ヒッコリーの木だ――ほら、実が落ちている」少年は泥をはらいのけて、数個の木の実を見せた。みな腐りかけていた。「子供たちが見つけて、放り投げたんだ。それから、そこだ」と言って、指差して、「その若枝を見て。だれかがそいつを地面のほうに曲げたせいで、まだもとどおりまっすぐになってない。それに、みんなの足が地面の泥や木の葉をこすったあとがある。どれも、こっちだ、こっちだと言っているようなものさ」

マークにそれと教えられれば、バリーにも違いはわかった。しかし別の方角に目をやると、そこにも足のこすったあとがあるような気がした。

「水だよ」と、マークは言った。「それは雪どけ水の流れたあとさ。まるで違う」

「どうやって森のことを学んだんだ？　モリーからか？」

マークは頷いた。「母さんは絶対に道に迷うことがなかった。いろんなものがどんなふうに見えるか決して忘れないんだ。そして、もう一度同じものを見れば、すぐわかった。母さんが教えてくれたのさ。でなければ、ぼくにも生まれつきその力があって、それの使い方を母さんが教えてくれたんだ。ぼくも絶対道に迷ったりしない」

「ほかの者に教えられるか？」

「たぶんね。これでやり方がわかったんだから、先に立ってもらおうかな、どうだい？」少年はうしろを向いて、森をじっくり見てから、ふたたびバリーと向き合った。「どっちに行けばいいかわかるだろう？」

バリーは注意深く周囲を見まわした。二人がいま来たばかりの道筋に、マークの指摘どおり、地面のこすられたあとがあった。次いで水の流れたあとを見たあと、彼はこれから辿るべき道をさらに必死で捜した。なにもない。彼がふたたびマークに目を向けると、相手はにやにやしていた。「だめだ、わたしにはお手上げだ」と、バリーは言った。

マークは笑い声を立てた。「岩ばかりだからね。さあ、こっちだ」少年はふたたび歩きはじめた。今度は、岩はだのごつごつ出た細道の縁をずっと進んだ。

「どうしてわかったんだ？」と、バリーはきいた。「岩のあいだには彼らの通った跡はないのに」

「ほかのどこにも通った跡がなかったからさ。残された手がかりはそれだけだ。そら！」少年の指差す先には、またもや、曲げられた木があった。この木はもっと丈夫で、古くて、しっかり根づいていた。「だれかがそのトウヒのてっぺんを下から引っ張って、またはね返らせたんだ。たぶん、やったのはひとりだけじゃない。まだ完全にまっすぐになっていないからね。それに、ここを見れば、岩がけとばされているのがわかるだろう」

岩の細道は深くなって、細い川床になった。マークはその両方の縁をよくよく眺めて、まもなくふたたび振り向くと、歩きながら、地面がこすられたあとを指差した。ここまで来ると、森はいっそう深く、あたりはいっそう暗かった。彼らが下りはじめた斜面を、密生した常緑樹が覆っていた。そして、そのトウヒの森のたがいに触れ合う枝と枝のあいだで、彼らはときどき進路を曲げなければならなかった。地面は、何世代もの葉が積み重なって、茶色く、弾力があった。

バリーは、自分がいつのまにか大森林の静寂を乱さないために息を殺しているのに気づいた。ほかの者たちが、木々のあいだから自分たちを見守るある存在のことを、なにものかのことを話す理由がのみこめた。あまりに静かなので、まるで夢の世界にいるようだった――

口だけぱくぱく動いて、なんの声も聞こえない世界、楽器の音が奇妙に弱められた世界、人が声もなく絶叫する世界。背後から、木々がしだいに近づいてくるのが感じられた。

それから突然、あたかもしだいにその時間が長くなり、いまようやくそれとわかるほどになったといった感じで、彼は、自分が静寂のかなたのなにかに耳を澄ましているのに気づいた。それは、ひとりの人間の声、でなければ、あまり遠いので言葉のわからない、ひとつにまじりあった何人かの人間のささやき声に似ていた。モリーの声に似ているな、と彼は考えた。すると、恐ろしさのあまり、全身を戦慄が走った。声は徐々に消えた。マークが立ち止まって、ふたたび周囲を見まわしていた。

「連中はここで逆の方向に向きを変えている」と、マーク。「あそこの上のほうで昼食を取ったあと、引き返そうとしたに違いない。だけど、ここで道に迷ったんだ。ほら、遠くに行きすぎてるし、往きに通った道からどんどん離れていってる」

バリーは、彼らがそう行動したことを示す証拠をなにひとつ見て取ることができなかった。とはいえ、この暗い森のなかでは自分が無力なことは身にしみていたので、どこへ連れて行かれるにしろ少年のあとにしたがうしかなかった。

二人はふたたび斜面を登った。トウヒの木々がまばらになり、いまではアスペンとポプラが一本の小川をふちどっていた。

「連中はこの景色を見たことがないのに気づいたはずだ、そう思うだろう？」とうんざりした調子で言うと、マークはますます足を早め、またもや立ち止まった。その顔ににやりと笑いが浮かんで、消え、あとに心配そうな表情が残った。「何人かがここで走り出している。待って。この先でまた隊列を立て直しているかどうかたしかめてくるよ。さもなければ、よそに行ってしまった者がいるかもしれない」少年はしゃべり終わらないうちに姿を消した。バリーは地面にぐったり座りこんで、少年を待った。ほとんどすぐに、また話し声が聞こえてきた。彼は静止しているように見える木々を眺め、はるか頭上の枝が風にそよいで、声に似たざわめきを立てているのを知った。が、それでも彼はくりかえし懸命に言葉を聞き取ろうとした。そしてひざに頭をのせて、それらの声をだまらせようとした。

脚がずきずきしたし、身体が熱くてたまらなかった。汗の玉が次々と背中を流れ落ちるのがわかった。彼はいっそう背を丸め、シャツが両肩にぴったり張りついて汗を吸い取るようにした。仲間を森で生活させるために送り出すわけにはいかないと、彼は悟った。森は敵意に満ちており、悪霊が住んでいて、彼らを窒息させ、狂わせ、殺すだろう。彼はその存在をたしかに感じることができた。それは彼に迫り、身をすり寄せて、彼に触れた……。いきなり彼は立ち上がると、マークのあとを追って歩きはじめた。

22

バリーの耳に、ふたたび話し声が聞こえた。今度は本物の声、子供の声だった。彼は待った。

兄弟の姿が見えてくると、彼は大声で叫んだ。「ボブ、大丈夫か？」ボブは泥まみれで、顔もよごれていた。が、それでも激しく息をしながら、頷いて、手を振った。

「連中はあの小山のほうへ登っていく最中だったよ」と、だしぬけにバリーのかたわらでマークの声がした。少年はまるで違う方角から現われ、声を立てるまで、気配もなかった。すぐに少年たちが同じ空き地にばらばらにやって来た。彼らはボブよりひどいありさまだった。泣いている者たちもいた。マークの言ったとおりだ、とバリーは思った。

「もっと高いところに登れば、自分たちがどこにいるかわかるかもしれないと思ったんだ」と言うと、ボブは同意を求めるかのようにマークを見た。

マークは首を振った。「かならず下るんだ。小川を辿って行くのさ。自分のいる場所がわからないときはね。小川はもっと大きな流れに注ぎこんで、最後には川に出るはずだ。そうしたら、川沿いに目的地に行けばいい」

少年たちはいかにも感心した様子でマークを見つめていた。「下りる道を知っているの？」と、ひとりが訊ねた。

マークは頷いた。

「まず二、三分休もう」と、バリーが言った。いまでは例の声は消え、森は、だれひとり住むもののないただの暗い森になっていた。

マークは敏速に一行を導いて、一行が登った道も、彼がそのあとを追った道も通らず、もっとまっすぐに進路を取った。三十分しないうちに、彼らは谷を見晴らす場所にいた。

「あんなふうに彼らを危険にさらしたのは、間違いだった」と、ローレンスが腹立たしげに言った。森での冒険があってからはじめて開かれた協議会でのことだ。

「森のなかで生きることを教える必要がある」と、バリーは反論した。

「あんなところで生きる必要などないさ。森にたいしてわれわれが取れる最善の策は、できるだけすみやかに切り開くことだ。滝の下流に家を立てて、ここのような開拓地にいるのと少しも変わらず暮らせるようにするさ」

「ここを離れるやいなや、いやおうなしに森を意識することになるんだ」と、バリー。「みなが同じ恐怖を報告している。木々に閉じこめられ、おどされるような感じがするんだ。そうした状況で生きる方法を、彼らは学ばなければならない」

「わざわざ森のなかで生きる必要などない」と、ローレンスは断固として言った。「川岸の寮で暮らすんだ。そして旅をするときは、船で行く。船が止まるのは別の開拓地で、そこにはりっぱな宿があり、森は消えている。将来も森は消えたままだろう」彼はしゃべりながらテーブルをこぶしで打って、自分の言葉を強調した。

バリーはローレンスをにらみつけた。「実験室が使えるのは、あと五年だ、ローレンス！五年だぞ！たったいま、この谷には約九百人の人間がいる。大部分は子供で、われわれのために物資の回収に出かけるように、われわれが生き残るのに必要な品々を探すように、仕込まれている最中だ。だが、きみの飼いならされた川の岸に彼らが立つことは絶対ない！彼らはニューヨークへ、フィラデルフィアへ、ニュージャージーへの調査旅行に行かなければならないからだ。それに、だれが彼らより先に出発して、森を切り開く？いますぐ子供たちを森に立ち向かえるよう訓練しなければ、われわれは死ぬんだ。ひとり残らずな！」

「性急にことを運んだのは間違いだった」と、ローレンス。「ここまで深入りする前に、どれだけの量を見つけて谷に持ち帰ることができるかはっきりするまで、待つべきだった」

バリーは頷いた。「両方は選べない。われわれは決断したんだ。ぐずぐずしていれば、年々都市に残る利用できるものの数は減ってゆく。回収できるものは回収しなければならない。どのみち、それがなければ、われわれは死ぬ——現在手もとにある予定表よりもおそらくはゆっくりとな。だが、結局は同じことだ。都市にある道具や機械設備や情報なしには、生きてゆけないんだ。いったん実行に踏み切ったからには、子供たちが外の世界に送り出されてもかならずうまくやっていけるよう、われわれは最善をつくさなければならない」

五年だ、と彼は思った。五年あればいい。五年で、研究所の備品の入手源を見つけるのだ——管状材料、ステンレス・スチールのタンク、遠心分離機……。コンピュータの構成要素《コンポーネント》、電線、シリコンウェーハー……。必要とするものが注意深く保管されていることはわかっていた。それを証明するたくさんの書類があるのだ。彼らは申し分ない状態の倉庫を見つけるだろう。それらの倉庫は風雨の侵入を防ぐようにできていて、湿気がなく、品物をぎっしりと積んだ棚がおびただしく並んでいるはずだ。これほど短期間にこれほど大勢の子供を作り出すのは賭けだった。しかし、それは彼らが熟慮の末にした賭けであり、もしも途中でひとつでも歯車が狂えばどのような結果になるかは、承知の上だった。その五年が過ぎる前に、彼らは飢えるかもしれない。この谷が千人の人間を充分に養うことができるかどうかについて、果てしない討議がおこなわれたのだった。彼らが必要とするような補充作業には、たくさんの人手が必要だった。五年たてば、彼らの賭けが馬鹿げていたかどうかわかるだろう。

五歳から十一歳までの四百五十人の子供。貯金箱のなかにあるのはこれだけだ、とバリーは思った。これがこの賭けの限度なのだ。そして四年後には、そのうちの最初の八十人が、ひょっとすると永久に、谷から去るはずだ。けれど、もしも彼らが戻れば、たとえ人数は少なくても、種々の資材を持って、フィラデルフィアやニューヨークについての情報を持って、価値のあるものをなにかしら持って戻ってくれれば、賭けは成功したことになる。

バリーが概要を決めた訓練計画は、試験的に続けることで意見がまとまった。危険にさらされるのは三グループだけ――三十人だ。加えて、もしもその子供たちがそれによって心理的に傷ついても、彼らを遠征隊のメンバーからはずすことはせず、実験はただちに中止する。バリーは満足して会合を終えた。

「それで、ぼくにはどんな得があるんだい？」と、マークは訊ねた。

「どういうことだ？」

「だって、あんたがたは教師を手に入れ、兄弟姉妹は訓練を受けられるってわけだ。ぼくにはどんな得がある？」

「なにがほしいんだ？　おまえには友達ができるだろう。いま以上にな」

「みんな、ぼくと遊ぼうとはしないよ。みんながぼくの言うことをきくのは、自分たちは怖がっているけれどぼくは怖がっていないということを知っているからだ。でも、絶対にぼくとは遊ばないよ。また自分の部屋がほしいな」

バリーはちらりと兄弟を見た。全員が即座にそれに賛成するだろうことはたしかだった。寝室に少年がいては迷惑だった。全員の同意によって、彼らは少年のいるときにはマットを引っ張り出さなかった。会話の内容にも気をつけた――少年がいることを思い出したときには。バリーは頷いた。「寮ではなく、この建物のなかならな」

「では、予定は次のとおりだ。それぞれのグループが週に一度ずつ出かける。最初は一時間だけ、それも、谷が見える場所からせいぜい二、三分のところまでだ。この限られた時間と距離で何回かくりかえしたあと、おまえは彼らをもっと遠くまで連れて行き、もっと長く森にとどまらせる。彼らが森にいることに慣れるのに役立つ遊びが、なにかないか？」訓練のこの段階にマークを関わらせることについては、もはやなんの問題もなかった。

「それでいいよ」

マークは密生した葉に隠れて下からは見えない枝に座って、少年たちが森のなかの空き地の縁をうろうろしている様子を見守った。少年たちは、彼が自分のあとを追わせるためにそのままにしてきた道を捜しているのだった。まるで目が見えないみたいだ、とマークは不思議に思った。少年たちの念頭に本当にあるのは、たがいにそばにくっついていることで、みな一瞬たりともばらばらになろうとはしなかった。マークがクローンたちとこのゲームをするのは、これで今週三度目だった。ほかの二つのグループもやはり失敗していた。

最初、マークは彼らを森に連れ出すことを楽しんでいた。彼らがおりにふれて示す賞賛の念はこころよく、思いがけなかったし、彼らがマークの持つ知識の一部を学び、絶えずささやく木々のあいだでみないっしょに遊べるようになれば、マークと彼らとをへだてるさまざまな相違点が減るかもしれないという可能性も、一度はたしかに感じられたのだった。いまでは、そうした期待が間違っていたことを、彼は知っていた。相違点は前より明らかになっていたし、はじめのころの賞賛の念はほかのものに、彼には本当に理解できないなにかに、変わりつつあった。少年たちは彼をいっそうきらい、ほとんど彼を恐れているようだったし、彼に腹を立てているのは確実だった。

マークは口笛を吹くと、反応が少年たち全員に同時に現われるさまを見つめた。それは一陣の風に草がなびくのに似ていた。方角がわかっていてさえ、彼らはマークの歩いたあとを見つけることができなかった。うんざりしてマークは木を下りはじめた。なかばは滑り下り、ざらざらしすぎて滑り下りることのできない場所では、枝から枝へ身軽に飛び移った。少年たちのところに行った彼は、ちらりとバリーを見た。バリーもうんざりした様子だった。

「もう帰るの?」と、ひとりの少年が訊ねた。

「いや」と、バリー。「マーク、二人ばかり少し離れたところへ連れて行って、いっしょに隠れてくれ。ほかの者たちがおまえたちを見つけられるかどうかためしてみよう」

マークは頷いた。そして、十人の少年をすばやく見渡して、どの二人でも違いはないことに気づいた。そこで一番近くにいる二人を指差すと、うしろを向いて、森に入っていった。二人の少年はすぐあとに続いた。

ふたたび彼は、目のある人間ならだれでも辿ることのできる跡を残した。そして、本隊が見えなくなるやいなや、大きく円を描いて、空き地の本隊の背後にまわった。遠くに行く気はなかった。クローンたちはわずか三フィートの距離ですら、跡を辿ることができなかったからだ。やがて、彼は立ち止まり、くちびるに指をあてた。二人の少年は頷いた。三人は腰をおろして、待った。二人の少年はおびえきった様子で、たがいに腕を触れあわせ、脚を触れあわせていた。マークの耳に、残りの者たちの声が聞こえた。マークたちの跡を辿らずに、まっすぐ近づいてくる。速すぎる、とふいにマークは思った。彼らの進み方は危険だ。

おともの二人の少年が興奮していきおいよく立ち上がった。一瞬後、ほかの者たちが走り寄ってきた。彼らの再会は喜びと勝利感に溢れていて、バリーすらうれしそうだった。マークはうしろにさがって、その光景を見守った。見知らぬ森のなかで走ることについて、警告するのはやめにした。

「きょうはこれで充分だ」とバリーが口を開いた。「よくやったぞ、みんな。じつによくやった。帰り道がわかる者はいるか?」

彼らはみな森でのはじめての成功に顔を紅潮させ、笑い声を立て、たがいにひじで押し合いながら、次々と四方を指差した。バリーはいっしょに笑って、言った。「わたしがきみらをここから連れ出したほうがいいな」

彼はマークを捜した。が、マークはいなかった。つかのま、バリーは恐怖の戦慄が身体を走るのを感じた。その戦慄ははっきりそれとわからないうちにたちまち消えた。彼は向き直ると、谷へ続く長い斜面の手前の最後の木である、巨大なオークの木をめざして、歩きはじめた。おれだって少なくともその程度は覚えたぞ、と彼は思った。少年たちもこれまでにやはりその程度は覚えているはずだった。先刻の成功による勝利の微笑はしだいに消えた。疑惑と失望がふたたび重くのしかかってくるのを、彼は感じた。

さらに二度、彼は振り返ってマークを捜したが、木々がすきまもなく立ち並ぶ森のなかで、ほっそりした少年を見つけることはできなかった。マークは彼がきょろきょろしているのを見ても、なにも合図しなかった。少年たちが軽やかに歩き、笑い、触れ合うさまを眺めるうちに、彼は目が痛くなり、ほとんど吐き気に似た奇妙な空虚さにとらえられた。少年たちが谷へ下りていって見えなくなると、マークは地面に大の字になって、縦横に重なりあった枝のむこうを見上げた。それらの枝は空を無数の光の断片に分けて、白地に黒、あるいは黒地に白の模様を描いていた。目を細めると、黒がひとつに溶け合い、それをかき消すかにすべての光の断片が前面に浮かび出て、すぐまた退いていった。

「みんな、ぼくを憎んでるんだ」と、彼はささやいた。すると、木々がささやきかえした。しかし、彼には木々の言葉はわからなかった。葉が風にそよいでいるだけだ、とふいに彼は思った。声なんかじゃない。彼は起き上がると、ひとにぎりの腐った葉を一番近くの木の幹に投げつけた。どこかでだれかが笑っているような気がした。ウォジだ。「おまえだって本当はいやしないんだ」と、彼は低い声で言った。「ぼくがおまえを作り上げたのさ。おまえがぼくを笑えるはずはない」

音は消えず、さらに大きくなった。突然、彼は立ち上がり、肩ごしに、昼からしだいにわきつつあった黒い層雲を振り返った。いまでは木々は彼にむけて警告の叫び声を上げていた。彼は斜面を這い降りにかかった。が、少年たちとバリーのあとは追わず、あの古い農家に向かった。

屋敷は灌木の茂みと木々によって完全に見えなくなっていた。眠れる森の美女のお城みたいだ、と思いながら、彼はそちらへ急いだ。風がうなり、泥のかけらや、小枝や、木々からもぎ取られた葉を投げつけた。彼は茂みを腹這いになって進んだ。その避難所にいると、風はたいそう遠くで吹いているように思えた。空全体がみるみる暗くなった。こうしたときの風が危険なことを、彼は知っていた。竜巻天気というやつだ。二年前に、竜巻がたて続けに発生したことがあり、谷の人々はみな竜巻を恐れていた。

屋敷に着いても、ぐずぐずしてはいられなかった。彼はもつれたつたに隠された石炭シュートを開けると、そこを滑りおりて、真っ暗な地下室に軽やかにおり立った。それから、手さぐりでろうそくと硫黄マッチを見つけて二階へ上がり、一番大きな寝室の、板でふさがれた窓のすきまから、天候を見守った。屋敷はいまではすっかり板でかこわれ、ドアも窓も煙突も厳重にふさがれていた。彼らはマークがこの古い建物のなかでただひとり時を過ごすのはよくないと判断したのだった。だが、石炭シュートのことを知らなかったため、彼らが実際にしたのは、だれも追ってゆくことのできない聖域をマークに与えたことだった。

嵐は谷にすさまじい音をとどろかせ、はじまったときと同様、突如として去っていった。猛烈な雨が小ぶりになり、次いで霧雨に変わった。雨がやむと、ほどなく太陽がふたたび輝きだした。マークは窓から離れた。その寝室には石油ランプがあった。彼はランプに火をつけると、母親の絵を見つめた——母親が彼をキャンプに連れて行って以来の年月のあいだ、何度もそうしたように。いつも同じひとりの人物が、畑に、戸口に、川や大海原の上にいた。いつもひとりだけだった。彼女はひとりでいるというのがどんなことか知っていたのだ。いきなりマークはしゃくりあげると、床に身を投げて、くたびれるまで泣き、そのまま眠った。彼は木々に手を取られて母親のもとへ導かれる夢を見た。母親は彼をしっかり抱くと、歌をうたい、お話をしてくれた。そして二人は声をそろえて笑った。

「効果はあるのか？」と、ボブは訊ねた。「あの子たちを荒野で生きるよう訓練することができるのか？」

部屋のすみで、床にあぐらをかいて座るマークの存在を、医者たちは忘れていた。マークは読みかけの本から顔を上げて、答えを待った。

「わからん」と、バリー。「一生ずっとはだめだろう。短期間なら、大丈夫だ。しかし、彼らは森の住人には決してならないはずだ、もしもそれがきみの言わんとするところならな」

「来年の夏に、さらにほかの者たちを対象にして訓練を続けるべきだろうか？　あえて規模を大きくするだけの成果はあがっているのか？」

ブルースは肩をすくめた。「これはわれわれにとっての訓練計画でもある。わたしもあの陰気な森のなかにもう行く気がしないのはたしかだ。自分の番がまわってくるのが恐ろしくなる一方だよ」

「わたしもさ」と、ボブ。「だから、きょうこの問題を持ち出したんだ。本当に役に立つのか？」

「来週のキャンプのことを考えているんだな、違うか？」と、バリーはきいた。

「そうとも。わたしは行きたくない。少年たちがいやがっていることも知っている。きみはそれを心配すべきだ」

バリーは頷いた。「きみもぼくも、ベンとモリーがどうなったかを知りすぎている。だが、あの子供たちがここを離れて森のなかで毎晩過ごさなければならなくなったら、どうなると思う？　こうした予行演習によって彼らの苦痛を軽くできるなら、ぜひともやるべきだ」

マークはふたたび下を向いたが、その目は本を見てはいなかった。あいつらにはなにが起こるんだろう？　彼は不思議だった。なぜみんなあんなに怖がるんだろう？　森のなかにはなにもないのに。動物はいないし、人間に危害を加えるものはなにもないのに。もしかすると例の声が聞こえて、それで怖がるのかもしれない、と彼は思った。とはいえ、もし彼らにも聞こえるのなら、あの声は本物でなければならない。急に脈が早くなった。何年かのあいだ、彼は、あの声は木の葉が触れ合う音でしかないと、自分はそれを本当は声だと無理に思い込もうとしているだけだと、信じていたのだった。しかし、兄弟たちにもそれが聞こえるなら、それは本物だった。兄弟姉妹は決して作り話をでっちあげたりしなかった。その方法を知らないのだ。マークはうれしくて笑いたかったけれど、注意を引くような音は立てなかった。彼らはなにがおかしいのか知りたがるだろうが、かといって彼らに打ち明けるわけにはいかないことを、マークは心得ていた。

野営地は、谷から数マイルのところにある、森のなかの広い空き地だった。二十人の少年と、十人の少女と、二人の医者と、そしてマークとが、たき火のまわりに腰をおろして食事していた。マークは、やはりたき火の前に座ってポップコーンを食べたときのことを思い出した。急いでまばたきすると、その思い出とともにこみあげた感情はゆっくりおさまっていった。クローンたちは態度がぎこちないものの、心底おびえてはいなかった。人数が多いので安心だったし、彼らのしゃべり声が森の物音をかき消した。

彼らは歌をうたった。ひとりがマークにウォジの話をしてくれとたのんだが、マークは首を振った。バリーがウォジとはなにかとものうげに訊ねると、クローンたちはたがいにひじで突つきあい、話題を変えた。バリーは深く追及しなかった。例の、子供たちはみな知っていて、おとなはだれも知らない事柄のひとつだ、と彼は思った。マークは別の話をし、彼らはさらにいくつか歌をうたった。それから、毛布を広げて眠る時間になった。

かなりたってから、マークは起き上がり、耳を澄ました。そして、少年たちのひとりが便所に行くのだろうと考え、ふたたび横になって、ほとんど即座に眠りに落ちた。

その少年はつまずき、一本の木にしがみついて気をしずめた。たき火はほの暗くなっており、木々の幹のあいだから残り火がぼんやり見えるだけだった。さらに何歩か進むと、突然その残り火も消えた。一瞬、彼はためらった。が、うぬぼれ心にうながされ、みなが見つけやすいよう木を背にしてじっと立っていたいという誘惑には負けなかった。バリーから、衛生のために便所を使うよう言われていた。便所用の穴が野営地からほんの二十ヤードのところだということはわかっていた。あと二、三歩進むだけだ。しかし、その距離は減るどころか逆に増えてゆくように思われ、彼はふいに道に迷ったのではないかと不安になった。

マークが以前こう言っていた。「もしも道に迷ったら、最初にするのは腰をおろして考えることだ。駆け出しちゃいけない。落ち着いて考えるんだ」

けれど、彼はここに腰をおろすことができなかった。周囲のいたるところから声が聞こえた。ウォジが彼のことを笑っていた。なにかが静かに近づいてきた。彼はやみくもに走りながら、いっそう大きくなったそれらの声を聞くまいと、手で耳を覆った。

なにかがつかみかかってきた。わき腹が切り裂かれ、血が流れ出るのがわかった。彼はかん高い狂ったような悲鳴をあげた。悲鳴を止めることはできなかった。

野営地で、彼の兄弟が身体を起こし、ひどく恐ろしそうにあたりを見まわした。ダニー！

「あれはなんだ？」と、バリーが訊ねた。

マークが立ち上がって耳を澄ましていた。しかし、いまでは兄弟が大声で叫んでいた。

「ダニー！　ダニー！」

「そいつらにおとなしくするよう言ってくれ」マークは懸命に聞き耳を立てた。「みんなをここから出すな」と命令すると、彼は便所をめざして森のなかへ足ばやに入っていった。やがて、少年が狂ったように木々のなかへ、茂みのなかへ突進し、つまずき、金切り声でわめいているのが聞こえた。だしぬけに、音が止まった。

マークはふたたびちょっと足を止めて、耳を澄ました。だが、森は静まり返っていた。彼の背後の野営地は地獄さながらの大混乱だったが、それにひきかえ前方にはなにもなかった。

彼は何分かのあいだその場を動かず、耳に神経を集中した。ダニーは息を切らして、へたりこんだのかもしれない。気を失ったのかもしれない。いくらマークでも、手がかりとなる物音なしにこの暗闇のなかで少年の居どころを突きとめるすべはなかった。ゆっくりと彼は野営地へ引き返した。一行の全員が起きていた。三つのグループにわかれて立ち、二人の医者もまたたがいにぴったり寄りそっていた。

「こう暗くては、あの子を見つけるのは無理だ」と、マークは言った。「朝まで待たないと」だれも動かなかった。「もっと火を燃やすんだ」と、マークは続けた。「ひょっとすると、たき火の光を見て、それをたよりに戻ってくるかもしれない」

　片方の兄弟グループが燃えさしの上にまきを放り投げて、逆に火を消しはじめた。ボブがかわりにその仕事を引き受けた。まもなく、たき火はふたたびゴーゴーと音を立てていた。ダニーの兄弟は身体を丸めて座っていた。みな苦しそうで、寒そうで、ひどく恐ろしそうだった。あいつらならダニーを見つけられるのに、とマークは思った。しかし、彼らは真っ暗な森のなかでの行動を怖がっていた。ひとりが泣き出した。と、それが合図だったかのように、全員が涙を流していた。マークは彼らから顔をそむけ、また森のはずれへ行って聞き耳を立てた。

　夜明けの最初のかすかな光が空に現われると同時に、マークは失踪した少年の行方を捜しはじめた。少年は前後に激しく動き、ジグザグに進み、木から茂みへ、茂みから木へと、次々に突きあたっていた。ここで、少年は百ヤードほど前方へ走り、結局、丸石にぶつかっていた。血があった。トウヒの枝にかすられたのだ。ここで、少年はまたもや走っていた。今度はさらに速かった。斜面を登ったのか……。マークは足を止めて斜面を見上げ、自分がなにを見つけようとしているかを知った。それまで苦もなく小走りに進んできた彼は、速度を落としてゆっくり歩き出すと、ダニーの足跡はどれも踏まないようにして、ずっと片側を歩きながら、なにがあったのか読み取ろうとした。

　斜面を登り切ると石灰石の狭い頂上に着いた。森のなかにはこうした露頭がたくさんあり、このような斜面があるときはほとんどつねに反対側の斜面もやはりけわしかったし、ときには、そちらのほうがもっとけわしくて、岩の多い場合もあった。マークは頂上に立ち、まばらな草と岩で覆われた三十フィートほどの傾斜地を見おろした。それらの草と岩のあいだに少年のねじれた身体が見えた。その目は開いたままで、あたかも、灰色の、どんよりした空を凝視しているかのようだった。マークは下りてゆかなかった。何分かしゃがんで眼下の死骸を見つめたあと、向き直って、野営地へ戻った。今度は急がなかった。

「死因は出血多量だ」と、死骸をキャンプへ運んだあとで、バリーが言った。

「あいつらなら助けることができたのに」と、マーク。彼はダニーの兄弟を見ようとしなかった。兄弟はみなショックを受け、ひどく青ざめていた。「あいつらならまっすぐあの子のところへ行けたはずだ」彼は立ち上がった。「そろそろ帰るかい?」

バリーは頷いた。バリーとボブは、細い木の枝をロープで結び合わせた担架で死骸を運んだ。マークは森のはずれへ一行を導くと、うしろを向いて言った。「たき火が完全に消えたかどうかたしかめに行ってくる」そして許可を待たず、ほとんど一瞬のうちに木々のあいだに消えた。

バリーは生き残った九人の兄弟を病院に入れて、ショックの治療をした。彼らはひとりも回復しなかったが、彼らのことを訊ねる者はいなかった。

翌朝、バリーは学生が集まる前に講義室に着いた。マークがすでに部屋のうしろの席に座っていた。バリーは彼にむかって頷いてから、数冊のノートをひろげ、机をまっすぐにした。ふたたび顔を上げると、マークがあいかわらず彼を見ていた。あいつの目はなんて輝いているんだろう、ちょうど氷に覆われた一対の青い湖ってところだ、とバリーは思った。

相手がいつまでも視線をそらす様子がないので、ついにバリーは訊ねた。「なんだ？」

マークは彼を見つめたまま、はっきりと言った。「個人というものはないんだ。共同体があるだけだ。共同体にとって正しいことは、どんな場合でも、個人にとって正しいんだ。自分というものはなくて、全体があるだけだ」

「どこでそんなことを聞いた？」と、バリーはするどく質問した。

「読んだのさ」

「どこでその本を手に入れた？」

「あんたのオフィスさ。棚にあった」

「わたしのオフィスに入ることは禁じてあるはずだ！」

「そんなことはどうだっていい。ぼくはもうなにもかも読んでしまったんだ」マークは立ち上がった。その目が照明の光をきらりと反射した。「あの本は嘘だ」彼の言葉はあくまではっきりしていた。「全部嘘ばかりだ！　ぼくは自分だ。個人だ！　自分なんだ！」そして、ドアのほうへ歩き出した。

「マーク、ちょっと待て」と、バリーは呼びかけた。「よその巣のアリが別のアリの群れに迷いこんだらどうなるか、見たことがあるか？」

マークはドアのところで頷くと、言った。「でも、ぼくはアリじゃない」

23

九月の末に、船団がふたたび川に姿を現わすと、人々は波止場に見物に集まった。寒い、雨の日だった。すでに霜のために風景は荒涼としており、船団がすぐ近くに来るまで、川面の霧があらゆるものを隠していた。出迎えの者たちが疲れ切った一行の収容に取りかかった。船がすべて船だまりに入れられ、人数が確認されると、九人の人命が失われたことが明らかになり、その船団の帰還は陰鬱なものとなった。

次の日の夜、〈追悼の儀式〉がおこなわれ、生存者たちは旅の経過をつっかえつっかえ話した。五隻の船が戻ったが、一隻は旅のあいだほとんどほかの船に曳航されていた。別の一隻はシェナンドア川の出口で押し流され、めちゃめちゃに壊れた姿で発見された。生存者はなく、積んでいた手術用器具は川に消えた。遭難した二隻目の船は、突然の嵐のため座礁、転覆し、地図や人名録、倉庫の一覧表など、役に立つはずの多量の書類はすべてだめになった。

滝のそばに避難所の建設がはじめられた。運河は災害を招くことが、提案どおり掘るのは不可能なことが、わかったのだった。川下から水が溢れて、くりかえし避難所を壊した。そして、彼らが為し得たのは、水位の高いときには水びたしになり、水位の低いときには泥をかぶった湿地となる、じめじめした空き地を作ったことだけだった。その上、最悪なのは寒さだったという点で、みなの意見は一致した。ポトマック川に着くやいなや、寒さが一行を悩ました。霜が降りた。木の葉は早ばやと落ち、川はしびれるほど冷たかった。草木の多くが枯れ、もっとも丈夫な植物だけが残っていた。寒さはワシントンでも続き、運河工事をみじめなものにした。

その年、谷では早くも十月一日に初雪が降った。雪は一週間地面の上に残っていたが、風の向きが変わって、暖かな南風がそれを溶かした。めずらしく晴れて、太陽がまぶしく輝き、周囲の丘や山の頂きを霧が隠さない日には、高い尾根にあいかわらず雪が見えた。

のちに、バリーは過去を振り返って、その冬がきわめて重大な意味を持っていたことに気づくだろう。だが、その時点では、それは無限にくりかえす季節のひとつとしか思えなかった。

ある日ボブが、外に出てあるものを見るよう、彼に大声で呼びかけた。ここ数日間、新しい雪はふっておらず、太陽が輝いて、暖かそうな錯覚を与えていた。バリーは厚手のケープをはおると、ボブに言われたとおり外に出た。新しい寮と寮のあいだの中庭の中央に、雪の像が立っていた。男性像で、背丈は八フィート。裸体で、両脚は、同時に台座でもある基部と融合されて一体になっていた。片手にはこん棒、あるいは、ひょっとするとたいまつを持ち、もう一方の手はうしろに振られていた。動きの、生命の印象がみごとに捉えられていた。それは、どこかよその土地へむかって、だれにも止められることなく、大股に進み行く人間の姿だった。

「マークか？」と、バリーはきいた。

「ほかのだれがこんなことをする？」

バリーはゆっくりと雪像に近づいた。ほかにも何人かそれを見ている者たちがいた。大部分は子供だった。おとなは二、三人しかいなかったが、すぐに大勢外に出てきて、やがて像の周囲には人垣ができた。じっと目をこらしていたひとりの幼い少女が、くるりと振り向いて、雪の玉をこしらえはじめた。少女はそれを像に投げつけた。少女がふたたび雪の玉を投げる前に、バリーはその腕をつかんだ。

「そんなことをするんじゃない」と、彼は言った。

少女はぽかんとして彼を見た。それから、もっとぽかんとした顔で像を見たあと、じりじりとうしろにさがりはじめた。彼が手を放すと、少女は人々のあいだを駆け抜けていった。少女の姉妹が走り寄った。一団となった姉妹は、すべてうまくいっていると自分たちを安心させるかのように、たがいに触れ合った。

「なにがあるの？」と、ひとりがきいた。あいだに人々の頭があって、なにも見えなかったのだ。

「雪だけよ」と、少女は答えた。「雪があるだけだわ」

バリーは少女を見つめた。七歳ぐらいだろう。彼はふたたび少女をつかまえると、今度は、像が見えるように小さな身体を持ち上げて、言った。「あれがなんだか教えてくれないか」

少女は逃げようとして身をよじった。「雪よ。雪だってば」

「あれは人間だぞ」彼の声はするどかった。

少女は当惑して彼を見ると、もう一度、像に目を向けた。そして、首を振った。ひとりずつ、彼はほかの小さな子供たちを抱き上げて像を見せた。子供たちに見えるのは、雪でしかなかった。

バリーと彼の兄弟は、その日、しばらくあとで、そのことをもっと若い兄弟たちに相談した。だが、若い医者たちはろくにとりあわなかった。その程度のことは、彼らにとって、明らかにささいな事柄だったのだ。

「つまり、年下の子供たちには、人間の像であることが理解できないというわけだ。それがどうしたっていうんだ？」と、アンドルーが訊ねた。

「わからん」と、バリーはゆっくり答えた。彼には、なぜそれが重要なのかわからなかった。わかっているのは、ただ、それが重要だということだった。

午後のあいだに太陽が雪を少し溶かしたが、ひと晩で雪はまた固く凍った。朝が来て、日光があたると、像は目がくらむほど輝いた。バリーは一日のあいだに何回か外に出て像を見た。その夜、だれかが、あるいは、あるグループが、像を倒し、地面に踏みつけて、ばらばらに壊した。

二日後、四つの少年グループから自分たちのマットが消えたと報告があった。マークの個室をはじめ、彼がそれらを隠しそうな場所があちこちさがされたが、なにも出てこなかった。マークは新しい雪像に取りかかった。今度は女で、どうやらあの男性像と対になるもののようだった。その新しい女性像は、もはや形が定かでなくなってからも、ただの雪の山となって何度も溶けたり凍ったりをくりかえしながら、ずっと春まで残った。

新年の祝賀会の直後に、次の事件が起こった。バリーは、執拗に肩を揺さぶられて、深い眠りから覚めた。

身体を起こすと、頭がふらふらして、方向感覚がなくなっていた。まるで長い距離を引きずられてきたような感じで、ふと気づくと自分のベッドにいた。寒くて、頭がぼうっとしていた。目を細めて、かたわらに立つ若い男を見ても、だれだかわからなかった。

「バリー、しっかりしろ！　目を覚ませ！」まずアントニーの声だということがわかり、次に顔がわかった。ほかの兄弟が眠りから覚めかけていた。

「どうした？」突然、バリーは完全に目覚めた。

「コンピュータ部門で故障が起きた。すぐ来てくれ」

バリーと彼の兄弟が研究所に着いたときには、スティーヴンとスチュアートがすでにコンピュータを解体しはじめていた。数人の若い兄弟たちが、流れを手動で調節するために端末装置から管を取りはずすのに忙しかった。ほかの若い医者たちが、すべてのタンクのダイヤルを順々に調べていた。整然たる混沌といったありさまだな、とバリーは思った。もしもそんなものがあったらの話だが。十人あまりの人間がすばやく動きまわっていた。めいめい自分の仕事に没頭しているものの、だれもがそこでは場違いだった。三人以上の人間がタンクのあいだを動こうとすると、通路はごったがえした。いまのところは十人あまりだが、刻々、人数は増えていった。

アンドルーが指揮を取っていることに気づいて、バリーは満足した。新しく来た者たちは全員ただちに仕事を割り当てられ、気がつくとバリーは七週目の胎児の列を監視していた。さまざまな成長段階の赤ん坊が九十人、それぞれタンクのなかに入っていた。タンクから取り出して未熟児室で育てることのできるグループが、二つあった。が、彼らの生存の見込みは極端に少なくなるだろう。バリーの担当のグループは大丈夫のようだった。しかし、ブルースが同じ通路の反対の端で呟くのが聞こえて、トラブルのあることがわかった。塩化カリウムが増えて、胎児たちは中毒を起していた。

科学者は劣化している、とバリーは思った。コンピュータに羊水の分析をさせることになれきってしまい、自分の技術が低下するのをそのまま見過ごしてきたのだ。いま試行錯誤をしていたのでは時間がかかりすぎる。結局、胎児たちを救うことはできなかった。そのグループの唯一の生存者は処分された。これ以上一匹狼はいらないというわけだ。別のグループのメンバーも被害を受けたが、こちらは、四人だけが致死量の薬を与えられ、残りの六人は引き続き生きることを許された。

徹夜で彼らは羊水を監視し、必要に応じて塩分を加え、塩分が過度に増加しはじめると羊水を希薄にし、温度の検査と酸素調節を続けた。夜が明けるころには、バリーは、自分自身、冷えて固まった羊水の海を泳いでいるような気分になっていた。コンピュータはまだ動いていなかった。種々の点検を二十四時間ぶっとおしでおこなわなければならないだろう。

危機は四日続いた。そのあいだに、三十四人の赤ん坊と、四十九匹の動物が死んだ。疲労困憊してようやくベッドに倒れこんだとき、バリーは動物を失ったことのほうが痛手なのを知っていた。彼らは腺の分泌物をそれらの動物にたよっていたのだ。また、それらの動物の骨髄と血から、多くの化学物質を抽出していた。あとにしよう、と彼は思い、眠りの霧のなかに沈みこんでいった。この損害の意味について心配するのは、あとにしよう。

「もしかしたら、はやめろ！　雪が溶けしだい、どうしてもコンピュータの部品を手に入れなければならないんだ。こんなことがまた起こったら、修理できるかどうかわからないぞ」

エヴァレットはやせた、背の高いコンピュータ専門家で、せいぜい二十歳ぐらいにしか見えず、ことによると、それよりまだ若いかもしれなかった。彼の年上の兄弟は彼に従っており、その事実は、自分がなにを言っているかを彼がわきまえていることの、良いしるしだった。「新しい外輪船は夏までに準備できるだろう」と、ローレンスは答えた。「土木作業員たちが早く出発して、迂回路が通行可能なことを確認できれば……」

バリーは聞くのをやめた。またもや雪が降っていた。大きな雪片が数知れずゆるやかにただよい、地面に着くことを少しも急がず、あちらこちらにふわふわと動いていた。彼ののぞく窓からほんの二十ヤードのところにある最初の寮すら、見えなかった。子供たちは学校で、提供されるあらゆる知識を吸収していた。研究所の状況はふたたび安定した。無事解決するだろう、と彼は自分に言い聞かせた。四年の年月は、決して持ちこたえるのに長すぎる時間ではない。四年あれば、実験の域を越えて立証に移れるだろう。

雪が風に吹き寄せられて積もっていった。彼は各々の雪片の個性について物思いにふけった。過去の無数の人々と同じだ、と考えると、自然の複雑さに畏敬の念を覚えた。そしてふと、三十歳であるところのアンドルーは、これまで自然の複雑さに心を奪われたことがあるだろうかと思った。年下の子供たちのなかに、雪片がひとつひとつ違うことを知っている者がいるだろうかと思った。たとえそういう事実を教えられ、研究課題として雪片を調べるよう命じられても、彼らに違いがわかるだろうか？　彼らはその違いを驚くべきことだと思うだろうか？　それとも、彼らはそれを、学ぶよう要求されている数え切れないほどたくさんの学課の新たなひとつとして受けとめ、それゆえ従順にそれを学んで、新たな知識からなんの喜びも満足も得ずに終わるだろうか？

彼は寒けがして、会合に注意を戻した。しかし、考えはそこで止まろうとしなかった。子供たちが教えられる事柄をなんでも残らず覚えるのを、彼はよく知っていた。なにもかもだ。子供たちはかつておこなわれたことをくりかえすことはできたが、なにひとつ新しいことをはじめようとはしなかった。そして、マークの手になる堂々たる雪像をそれと認めることすらできないのだ。

会合のあと、彼はローレンスとともに新しい外輪船の点検に出かけた。「すべてが最優先だ」と、彼は言った。「例外はない」

「やっかいなのは、連中の言い分がもっともなことさ」と、ローレンスは応じた。「すべてがまさしく最優先だ。われわれのこの共同体はきわめてもろい基盤の上に成り立っているんだ、バリー。まったく、じつにたよりない基盤の上にな」

バリーは頷いた。コンピュータがなければ、約数十個のタンクの使用を中止しなければならないだろう。発電機の部品がなければ、電力を減らして、暖房のため、料理のためにたきぎを燃やし、獣脂ろうそくで読書しなければならなくなるだろう。船がなければ、都市へ旅することができず、時がたつにつれて補給品はますます腐朽してゆく。労働者と探険家の新たな補給がなければ、滝を迂回する道路を維持し、外輪船が通れるよう川の状態を維持することはできない……

「釘が不足したらどうなるかという詩を読んだことがあるか？」と、彼はきいた。

「いや」と答えて、ローレンスはいぶかるように彼を見た。バリーは首を振った。

二人は乗組員たちが船上で働いているさまをしばらく見つめた。それから、バリーが口を開いた。「ローレンス、若い連中の船を作る腕前はどうだ？」

「最高だよ」と、ローレンスは即座に言った。

「ただ命令に従うかどうかをきいているんじゃない。つまり、若い連中のなかに、きみが使えるアイディアを出した者がひとりでもいたか？」

ローレンスは向き直って、ふたたび彼をしげしげと見た。「なにを気に病んでるんだ、バリー？」

「連中がそうしたことがあるか？」

ローレンスは顔をしかめ、だまりこんだ。かなり長く思える時間が過ぎた。やがて、彼は肩をすくめた。「ないようだ。思い出せんからな。とはいっても、ルイスは、万事それがどうあるべきかという非常にはっきりした考えを持っているし、彼に反対したり、彼の計画したことになにかをつけ加えようと考える者はだれもいないはずだ」

バリーは頷いた。そして、「やはりな」と言うと、除雪された小道を歩き出した。道のどちらの側も、彼の頭と同じくらいの高さの白い壁が続いていた。「それに、むかしはこんな大雪は降らなかったものだ」と、彼はひとりごちた。やれやれ。大きな声だった。十中八九、ここの住人のなかでこのことを口にしたのはおれがはじめてだろう、と彼は思った。むかしはこんな大雪は降らなかったものだ。

そのあとしばらくして、彼はマークを呼んだ。少年が前に立つと、彼は訊ねた。「冬の森はどんな様子だ？　いまのように雪があるときは」

マークはちょっとのあいだばつの悪そうな顔をしてから、肩をすくめた。

「おまえが雪靴で歩けるようになったことは知っている」と、バリー。「それに、おまえはスキーをする。おまえのスキーのあとが森のなかに続いているのを見たことがある。どんな様子だ？」

次の瞬間、マークの目は青い炎を上げて燃えるように見えた。微笑が浮かんで、消えた。少年は頭をひょいと下げた。「夏とは違う。もっと静かだ。そして、きれいだ」急に赤くなって、少年は口をつぐんだ。

「危険も増えているか？」と、バリーはきいた。

「たぶんね。地面のくぼみが見えないから。雪で埋まってね。それに、ときどき尾根に雪がしっかりくっついて、どこで地面が終わるかはっきりしないことがある。だから、それを知らないと、がけの縁から落っこちるおそれがある」

「雪靴とスキーで動きまわれるよう子供たちを訓練したい。森で冬を過ごさなければならないかもしれんのでな。かなりの訓練が必要だ。火を起こすのに充分な材料が彼らに見つけられるだろうか？」

マークは頷いた。

「あすから雪靴を作らせよう」きっぱりした口調だった。バリーは立ち上がった。「おまえの力を貸りたい。わたしは雪靴を見たことがないんだ。どこからはじめたらいいのか見当もつかん」彼はドアを開けると、マークが立ち去る前に訊ねた。「おまえは雪靴の作り方をどうやって覚えたんだ？」

「本で見たのさ」

「なんの本だ？」

「ただの本さ」と、マーク。「もうどこかに行っちゃったよ」

古い屋敷に来て、バリーは納得した。この屋敷にはほかにどんな本があるのだろう？　ぜひそれを明らかにしなければならない。その夜、兄弟が全員そろうと、彼らはバリーが出した結論について、長いこと真剣に話し合った。

「われわれは、必要となるかもしれないことを、なにもかも教えなければならないだろう」こう言うと、バリーは新たな疲労がのしかかってくるのを感じた。

少しして、ブルースが考えこんだ様子で口を開いた。「われわれにとってもっとも困難なのは、ほかの者たちに事実を信じさせることだろう。検査をおこなって、われわれの推測が正しいことをたしかめてから、さらにそれを証明しなければならないだろう。教師たちにも、年上の兄弟姉妹にも、大変な重荷が加わることになる」

ブルースの結論に異議は出なかった。めいめいが、直接観察すれば、同じ結論に達したはずだ。

「二、三、簡単なテストを考案できると思う」と、バリー。「きょうの午後、いくつかスケッチを描いてみた」彼はそれらを見せた。走ったり、階段を登ったり、座ったりしている人間の棒線画。円の周囲から何本かの線が伸びている、太陽の象徴。円錐の底辺に棒のついた、木の象徴。二組の平行線と、屋根を成すひとつの角でできた家。円盤の月。波線で表わされた蒸気が立ちのぼる深皿……

「物語を完成させるテストはどうかな」と、ブルース。「そのスケッチと同じように簡単なものにしておくのさ。三行か四行の話で、結末はない。それを子供たちに考えさせるんだ」

バリーは頷いた。みな、彼の意図を察していた。かりに子供たちに、抽象し、空想し、一般概念をかたち作るための想像力が欠けているなら、ただちにこれを確認して、対策を立てなければならない。一週間しないうちに、彼らの懸念は現実のものとなった。九歳もしくは十歳以下の子供たちは、棒線画がなにを表わすかわからず、単純な物語を完成させることができず、特定の状況を新しい状況に一般化することができなかった。

「だから、彼らが生きてゆくために知っていなければならないだろう事柄を、われわれはひとつ残らず教えるんだ」と、バリーはきびしい口調で言った。「だが、ありがたいことに、彼らはわれわれが教えることをなんだろうと覚えることができるようだ」

いままでとは違う教材が必要になるだろうことを、彼は知っていた。あの屋敷にある、たくさんの古い本からの教材だ。生き残るための、簡単な差掛け小屋の建て方の勉強、火の起こし方の勉強、なくなったものを手元のもので代用する方法の勉強が、必要になるだろう……

バリーたち兄弟は金てこと金づちを持って屋敷へ出かけ、正面玄関に張られた板をはがして、なかに入った。ほかの者たちが図書室のぼろぼろになった黄色い本を調べているあいだ、バリーは階段をのぼってかつてのモリーの部屋へ行った。そのなかに足を踏み入れると、彼は立ち止まり、深く息を吸い込んだ。

何枚もの絵があった。彼はそれらを覚えていた。そして、さらに、小さな粘土細工がたくさんあった。木の彫刻もたくさんあった。モリーに違いない頭部が、クルミの木に、きれいに、たくみに彫られていた。それはミリアム姉妹に似ていて、しかも似ていなかった。バリーはどのように違うのかうまく説明できなかったが、それが彼女たちには似ていなくて、モリーに似ていることはわかった。砂岩に、石灰石に彫られた作品もあった。それらの一部は完成していたが、大部分は仕上げがほどこされておらず、マークが途中で興味をなくしたかのようだった。バリーはモリーそっくりの彫刻に触れた。すると、なぜかわからないが、涙がこみあげてきた。いきなり彼は身をひるがえして部屋を出ると、そっとドアを閉めた。彼は兄弟になにも話さなかった。子供が切り刻んだ木片に自分が涙を流したことが理解できないのと同様、自分が兄弟に話さなかった理由も理解できなかった。その夜遅く、眠ろうとしてもあの彫刻のイメージに絶えずじゃまをされた彼は、なぜ自分が話さなかったかわかるような気がした。みなに知られれば、マークが屋敷に入るのに使っている秘密の入り口を捜しだして、それを封じることを余儀なくされるだろう。バリーにはそんなことはできそうになかった。

24

外輪船ははなやかなリボンと花で飾り立てられ、昇りたての朝日のもとで輝くばかりだった。薪の山すら飾られていた。蒸気機関がきらりと光った。若者の群れがたいそう陽気に笑いながら列を作って船に乗り込んだ。こちらに十人、あちらに八人といったぐあいで、全部で六十五人いた。船の乗組員たちは、若い探険家兼徴発係の集団を警戒するように見守り、さながら、けさのこの浮かれ気分がなんらかの形で船をいためるのではないかと心配しているかのようだった。

事実、若者たちの口数の多さには伝染力があり、その自然さが危険で、岸辺の見物人をにぎやかなおしゃべりに誘いこんだ。船が川下へ出発する準備が整うにつれて、過去の遠征の暗影は忘れられた。今度は違う、とその場の雰囲気が叫んでいた。この若者たちはこの任務のために特別に生まれ、訓練されたのだった。彼らが求めるのは、おのれの人生の成就だ。人生の目標が手の届くところにあるのを知って喜ぶ権利を、彼ら以上に持つ者がいるだろうか?

外輪船の横腹にしっかりくくりつけられているのは、カバの木の皮でできた、十四フィートほどのカヌーで、そのわきにそれを守るようにマークが立っていた。マークはひと足先に乗り込んだのか、でなければ昨夜は船で寝たのかもしれない。彼が来たのをだれも見ていなかった。が、彼は、川の上ではほかのなによりも、大きな外輪船よりも早く進むことのできるカヌーとともに、そこにいた。マークは無表情に波止場の情景を見ていた。彼はやせていて、背は高くなかったけれど、そのほっそりした身体は筋肉が発達していて、胸は厚かった。たとえ早く出発したくてうずうずしているとしても、そうしたそぶりはまったく見られなかった。一時間前から、一日前から、一週間前から、そこに立っているような感じだった。

遠征隊の年上のメンバーがようやく次々に乗船しはじめると、岸の喝采と歌声が大きくなった。名目上はこの遠征隊の指導者であるゲーリー兄弟が、マークにむかって頷くと、船尾の所定の位置についた。

波止場に立ったバリーは、船が水面を泡立たせはじめると同時に煙突から煙が吐き出されるのを見ながら、ベンとモリーのことを、帰ってこなかった者たちのことを、また、帰ってはきたものの入院したままの者たちのことを考えた。あの子供たちは異常なほどはしゃいでいる、と彼は思った。サーカスかスポーツ競技会にでも出かけるようなつもりでいるのかもしれない。でなければ、王様の家来になるため、それとも竜を退治するための旅立ちといったところか……。彼とマークの視線が交差した。きらめく青い目はたじろがなかった。バリーは知った——マークは少なくともこれからなされようとしていることを、どのような危険があるかを、目的物を理解している。この任務が実験の終わり、もしくは彼ら全員の新たなはじまりを意味していることを、理解している。マークはすべてを心得ており、バリー同様、その顔に微笑はなかった。

「子供じみたお粗末な英雄きどりだ」と、バリーは呟いた。

横からローレンスが「なんだ?」ときいた。バリーは肩をすくめて、なんでもないと答えた。なんでもない。

船は刻々と離れてゆき、岸から岸へとひろがる幅の広い航跡をあとに残した。波が立って、波止場にぶつかり、くだけた。彼らは船が見えなくなるまでそこに立っていた。

川は山々に降った雨のせいで、流れが速く、水位は高く、にごっていた。作業員たちが一月以上前に出発して、早瀬を処理し、岩のあいだの安全な水路に標識を立て、滝の頂きの波止場が冬のあいだに受けた損害を修理し、陸上の迂回路を点検していた。外輪船は快調に進み、昼食後まもなく滝に着いた。午後いっぱい、彼らは船から積み荷をおろして、補給品を避難所へ運ぶ仕事に専念した。

滝の下の建物は谷の寮とそっくりで、そのなかに入った大勢の旅人は、その建物が孤立していること、ほかの建物から離れていることを、容易に忘れることができた。毎夜、道路工夫たちはそこに集まり、水夫たちもそこに集まり、外の暗い森に取り残される者はひとりもいなかった。この避難所では、開拓地の裏手に絶壁となってそそり立つ丘の端まで、森が後退させられていた。大豆とトウモロコシが、いずれ充分暖かくなったら植えられるはずだった。肥沃な土地を利用せずにおくことはできなかったし、この避難所に駐屯している人々も、外輪船の発着と発着のあいだの数週間をぶらぶら過ごすわけにはいかなかった。

あくる日、新たな遠征軍は滝の下の大きな船に荷物を積み、その夜は避難所で眠った。夜が明けしだい、ワシントンへの旅の第二段階がはじまる予定だった。

マークはだれにも自分の荷物をさわらせず、カヌーも自分の手で第二の船にしっかり固定した。これは彼が作った四隻目のカヌーで、もっとも大きかった。壊れやすさと丈夫さとがまじり合い、結びついた。このカヌーが、川を旅する唯一の安全な手段となっていることは、ほかのだれも理解できないだろうと、彼は思った。何人かの人間にカヌーにたいする興味を持たせようとしたが、いつも失敗した。ほかの者たちは、荒れ狂う川をひとりで旅することなど考えたがらないのだ。

ポトマック川はシェナンドア川より波が高く、氷のかたまりが浮かんでいた。これまで浮氷塊について報告した者はいないのに、とマークは思い、いまの季節にどこから流れてくるのだろうといぶかった。もう四月のなかばだった。このあたりの丘は森に覆われているので、高地にはまだ雪と氷があるのだろうと推測するしかなかった。外輪船はゆっくりと川を下った。乗組員は、大きな速い流れにひそむさまざまな危険にたいし絶えず警戒をおこたらなかった。暗くなるころには彼らは完全にワシントン地域に入っており、その夜は水面から突き出た橋の土台に船をつないだ。その土台は、橋の残りの部分が水と風と時間との耐えがたい圧力に屈したあとに残された、歩哨だった。

翌朝早く、彼らは積み荷をおろしはじめた。ここでマークはほかの者たちと分かれることになっていた。二週間以内に戻る予定だった。みなは、彼がフィラデルフィアおよび（もしくは）ニューヨークへの通行の可能性について、良いしらせを持ってくることを期待していた。

マークは自分の所持品を岸におろしたあと、つり綱をはずして、カヌーを注意深く船から離し、それから肩をすくめるようにして背嚢《はいのう》を背負った。準備はできた。腿につけたさやには長い小刀がおさまり、雄牛の革を編んだベルトからはロープがたれていた。服装は、皮のズボンに、モカシン、そして柔らかな革のシャツだった。この崩壊した都市に彼はうんざりしていた。一刻も早く川に戻りたかった。すでに荷物の積みかえがおこなわれつつあった。補給品は船からおろされ、以前ここで発見されて川ばたの倉庫に保管されていた品々が船に積みこまれている最中だった。少しのあいだそれを見ていたマークは、静かにカヌーを頭上に持ち上げると、歩きだした。

一日中、彼は廃墟のまっただなかを、つねに北東の方角をめざして歩いた。そちらへ行けば、最後にはこの都市から出て、ふたたび森へはいれるはずだった。小川を見つけて、カヌーを浮かべ、うねうねと続く水路を数時間進んだ。それが南へ曲がる地点に来ると、カヌーをかついで、森へ向かった。森は木々が生い茂り、ひっそりとして、はじめての場所だというのに、そんな感じは少しもしなかった。暗くなる前に、野営地を見つけ、火を起こして、夕食をこしらえた。たとえほかに食べ物が見つからなくとも二週間から三週間は充分もつだけの乾燥食品を持ってきていたが、あたりを探せば、なにかしら食べられるものがあるに違いなかった。どの森にもかならずゼンマイや、アスパラガスの若い茎や、そのほか種々の食べられる青物があった。ここのほうが海岸に近いので、内陸より霜の被害は少なかった。

たき火の光が弱まると、彼は浅い溝を掘って、そこに柔らかな松葉をいっぱいに敷きつめ、その上にポンチョをひろげて、カヌーをさかさに置いた。そしてその下の隠れ場に潜りこむと、ゆっくり手足をのばした。いっそうてごわい敵は春の雨だということを、彼は心得ていた。春の雨はどしゃぶりになることがあるし、思いがけないときに不意打ちをくわされるおそれがあった。二、三枚スケッチを描いて、メモをとってから、彼は横向きになって、消えかかる炎を見つめた。やがて、残り火が暗闇に赤く輝くばかりとなり、まもなく彼は眠った。

翌日、彼はボルティモアに入った。全市が燃え落ちており、大洪水の形跡があった。彼はその廃墟を調べなかった。そしてすぐチェサピーク湾にカヌーを浮かべると、北へむかって漕ぎ出した。ここでは森が水ぎわまで押し寄せ、海の上から見たかぎりでは人間の労働のあとはまったくなかった。強い潮流があった。サスケハナ川から吐き出される水とひとつになって沖へ向かう流れの影響だった。マークは何分かのあいだそれと格闘したあと、満潮を待とうと岸をめざした。湾の反対側に行かなければ、と考え、海岸線にそって進んだ。サスケハナ川の三角州に近づくにつれて、波はいっそう高くなるだろうし、小さな舟でそこを通ることは不可能かもしれなかった。ここにも氷塊が浮かんでいた。大きいものはなく、たいてい平べったい形をしていた。凍っていた川がようやく溶けだし、そこの氷が割れて流れてきたような感じだった。

彼は陸に上がって長々と寝そべると、潮の向きが変わるのを待った。ときどき水位をたしかめて、潮が引くのが止まると、岸に座って海面を見た。そして何本か投げこんだ棒が北のほうへただよいはじめると、ふたたび出発した。今度は北東へむかって漕ぎ出し、航行可能な水域を、対岸をめざした。

岸のそばの乱流はたいしたことなかった。だが、湾の中央に近づくにしたがい、潮の力が川の奔流とぶつかっているのが感じられた。その戦いの激しさはほとんど水面からはうかがえなかったが、カヌーを通じて伝わってきた。櫂から、小舟が左右に揺さぶられるぐあいから、それはたしかに感じることができた。櫂を両腕で懸命に動かし、川からの水流と満ち潮の両方と格闘するうちに、背中と脚がこわばってきたが、しかしそのあいだも、気分は浮き立つ一方だった。

突然、カヌーはそこを抜け出た。いまでは満ち潮が舟を力強く北へ運んでくれるので、彼の仕事は、かじを取りながら海岸線に目をこらして、上陸に最適の場所を探すだけになった。浜辺は砂地で、まばらに草が生えていた。そこで危険なのは、水中にひそむ岩にカヌーの底を突き破られることだった。カヌーが砂浜をはじめてそっとこするのを感じたときには、太陽はたいそう低くなっていた。彼は冷たい水に飛び込むと、カヌーを岸へ引っ張った。

安全なところまでカヌーを引き上げると、彼は浜に立って、いま来た方角を眺めた。どこまでも切れ目なく続くように見える、黒々とした森。泥でにごった川の水がしまを作る、青緑色の水。紺碧の空。西に沈みかけた太陽。どこにもほかの人影はなく、人間が暮らしているしるしは、建物も、道路も、なにひとつなかった。いきなり彼は頭をのけぞらせて笑った。喜びに溢れた、ほとんど子供っぽい勝利の笑いだった。ぼくのものだ。このすべてがぼくのものだ。ほかにほしがる者はいない。所有権を争う相手がいないのだから、なにもかも彼のものだった。

口笛を吹きながら、彼は流木でたき火を起こした。信じられないような色の炎があがった。緑、青、銅色、緋色。乾燥トウモロコシと牛肉を海水で料理し、その味に驚嘆した。最後の炎が消える前に眠りに落ちた彼の顔には、微笑が浮かんでいた。

翌朝、夜明けまでに準備をととのえると、彼は海岸を北へ辿り、チェサピーク湾をデラウェア湾と結ぶ古い水路を探した。彼がそれを発見したとき、運河はほとんどあとかたもなかった。いまではそこには沼地が広がり、ガマやさまざまな雑草が陸地と水面を同じように覆い隠していた。沼地に入るやいなや、草に周囲をかこまれて、彼は世界から切り離された。ときどき水深が増すと、そうした場所には草が一本も生えていないので、もっと速く前進することができた。けれど、ほとんど一日中、彼は堅くてしなやかな茎をかきわけてカヌーを押し進め、それらを、根のかたまりを、手に触れるものはなんでも利用して、東をめざした。太陽が高く昇ると、彼はシャツを脱いだ。草のあいだには、そよとの風もなかった。太陽が低くなり、空気がひんやりすると、ふたたびシャツを着た。それができるときには櫂を漕ぎ、ほかに使いようがないときには櫂で草を押しやって、沼地をのろのろと進んだ。まる一日、食事のためにも、休息のためにも、彼は舟を止めなかった。太陽が沈んで、暗闇が訪れる前に、背の高い草のなかから出てしまいたかった。

影がたいそう長くなったころ、彼はようやく舟の下の水が違ってきたのに気づいて、速度を上げた。櫂を動かすたびに、舟はますます自然な反応を示して前進し、朝からずっと立ちふさがっていた強靭な茎にじゃまされることはなくなった。草は分散し、まばらになり、姿を消した。そして、波の荒い、自由に動ける水面が、目の前にあった。またもや水流と戦うには自分が疲れすぎていることを知っていたので、彼は流れに身をゆだねて下流へ向かい、デラウェア湾の岸に上陸した。

あくる朝、彼は魚を目にした。慎重に動いて、背嚢を開くと、この前の冬に作ってほかの子供たちをおもしろがらせた網を見つけた。その網は五フィート四方の大きさで、谷を流れる川で投げる練習をしたとはいえ、自分がそのあつかいになれていないこと、最初に投げたときがおそらく唯一のチャンスだろうことは、わかっていた。彼はカヌーにひざをついた。漕ぐのをやめると同時に舟はただよいはじめた。魚がもっと近くに泳いでくるまで、彼は待った。もっと近くに来い、と小声でひとりごちた。もっと近くだ。それから、網を投げた。一瞬、カヌーがあぶなっかしくゆれた。網に重みが加わったのに気づいて、ぐいぐい力まかせにそれを引き寄せた。獲物を見て、彼は息をのんだ。三匹の、大きな、銀色に輝く魚だった。

彼はしゃがみこんで、はねまわる魚をまじまじと見つめた。ちょっとのあいだ、それらの魚をどうしたらいいのか、なにも思いつかなかった。やがて、はらわたを取る方法や、日干しにする方法、火で焼く方法を本で読んだことがあるのを思い出した……

岸辺で、三匹の魚のはらわたを取り除き、乾燥させるために平たい岩の上に並べると、彼は腰をおろして水を眺めながら、ここには貝もあるだろうかと考えた。そのあと、ふたたびカヌーを漕ぎ出したが、今度は岸のすぐそばを進んだ。なかば水中に沈んだとある岩に、カキがびっしりついているのを見つけた。そして湾の底の砂地には二枚貝が棲息していて、彼が水をかき乱すと姿を隠した。午後遅くまでかかって、彼はたくさんのカキと何ポンドもの二枚貝を収穫した。魚はまだ乾いていなかった。なにかほかの手を打たないとだめになってしまうだろう。彼はじっと考えながら、湾を見つめ、ふと、そこに浮かぶ氷塊が答だと悟った。

もう一度海に出た彼は、今度は大きな氷の板のそばにたくみに寄っていって、それにロープをかけ、岸へ引いて帰った。それから、松の枝で浅いかごを編むと、その底に二枚貝を入れ、次にカキを、最後に魚を入れた。そして平らな氷の上にかごをのせ、小刀で氷のかけらをいくつもけずって、それらを中身がすっかり隠れるようかごの上に並べた。これでひと安心だった。食べ物を手に入れること、そして食べないうちにそれらがだめにならないよう工夫することで、ほぼ一日を費やしてしまったわけだ。しかし、気にはならなかった。しばらくして、焼き魚と野性のアスパラガスを食べた彼は、これまでこの半分もおいしいものを口にしたことはなかったと、心の底から思った。

彼が野営している場所から見ると、デラウェア湾は暗い森のなかの黒い穴だった。ときおり、空中をただようかのように音もなく動く青白い影が、その黒い闇を貫いた。氷塊だ。川はたいそう水量が多かった。岸の何本かの木々は水中に立っていた。手遅れになるまで目に見えないものがほかにもあるかもしれない。岩だの、その他の障害物だ。マークはその黒い川にひそむ多くの危険について考えたが、満足しか感じなかった。次の朝、彼は川に入り、フィラデルフィアへ向かった。

憂鬱なのは都市のせいだ、と考えながら、彼はスクールキル川の両岸の灰色の廃墟を見つめた。どの方向も、見渡すかぎり、同じ灰色の廃墟が広がっていた。この都市も燃え落ちていたが、ボルティモアほど徹底的ではなかった。ここの一部の建物はほとんど無傷に見えたが、とはいえいたるところに同じ灰色の風景が、同じ醜悪な破壊の跡が残っていた。木々が育ちはじめていたものの、それらさえみにくくいじけて、胸が悪くなりそうな姿をしていた。

マークはここで、ほかの者たちが森で覚えるという恐怖を覚えた。ここには霊が存在し、それは悪意を持っていた。自分が何度も肩ごしにうしろを振り返っているのに気づいた彼は、決然と櫂を漕いだ。じきに舟を止めて、川から見える建物をスケッチするつもりだった。最少限の調査を徒歩でしなければならないだろうと思うと、気が重かった。舟の速度を落として、とある木立を観察した。それらの木々はあまりひどい形をしているので、なんの木なのか見分けがつかなかった。たぶんポプラだ。それらの木々の根が養分を求めて街路の下のコンクリートと金属のなかをさぐり、結局それ以上のコンクリートと金属しか見つけられずにいるありさまを、彼は想像しようとした。

でもワシントンにも木はあった、と考えながら、彼はさらに懸命に櫂を漕いで、大きな、でこぼこの氷塊をよけた。あそこの木々はふつうの姿をしていたのに、ここのは……。ここの木々は本来の大きさの半分もなく、不格好で、枝は少なく、異様にねじ曲がっている。突然、マークは両腕の動きを止めた。放射線だ。そう思うと、ぞっと寒気がした。これは、放射線の被ばくによるものだ。彼の目の前に、放射線によって奇形にされたさまざまな種類の動植物に関する記述と、それらの写真とがありありと浮かんだ。

彼はカヌーの向きを変え、デラウェア川との合流点をめざして川下へ急いだ。夕闇が落ちて舟を止めざるをえなくなるまで、まだ数時間あった。しばしためらったあと、彼はもう一度北へ進路を取った。今度は、さらに増えた氷塊にたいすると同様、変形した草木にたいしても油断なく目を開いていた。

ひどくみにくい姿にされた植物の生えているもうひとつの場所を、彼は通り過ぎた。そして、川の対岸にそって、北上を続けた。

フィラデルフィアはどこまでも広がっていた。廃墟は大体どこも同じだった。しばしば、ほとんどもとのままに見える建物が一区画そっくり残っていた。しかしいまでは、それは放射能に汚染されたときその地域が遮断されていたためではないかと彼は考えていた。そして、どの建物も調べなかった。おびただしい建物の大部分は骨組みだけだったが、それでも多くがまだ立っており、それらが汚染されてさえいなければ、骨折りがいのある完全な調査ができた。その問題はバリーか、バリーのもっと若い兄弟が解決しなければならないだろう。彼はさらに進んだ。森がふたたび優勢になりつつあった。ここの木々は申し分なく育ち、うっそうと生い茂っていた。川幅が狭まっているいくつかの場所では、両岸から伸びた枝が頭上で天蓋を作り、さながらトンネルを通るような感じだった。そこで音を立てるのは水を打つ彼の櫂だけで、周囲の世界は薄明と静寂に包まれ、じっと息をひそめていた。

ここにもわからないことがある、と思いながら、彼は川の両側の岸を眺めた。流れは非常に速いのに、水位は低く、岸はあちこちで頭上の土地まで何フィートかそびえ立っていた。この川はどこかで不完全にせきとめられているのかもしれない。ワシントンへ引き返す前に、事実を突き止めなければならなかった。

日ごとに気温が下がっていたが、その夜は霜が降りた。翌日、彼はトレントンを通過した。フィラデルフィアのときと同じように、そこは隈《くま》なく廃墟と化し、草木は発育をさまたげられて、不気味な形をしていた。

何マイルか回り道をすることになったが、彼はその都市をカヌーで通り抜け、森がふたたび正常な姿に戻るまで岸に上がらなかった。そして安全な場所まで来ると、舟を高いところへ引き上げ、固定してから、徒歩で北へ向かった。デラウェア川はここで西へ曲がっていたが、彼の目的地はニューヨークだった。午後に入って雨が降りはじめた。マークは通ったあとに目じるしをつけた。戻ってきたときにカヌーを捜さなくともよいようにだった。どしゃぶりのなかを、彼は頭から足まで覆う大きなポンチョに守られて休みなく進んだ。

その夜は、たき火用の乾いた木を一本も見つけられなかった。彼は冷肉をかみながら、かわりにあの汁気の多い魚がもう一匹あったらと思った。

あくる日も雨は弱まらなかった。このまま歩き続けるのは馬鹿げていること、すべての境界がかき消され、進路を定めるための太陽も空も見えない世界では、完全に方角を失うかもしれないことを、彼は悟った。そこでトウヒの木立を探し、一番大きな木の下に潜りこむと、ポンチョを着たまままうずくまり、うつらうつら眠っては目を覚ますことをくりかえして、一昼夜過ごした。やがて木々の立てるため息のような音に目覚めて、雨がやんだのに気づいた。木々はしずくを振り落としながら、不順な天候についてしゃべりあい、自分たちのあいだで眠る少年のことをいぶかっていた。彼は日あたりのいい場所を見つける必要があった。背嚢やポンチョや服を乾かし、モカシンにはさらに油を塗らなければならない……。トウヒの下から這い出した彼は、小声でありがとうと言ったあと、なにもかも乾かして、火を起こし、おいしい食事をするのに適した場所を探しはじめた。

その午後遅く、奇形の藪に出くわすと、彼は百フィートほど引き返し、しゃがんで、眼前にひろがる森の様子を観察した。

ここからニューヨークまで少なくともも一日かかるだろう。二十マイル。ひょっとするともっとだ。ここの森は密生しすぎていて、奇形の発生が一地区に限定されているのかどうか確認できなかった。彼は半マイル後退して、野営の支度をすると、今後どうするか考えた。放射線にさらされたと思われる場所に足を踏み入れるつもりはなかった。自分に何日ぐらいの遠まわりならする気があるのか、わからなかった。彼にとって時間は止まっていた。いまでは、自分がどれくらい森にいるのか、外輪船がワシントンに入って以来どれくらいたつのか、はっきりしなかった。ほかの者たちは大丈夫だろうか。もう倉庫を発見して、集めることになっている品々を運び出しただろうか。フィラデルフィアの汚染地域を、ここを、彼らはやみくもに進むかもしれない。彼は身震いした。

彼は汚染地域の縁を三日間辿って、ときには北へ、ときには西へ、そしてまた北へと歩いた。都市にはそれ以上近づかなかった。死の輪が都市を取り巻いていた。

やがて、広大な湿地に出た。腐った枯れ木がそこここに横たわり、草一本生えていなかった。それより先には行けなかった。そのじめじめした土地は、西のほうへ見渡すかぎり続いていた。塩と腐敗のにおいがして、潮が引いたあとの干潟のようだった。指につけた水を舌の先でちょっとなめて、彼はきびすを返した。海水だ。その夜、気温は一気に下がった。次の日には、木々も灌木も黒くなっていた。彼はトウモロコシと牛肉をがつがつ食べながら、また自然の食べ物が見つかるだろうかと考えた。食糧がこころぼそくなっていたのだ。干しブドウはもう残っていないし、干しリンゴもなくなりかけていた。飢え死にすることはないはずだが、新鮮な野菜や果物を食べるのは楽しいだろうし、ほろほろと崩れる焼き立ての魚や、カキや、かみごたえのある白い身がたっぷりついた二枚貝のスープをもっと食べられたら……。食べ物のことを断固として念頭から追い払うと、彼は少し足をはやめた。

彼は帰りの旅を急いだ。自分の通ったあとを辿るのは容易だった。往きに木々につけておいた目じるしが道路標識の役目を果たした――ここで曲がり、こちらへ、まっすぐ前進せよ。カヌーのところへ戻ると、細くなった流れと、以前より厚い氷についての好奇心を満たすべく、彼はデラウェア川を西へ進んだ。雨のせいでさらにたくさん割れたに違いない。速い流れをさかのぼるのはむずかしかったし、氷塊のために川はいっそう危険になっていた。この一帯の土地は平坦だった。なにか変化があれば、即座にわかった。川の流れがますます速くなったかと思うと、早瀬の白い水が舟をゆさぶりだした。川のどちらの岸も明らかに高くなっていた。ここの流れは川底をうがち、行けば行くほど水深は増した。小さな舟が通るには早瀬が危険になりすぎると、彼はカヌーを陸に上げ、用心深く物陰に隠してから、徒歩で旅を続けた。

行く手に、低木の茂みと風化した岩でわずかに覆われた丘がそびえていた。彼は慎重に道を選んでそこを登った。ひどく寒かった。木々は三月はじめか、さらには二月末のころの姿に見えた。芽のふくらみはあるものの、葉は、緑はどこにもなく、トウヒだけが冬そのままの黒ずんだ緑の針状葉をつけていた。丘の頂きで、彼は大きく息を吸い込んだ。目の前には、雪と氷が一面に広がり、日光を浴びて目もくらむばかりだった。

雪原はいくつかの場所で川岸にぶつかり、ほかのいくつかの場所では遠くまではるばると拡がっていた。そして、一マイルほど行ったところで、川はほとんど氷にふさがれていた。川は、まばゆい光を貫いてうねうねと伸びる細い黒いリボンだった。

南の方角は木々が視界をさえぎっていたが、北と西は何マイルも先まで見渡すことができた。そちらには雪と氷しかなかった。白い山々が澄んだ青空にそそり立ち、どの谷も積雪のために底が丸くなっていた。風向きが変わり、マークの顔にひえきった風が吹きつけた。あまりの寒さに身体がしびれ、目に涙が浮かんだ。ここの太陽には少しも暖か味がないように思えた。皮のシャツの下では汗が流れていたが、ただ一面の雪景色と、そこを吹き渡る風の冷たさが、太陽が消えてしまったような錯覚をもたらした。その錯覚のせいで、かれは激しく身震いした。そして、くるりと向き直ると、急いでけわしい斜面を下り、最後の二十フィートあまりは滑り下りた。滑りはじめたときに、それが危険なこと、岩があとから落ちてくるだろうこと、それらの岩に打たれて重傷を負い、さらに次々と来る岩をよけられなくなるかもしれないことは、わかっていた。そこで、ふもとに着くなりすばやくくるっと起き上がると、一目散に走った。背後で岩がすさまじい音を立てるのが聞こえた。

彼の想像のなかでは、それは氷河の動く音だった。氷河はあらゆるものを粉々に砕きながら、情け容赦なく彼めがけて進んできた。

25

マークは空を飛んでいた。木々と川をはるか下に見ながら一気に舞い降りるのはすばらしく愉快だった。次いで、高く高く昇ってゆくと、興奮のあまり身体がうずいた。さか巻く白い雲のあいだを飛ぶのを避けるため、彼はわきへそれた。まっすぐに進みはじめると、またもや前方に白い雲があった。何度進路を曲げても、同じだった。いたるところに雲があった。やがて雲はひとつになって壁を作った。巨大な白い壁はあらゆる方角から彼のほうへ押し寄せて来た。どこにも逃げ場はなかった。彼は急降下した。降下は落下となり、速度がぐんぐん増した。止める手だてはなかった。白い世界のただなかを彼は落ちていった……

マークははっと目覚め、激しく身震いした。全身に汗をかいていた。たき火は闇のなかでいまにも消えそうだった。彼は慎重に木のけずりくずをくべると、冷えた手に息をはきかけながら、火口《ほくち》が燃えだすのを待った。そして、小枝を入れ、最後にもっと太い枝をくべた。じきに夜が明けるし、そうなればたき火は消さなければならないのだが、彼は炎が赤々と上がるまでたきぎを加えた。その前で身体を丸めて座っているうちに、震えは止まった。けれど悪夢の記憶は残った。彼は光とぬくもりがほしかった。ひとりでいたくなかった。

その後四日間、彼はたいそう速く進んだ。そして五日目の午後に、外輪船が停泊し、兄弟姉妹が倉庫探しに精を出す、ワシントンの上陸地に近づいた。

ピーター兄弟が走り寄って彼を出迎え、終始ペチャクチャしゃべりながら、カヌーを引き上げるのを手伝い、彼の荷物を運んだ。「帰ってきたらすぐ倉庫へ行くようゲーリーが言っていたぞ」と、ひとりが話しかけた。

「これまでに事故が六回あってね」と、別のひとりが興奮した口調で割りこんだ。「腕を折ったり、脚を折ったりさ。前にほかのグループがやらなかったことばかりだ。うまくいってるよ！」

「今週の末までにボルティモアかフィラデルフィアへ出発するって、ゲーリーが言ってた」

「いまどの倉庫に取り組んでるかひと目でわかる地図があるんだ」

「いままでに少なくとも四隻分の品を手に入れたよ……」

「なんでも交替でやってるんだ。四日間ここで船に品物を積み込んだり、料理したりしたら、次の四日間は倉庫でいろいろなものを探して……」

「ここは悪くないよ。前に思ってたのとは違う。なんでほかの連中があんなに苦労したのかわからないよ」

マークは疲れた足を引きずるようにして彼らのあとにしたがった。「腹がすいてるんだ」

「夕食用にスープを作ってある」と、ひとりが答えた。「だけど、ゲーリーが……」

マークは彼らを追い越して、宿舎に使われている建物へ向かった。スープのにおいがただよってきた。彼は勝手にスープをよそった。そして、それを飲み終わらないうちに、ひどい眠気に襲われ、目をあけていられなくなった。少年たちは手柄話を続けた。「ベッドはどこだ?」と、マークはふたたびひとりの話をさえぎって訊ねた。

「ゲーリーに言われたように倉庫へ行かないの?」

「ああ。ベッドはどこだ?」


「われわれは明朝フィラデルフィアへ出発する」ゲーリーは満足そうだった。「よくやってくれた、マーク。フィラデルフィアまでどれくらいかかる?」

マークは肩をすくめた。「ぼくは歩かなかったからね。わからないな。湿地になっている場所は教えたとおりだ。徒歩では通れないかもしれない。通り抜けられるとしても、八日から十日はかかるだろう。でも、なにか放射能を計るものが必要だ」

「それについては、きみは間違っている、マーク。放射能などあるはずがないさ。戦争状態に入っていたわけじゃないんだ。ここではどのような爆弾も使われなかった。もしそのようなことがあれば、長老たちが警告してくれていたろう」

ふたたびマークは肩をすくめた。

「きみが案内してくれれば大丈夫のはずだ」ゲーリーは微笑した。彼は二十一歳だった。

「行くつもりはない」と、マーク。

ゲーリー兄弟はたがいに顔を見合わせた。ゲーリーが言った。「どういうことだ？　それはきみの仕事だぞ」

マークは頭を振った。「ぼくの仕事は、都市がちゃんとあるかどうか、そこになにか残っているかどうかを突き止めることだ。ぼくはたしかに海辺の都市まで行った。ただし徒歩で辿り着けるかどうかはわからない。放射能はたしかにあった。だから、谷へ帰ってそれを報告するつもりだ」

ゲーリーは立ち上がると、湿地や、変化した海岸線や、かつては海岸と海岸とを結ぶ水路だった沼地を確認するのに使っていた地図を巻きはじめた。そして、マークを直接見ずに言った。「この遠征隊の者が全員わたしの指揮下にあることは、きみも知っているだろう。全員だ」

マークは動かなかった。

「これは命令だ。きみはわれわれに同行するんだ」ゲーリーはマークを見た。

マークは頭を振った。「天気の変わらないうちにあそこまで往復するのは無理だ。あんたたち兄弟は森のことをなにも知らない。むかしの遠征隊がワシントンへ来るときに出会ったのと同じ困難に出会うはずだ。それに、隊員たちはなにをしたらいいか指図してくれる人間がいないと、なにひとつできない。万一フィラデルフィア中のものが放射能に汚染されていたら、どうするんだ？　それを持ち帰ったら、全員を殺すことになるぞ。ぼくは谷へ戻る」「ほかの者と同じように、おまえも命令にしたがうんだ！」と、ゲーリーは叫んだ。「そいつをここから出すな！」彼は兄弟二人に身ぶりで合図すると、三人であわただしく部屋から出ていった。ほかの三人がマークとともに残った。マークはこの集まりのはじまったときと同様、あいかわらず床の上にあぐらをかいて座っていた。

二、三分で、ゲーリーは戻ってきた。細長く切ったカバの皮を何枚か持っている。マークは立ち上がって手を伸ばした。それは彼のカヌーのものだった。

ゲーリーは彼にカバの皮を突きつけた。「これでわかったろう。出かけるのはあすの朝だ。少し休んだほうがいいぞ」

無言でマークは去ると、川へ行き、壊された舟を調べた。そのあと小さなたき火を起こし、それがさかんに燃えだすと、舟の一方の端を炎のなかに入れた。そして完全に焼きつくされるまで、舟をゆっくりとたき火に押し込んでいった。

あくる朝、フィラデルフィアへの旅に出るため集まった一行のなかに、マークの姿はなかった。彼の荷物は消え、彼はどこにも見つからなかった。ゲーリー兄弟は腹立たしげに相談したすえ、彼ぬきで出発することに決めた。マーク自身が修正した、信頼できる地図があったし、隊員はみな充分に訓練されていた。十四歳の少年をたよりにする理由はなかった。一行は出発した。が、彼らの頭上には暗雲がただよいはじめていた。

マークは遠くから一部始終を観察した。そして一日中、つねに一行が見えるところにいた。その夜、屋根のない森での最初の夜に、一行が野営したとき、マークは近くの木の上にいた。

隊員たちは元気だ、と、彼は満足げに考えた。グループがばらばらにされないかぎり、隊員たちは大丈夫だった。しかし、ゲーリー兄弟は明らかに神経質になっていた。六人とも、ちょっとした物音にぎくっとした。

彼は野営地が寝静まるまで待ってから、こちらの姿を見られずに相手を監視することのできる高い木の上で、うめき声を出しはじめた。はじめは彼の声にだれも注意をはらわなかった。けれど、まもなく、ゲーリー兄弟が不安げに森を、たがいの顔を、見つめはじめた。マークは声を大きくした。すでに隊員たちも起きていた。彼がうめきだしたときには大部分が眠っていたのだが、いまではみな落ち着きなく身動きしていた。

「ウォジだぞ!」と、マークはさらに大きな声で叫んだ。「ウォジだ! ウォジだ!」おそらくもうだれも眠ってはいないだろう。「ウォジの命令だ、引き返せ! ウォジの命令だ、引き返せ!」彼は口を片手で覆って終始うつろな声を出し、この言葉を何度もくりかえした。そしてそのたびに、最後はかならず、か細い、尻上がりのうめき声でしめくくった。しばらくして、彼はさらにひとつの言葉をつけ足した。「危険だぞ。危険だぞ。危険だぞ」

四度目の「危険だぞ」の途中で、彼はふいに口をつぐんだ。森がじっと聞き耳を立てているのが、彼にさえ感じられた。ゲーリー兄弟は手に手にたいまつを持って野営地のまわりの森に入り、正体不明の声の主を探した。そのあいだ、彼らはたがいにそばを離れなかった。隊員のほとんどは起き上がり、たき火のそばにできるだけ近づこうと押し合いへし合いしていた。みながもう一度眠るため横になったのは、そのあとだいぶたってからだった。マークは枝の上でうたた寝した。そしてはっと目覚めると、警告をくりかえし、また言葉を途中で切った。もっとも、なぜそうしたほうが効果があるのか、確信はなかった。ふたたび無益な捜索がおこなわれ、たきぎがくべ足され、隊員たちはおびえて起き上がった。明け方近く、森が一番暗くなるころに、マークはこの世のものならぬかん高い声で笑いはじめた。その笑い声は同時にあらゆる場所からこだまするように思えた。

次の日は寒く、濃い霧がかかっていた。しだいに時間は過ぎて行ったが、霧はほんの少し上がっただけだった。マークはとぼとぼ歩く一行の周囲をまわって、彼らのうしろから、左から、右から、前から、ときには頭上から、ささやきかけた。午後のなかばには、みながかろうじて足を動かしているという状態で、隊員たちは、ゲーリーの命令にそむいてワシントンへ引き返すことを公然と話しあっていた。ゲーリー兄弟のうちの二人が反抗的な隊員たちに味方しているのに気づいて、マークは満足した。

「ウォー！　ウォジだぞ！」と彼がもの悲しげに叫ぶと、やにわに二つのグループが身をひるがえして駆け出した。「ウォジだ！　危険だぞ！」

ほかの者たちもうしろを向いて、いっしょに逃げ出した。ゲーリーが戻ってこいと大声で呼びかけたが、むだだった。すぐさま、彼ら兄弟もまた往きに通った道を大急ぎで引き返していった。

ひとりで笑いながら、マークは足ばやにそこを去り、西へ、谷へと向かった。


ブルースは少年の眠るベッドを見おろした。「よくなりそうか？」

ボブは頷いた。「何度か目を覚ましかけた。たいてい雪と氷のことをうわごとに言っていたよ。けさの診察のときにはわたしのことがわかったようだ」

ブルースは頷いた。マークはこれでほぼ三十時間眠り続けていた。身体についてはもう心配なかったし、おそらく旅のあいだ本当に危険な状態になったことは一度もないだろう。とにかく休息と栄養が癒すことのできないものなどなにひとつないのだから。しかし、白い壁についてのうわごとは精神異常を思わせた。自然に目を覚ますまで少年をそっとしておくようにと、バリーは全員に命令していた。バリーはほとんど少年につきっきりで、いまも一時間以内に戻ってくるはずだった。マークが起きるまで、だれにもなにもできなかった。

その午後遅く、バリーはアンドルーを呼んだ。アンドルーはマークがしゃべりだしたときその場にいたいとたのんでいたのだった。彼らはベッドの両側に腰をおろして、少年が寝返りをうち、熟睡から覚める様子を見守った。それまで少年はあまり静かに眠っていたので、まるで死んだようだった。

マークは目を開けてバリーに気づくと、「ぼくを病院に入れないで」と弱々しく言い、ふたたび目を閉じた。やがてまた目を開けた彼は、部屋を見まわしてから、バリーに視線を戻した。「ここは病院だろ？　ぼくはどこか悪いの？」

「いや」と、バリーは言った。「疲れと空腹で意識を失ったんだ。それだけだ」

「自分の部屋へ行きたいな」マークは起きあがろうとした。

バリーはやさしくそれを制した。「マーク、わたしを怖がらないでくれ、たのむ。おまえを傷つけるようなまねは決してしないと約束する。本当だ」少しのあいだ少年は彼の手をはねのけようとしたが、すぐ身体の力を抜いた。「ありがとう、マーク。そろそろしゃべりたくないか？」

マークは頷いて、「のどがかわいた」と言った。そしてごくごくと水を飲むと、北への旅について報告をはじめた。自分がどうやってゲーリー兄弟をおどかしてフィラデルフィアへの遠征隊を総崩れにさせたかまで、なにひとつ隠さなかった。その部分でアンドルーが口をきゅっと結ぶのに気づいたが、マークはバリーに目をすえて洗いざらい話した。

「そして、おまえは戻ってきた」と、バリー。「どうやって戻った？」

「森を通ってさ。いかだを作って川を渡ったんだ」

バリーは頷いた。泣きたかったが、理由はわからなかった。彼はマークの腕を軽くたたいた。「もう休め。われわれが放射能探知器をいくつか見つけるまでそこにとどまれと、ワシントンに伝言を送ることにしよう」

「どうしようもない！」と、ドアの外に出るなり、怒った声でアンドルーが言った。「ゲーリーがフィラデルフィアへ急いで行こうとしたのは、しごくもっともだ。マークは一年の訓練を一瞬でだいなしにしたんだ」

「わたしも行く」と言ったバリーは、いまマークとともにワシントンにいた。年下の医者が二人、彼らに同行した。遠征隊の若い隊員たちはおびえて、混乱におちいっており、作業は中止になっていた。みな、本部の建物で、だれかが来て新しい指示を与えてくれるのを待っていた。

「彼らがふたたび出かけたのはいつだ？」と、バリーは質問した。

「ここに戻ってきた次の日だよ」と、少年のひとりが答えた。

「隊員が四十人！　それと六人の馬鹿者だ！」バリーはマークのほうに向き直った。「きょうの午後、彼らのあとを追って出発すれば、なにか収穫があるだろうか？」

マークは肩をすくめた。「ぼくひとりならね。ぼくに連中を追いかけさせたいのかい？」

「いや、おまえひとりではだめだ。アントニーとわたしもいっしょだ。アリステアはここに残って、作業の再開を指揮する」

マークは疑わしげに二人の医者を見た。アントニーは青い顔をしており、バリーは気分が悪そうだった。

「連中は約十日分先に行っている」と、マーク。「いまごろは町のなかにいるはずだ、道に迷っていなければね。ぼくたちがいますぐ出発しようと、朝まで待とうと、たいした違いはないと思う」

「では、朝だ」と、バリーは手短かに言った。「もうひと晩よく眠っておくといい」

彼らは急いで進んだ。ときどきマークは、ゲーリー兄弟にひきいられた一行が野営した場所を、道を間違えた場所を、それに気づいてふたたび正しい方角へ向かいはじめた場所を、指摘した。二日目に、彼は口をかたく結び、腹立たしげな表情になったが、午後遅くなるまでなにも言わなかった。「連中は西へ行きすぎている。それもどんどんひどくなる一方だ。東へ方向転換しなければ、フィラデルフィアへはまるで着けないだろう。きっと湿地を迂回しようとしたんだ」

バリーは疲労困憊してそこまで気にかける余裕がなかったし、アントニーはうなっただけだった。たき火のそばに大の字になって、バリーは考えた――少なくとも彼らは夜のあいだ奇妙な物音に耳を澄ますには疲れすぎていたわけだ。そのほうが安心というものだ。こう考えているうちに、彼は眠りに落ちた。

四日目に、マークは立ち止まって、行く手を指差した。最初、バリーにはなんの違いも認められなかった。が、すぐに、自分たちの見ているのが、マークの話していた発育不良の植物だとわかった。アントニーがガイガー・カウンターを取り出すと、それは即座にカチカチいいはじめた。彼らが前進すると、その音はいっそう強くなった。マークはほかの二人を連れて左へそれ、放射能地域からはつねに十分な距離を置いて進んだ。

「彼らは、入っていったんだな?」と、バリーはきいた。

マークは頷いた。三人は汚染された大地には近づかず、カウンターが警告をはじめると、それが静かになるまでふたたび南へ向かった。その夜、彼らは、放射能地域を避けて進むことができるようになるまで西へ進み、もしも可能なら、そちらの方角からフィラデルフィアへ入ろうと決めた。

「そうすると万年雪原に足を踏み入れることになる」と、マークが言った。

「雪は怖くないだろう?」と、バリー。

「怖いもんか」

「けっこう。では、あすは西へ行く。夜までに北へ向かうことができなければ、引き返して、なんとか東へ行き、そちらに彼らの通った跡が見つかるかどうかたしかめる」

ふったりやんだりの雨のなかを、彼らは一日中歩き続けた。一時間ごとに気温が下がり、その夜彼らが野営したときには氷点に近くなっていた。

「あとどれくらいだ？」と、バリーは訊ねた。

「あしただ。ここからでもにおいがわかるだろう」と、マークは答えた。

バリーには、火のにおい、ぬれた木のにおい、料理中の食べ物のにおいしかわからなかった。マークを見つめてから、彼は首を振った。

「川さ」と、マーク。「すぐそばにあるに違いない。どの川にも氷が浮かんでいて、岸にぶつかることがある。ときどき聞こえるのはそれさ」

アントニーが腰をおろした。しかし、その顔から、なにかに集中しているような表情は消えなかった。翌朝、彼らはふたたび西へ向かった。昼ごろには丘陵地帯に入っていた。木々の向こうが見えるだけの高さに登りしだい、雪を目にすることができるだろう――雪があればの話だが。

彼らは丘の上に立って目をこらした。バリーはマークの悪夢を理解した。雪原の端の木々ははだかで、冬のさなかの木々のようだった。そのむこうに立つ木々は、幹のなかばまで雪に埋もれ、葉のない枝はみなじっと動かなかった。一部の枝は異様な角度をしていたが、それは圧力ですでに折れたものが、雪があるため落ちずにいるのだった。さらに高い場所には、木は一本も見えず、雪が広がっているばかりだった。

「雪はいまも増えているのか？」と、バリーは押し殺した声で訊ねた。

だれも答えなかった。さらに数分後、彼らは向き直って、いま来た道を急いで取って返した。フィラデルフィアのまわりを東へ向かうあいだ、ガイガー・カウンターはうしろへ下がっているよう警告し続けた。西からと同様、こちらの方角からも都市にそれ以上近づくことはできなかった。それから、彼らは最初の死体を発見した。

　六人の隊員がいっしょにいた。二人はたがいに寄りそうようにして倒れていた。ほかの四人は彼らを置き去りにしてさらに半マイル進んだすえに、くずおれていた。死体はみな放射能を帯びていた。

　アントニーがそれらの死体のわきにひざまづこうとすると、バリーが注意した。「そばに寄るな。さわるなんてまねはしないことだ」

「ぼくがついてさえいれば……」低い声だった。マークは散乱する死体を凝視していた。どの顔も泥でよごれていた。「谷に帰るべきじゃなかった。一行のあとについていって、危険な場所に入らせないようにするべきだった。ぼくは残っていなきゃいけなかったんだ」

　バリーは片腕を振った。が、マークは死体から目をそらさず、何度もくりかえした。「いっしょにいてやればよかった。いっしょに……」バリーは彼の顔を激しく平手打ちした。次いで、もう一度。マークは頭をたらし、よろめくようにそこを離れた。そして、死体から、バリーとアントニーからやみくもに逃げ出して、木々と灌木のなかへふらふらと入っていった。バリーは慌ててあとを追い、少年の腕をつかんだ。

「マーク！　やめろ！　頭を冷やして、わたしの言うことを聞け！」バリーは相手の身体を激しく揺さぶった。「ワシントンへ帰ろう」

マークの頬は涙で光っていた。彼はバリーの手から身体を振りほどくと、ふたたび歩きはじめた。死体のほうは決して振り返らなかった。

バリーとブルースはアントニーとアンドルーを待っていた。アントニーとアンドルーから、話があるから時間を取ってくれとたのまれ、いや、強引に要求されたのだった。「またあの子のことだな?」と、ブルースが言った。

「たぶんな」

「なにか手を打たなければ」と、ブルース。「きみもわたしも、あの子をこのまま放っておくわけにいかないことは承知している。彼らは次は協議会を要求するだろう。そうなればおしまいだ」

バリーにもわかっていた。アンドルーとその兄弟が入ってきて、腰をおろした。二人とも、けわしい、怒った顔をしていた。

「あの子が夏のあいだにつらい思いをしたことは否定しない」と、いきなりアンドルーが切り出した。「いま問題なのはそのことじゃない。なにがあったにしろ、それがあの子の心をむしばんでいる。そちらのほうが問題なんだ。あの子の最近の、幼稚な、無責任なふるまいは、どうにも目にあまる」

夏以来、こうした会議が何度となく開かれていた。マークがアリ塚から壁伝いに上階のアンドルー兄弟の部屋まで蜂蜜で一本の線を引き、無数のアリがその線を辿ってきたことがあった。また谷じゅうのマッチを手あたりしだい塩の溶液につけて、注意深く乾かし、もとどおり箱に入れておくといういたずらもあった。そうしてどれも火がつかないようにしてから、マークはなにくわぬ顔で、年上の兄弟たちが次々と火をつけようと骨折るさまを見ていたのだった。すべての寮のすべてのドアから表札をはがしたこともあった。パトリック兄弟の足を眠っているあだにいっしょにひもで結び、それから早く起きろと大声で叫んだこともあった。

「今度はやりすぎだ」と、アンドルー。「あの子は例の黄色い体調報告カードを盗んで、何十人もの女を妊娠の検査のため病院へよこしたんだ。女たちは恐慌状態におちいっているし、われわれ一同は実のところ過労でまいりかけているというのに、だれもこうした異常な行動をとがめようとしない」

「われわれからあの子に話そう」と、バリー。

「もうその程度ではだめだ！　話はこれまでに何度もしている。あの子はそのとき問題になっていることについては二度としないと誓い、それからすぐさま、もっとたちの悪いことをするんだ。こうひっきりなしに騒ぎを起こされては、われわれの忍耐にも限度というものがある！」

「アンドルー、あの子はこの前の夏にたて続けに大変なショックを受けたんだ。それに、あの年齢の少年には重すぎるほどの責任を背負っていた。例の子供たち全員の死にひどい罪の意識を覚えているんだ。あの子がいまになって子供じみたふるまいに戻ったのも不自然ではない。時間を与えてやれば、かならず立ち直るはずだ」

「だめだ！」アンドルーはすばやく、憤然とした動作で立ち上がった。「だめだ！ もう待てない！ 次は何が起こる？」彼がちらりと兄弟を見ると、相手は頷いた。「どうやらあの子の目標はわれわれらしい。あんたたちでもなければ、ほかの者たちでもない。われわれだ。なぜあの子がわたしとわたしの兄弟にこのように敵意を抱いているのかは知らない。だが、事実は事実だし、われわれは、絶えずあの子のことを気に病んで、次はどんな目にあわされるだろうとびくびくしていなければならない生活には、もううんざりなんだ」

バリーも立ち上がった。「だから、わたしにまかせろと言っているだろう」

ちょっとのあいだ、すさまじい顔つきで彼とにらみあったあと、アンドルーは答えた。

「いいとも。しかし、バリー、悪ふざけは二度とごめんだ。これできっぱりやめさせてくれ」

「約束する」

年下の医者たちが去ると、ブルースは腰をおろした。「どうやる？」

「わからん。問題はあの子が孤独なことだ。話し相手も、遊び相手もいない……。ほかの者たちがあの子を受け入れてくれそうな時と場所に、強制的に顔を出させなければな」

ブルースは賛成した。「来週あるウィノーナ姉妹の成年パーティーはどうかな」

その日のうちにバリーはマークにパーティーに出席するよう言った。マークはまだおとなの社会に正式に迎え入れられてはいなかったが、かといって、彼ひとりのためのパーティーは開いてもらえそうになかった。

マークは頭を振った。「悪いけど、気がすすまないな」

「これは招待じゃない」バリーの口調はきびしかった。「わたしはおまえに出席しろと命令しているんだ。わかったか?」

マークはすばやく彼の顔を一瞥した。「わかったよ。だけど、行きたくない」

「どうしても行かないなら、この居心地のいい小さな部屋から引きずり出すぞ。本にかこまれたひとりの生活とはおわかれだ。またわれわれの部屋に戻してやる。そして授業も仕事もないときは、またあの講義室にいてもらう。これでわかったか?」

マークは頷いたが、バリーを見ようとはしなかった。「行くよ」と、少年は不機嫌に言った。

26

マークが公会堂に入ったときには、すでにパーティーははじまっていた。人々が奥で踊っており、彼と踊り手たちとのあいだには、一群の少女が小声でしゃべりながら立っていた。少女たちは振り向いて彼を見た。ひとりが仲間から離れてこちらへ来た。その背後でくすくすと笑い声が起こると、彼女はやめるように身ぶりで姉妹に合図した。しかし、忍び笑いは続いた。

「こんばんは、マーク」と、彼女は言った。「あたしはスーザンよ」

彼女がなにをしようとしているのかマークがはかりかねているあいだに、彼女は自分のブレスレットをすばやくはずして、マークの手にはめようとした。ブレスレットには六つの小さな弓がついていた。

「だめだ」と慌てて言って、マークはあとずさった。「ぼくは……。だめだ。悪いけど」そして、うしろ向きに階段をのぼると、身をひるがえして駆け出した。笑いがふたたび起こった。今度は前より大きな声だった。

彼は波止場まで走ると、そこに立って黒々とした水を見つめた。駆け出してはいけなかったのだ。スーザン姉妹は十七歳か、ひょっとするともう少し年上かもしれない。ひと晩で彼女たちはなにもかも教えてくれるだろう、とマークは皮肉っぽく考えた。なのに、ぼくはうしろを向いて逃げ出してしまったんだ。音楽が大きくなった。もうじき人々は料理を食べ、そのあとカップルで、グループで、姿を消すだろう——マークと、それにマットでたわむれるには幼すぎる子供たち以外のだれもが。スーザンとその姉妹のことを考えると、彼の身体は熱くなり、次に冷たくなり、それからまたかっと熱くなった。

「マーク？」

彼は緊張した。だれも追いかけてこないだろうと思っていたのに。うろたえて、彼はぐるりとあたりを見まわした。

「ローズよ。あなたがいやなら、ブレスレットを押しつけたりはしないわ」

彼女がそばに来ると、マークは背を向けて、水中のなにかを眺めているようなふりをした。いくらあたりは暗くても、彼女に悟られるのが心配だったのだ——首と頬が赤くなってドキンドキンと脈打つのを見られるのは、両の手のひらがじっとりとしめっているのを勘づかれるのは、いやだった。ローズはたしか彼と同い年のはずで、彼が森で訓練した少女たちのひとりだった。マークにとって、彼女の前で顔を赤くしたり臆病になったりするのは、スーザンから逃げたことより耐えられなかった。

「いま忙しいんだ」と、彼は言った。

「わかっているわ。さっきあなたを見かけたの。大丈夫よ。あの子たちがあんなことをしたのはよくないわ。全員いっしょなんてだめ。あたしたちみんなで、二度とやらないようあの子たちに言っておいたわ」

マークは返事しなかった。彼女はかたわらに立った。「なにも見るものはないんじゃない?」

「ああ。こんなところにいるとかぜをひくぞ」

「あなただって」

「なんの用だ?」

「用なんてないわ。あたし、来年の夏にはワシントンかフィラデルフィアへ行ける年になるの」

彼は腹立たしげに向き直った。「ぼくは部屋へ帰る」

「なぜそんなに怒るの? あたしをワシントンへ行かせたくないの? あたしが好きじゃないの?」

「いや。もう帰る」

彼女の手が腕にかかると、マークは立ち止まった。どうしても動けなかった。「いっしょにあなたの部屋へ行っていい?」と、彼女は訊ねた。その声は、キノコはみな危険なのかと、

彼は木々に棲む者たちから道の見つけ方を教えられたのかと、彼はそうしたいと思えば本当

に透明になれるのかと、森のなかで無邪気に質問した少女を思い出させた。「仲間のところに戻ってスーザンみたいにぼくを笑いものにするつもりだろう」と、彼は言った。

「いいえ！　そんなことするもんですか！　スーザンはあなたのことを笑ってたんじゃないわ。あの子たちは怖がっていたのよ。だから、みんなあんなに神経質だったんだわ。スーザンはあなたにブレスレットを渡す役に選ばれたので、だれよりもおびえていたのよ。あの子たちはあなたを笑ってたんじゃないわ」

話しながら、彼女はマークの腕を離して、一歩、そしてまた一歩、うしろにさがった。彼女の顔が青ざめているのがわかった。彼女は首を振りながらしゃべっていた。

「怖がっているって？　どういう意味だ？」

「あなたはほかのだれにもできないことができるわ」彼女の声はあいかわらずとても低く、まるでささやいているようだった。「あなたはだれも見たことのないものを作ることができるし、だれも聞いたことのないお話をみなに聞かせることができる。それに、風のように木々のあいだを動きまわったり、消えたりもできる。ほかの男の子とは違うわ。年上の人たちとも違う。だれとも違うのよ。あたしたちは知っているの、あなたがあたしたちをみんなきらっていることを。だって、あなたはだれともいっしょに寝ないんですもの」

「そんなにぼくが怖いなら、きみはなぜぼくのあとを追ってきたんだ？」

「わからないわ。あなたが走ってゆくのを見て……。どうしてかしら」

彼はまたもや全身がかっと熱くなるのを感じて、歩き出した。「いっしょに来たいなら来いよ」と、うしろを見ずにぶっきらぼうに言った。「ぼくはもう部屋へ帰る」耳がガンガン鳴っているせいで、彼女の足音は聞こえなかった。彼は早足で進んだ。公会堂には近づかなかった。少女が遅れまいと走っているのがわかった。明るく照明された廊下をすぐうしろに彼女をしたがえて歩きたくなかったので、彼は病院のわきをぐるりとまわり、建物の反対側の端のドアを開けると、入るまえにすばやくなかの様子をうかがった。ドアが勝手に閉まるのにまかせて、自分の部屋に飛びこむと、あとから来る彼女のせわしない足音が聞こえた。

「なにをしているの？」と、戸口で彼女は訊ねた。

「窓に覆いをかけているのさ」その声は彼にさえ怒りっぽく聞こえた。「だれにものぞかれないようにね。よくかけるんだ」

「でも、なぜ？」

マークは彼女を見ないようにして椅子からおりた。けれど、気がつくと、何度も彼女を見つめていた。彼女は長い飾り帯をほどいていた。その帯は首のまわりにひと巻きされて、胸でななめに交差し、ウェストにまた何回か巻きつけられていた。色はすみれ色で、彼女の目の色とほとんど同じだった。彼女の髪は薄いとび色だった。夏のあいだはそれが金色をしていたことを、彼は思い出した。彼女の鼻と腕には、そばかすがあった。

彼女は飾り帯を解き終えると、上着をまくりあげて、一気に脱いだ。突然、マークの指が生命を持ったかのようにひとりでに動きだして、彼の上着を脱がしはじめた。

しばらくして、彼女がもう行かなければと言うと、マークはまだだめだと答え、二人はうつらうつら眠った。マークは彼女をしっかりと抱いていた。彼女がふたたび行かなければと言うと、マークは完全に目を覚まして、「まだだめだ」と答えた。彼が二度目に目を覚ましたときには、外は昼で、少女は上着を着ているところだった。

「また来てくれるね」と、マークは言った。「今夜、夕食のあとで。いいだろう?」

「いいわ」

「約束だ。忘れないね?」

「忘れないわ。約束よ」

彼女が飾り帯を巻くさまを、マークは見つめた。そして彼女が行ってしまうと、手を伸ばして窓から覆いを急いではがし、彼女を捜した。彼女の姿はなかった。建物のなかを通って、反対の端から出たに違いない。彼は寝返りを打って、もう一度眠りに落ちた。

いまぼくは幸福だ、とマークは思った。悪夢は去り、説明のつかない恐怖に、一瞬、だしぬけに襲われることもなくなった。数々の神秘が解明された。作家が、幸福を見つけるという表現で、あたかも幸福が忍耐すれば手に入るものであるかのように語るとき、その本がどういうことを伝えようとしているかを、彼ははっきり理解した。新しい目で世界を眺めると、あらゆるものが美しく、すばらしかった。

その日、彼は、勉強中もふと手を止めては、激しい恐怖とともに、ローズがどこかに行ってしまったのではないか、行方知れずになったのではないか、川に落ちるかなにかしたのではないかと考えた。また、していることを途中でやめて、建物から建物へと走って彼女を捜したりもした――話をするためではなく、ただ彼女を見るため、彼女が無事かたしかめるために。そうしたときに姉妹とともに食堂にいる彼女を見つけると、彼は遠くから姉妹の数を数えて、ほかのみなと違う特別のなにかを持つひとりを捜した。

毎晩、彼女はやって来た。そして、姉妹から、ほかの男たちから教えられたことを、マークに教えた。彼の歓びは高まり、やがて彼は、自分より前に生まれたほかの者たちはこれにどんなふうに耐えたのだろう、自分はどうしたら耐えられるだろうと、考えるようになった。毎日、午後になると、彼はあの古い屋敷へ走っていって、ローズのためにペンダントを作った。それは直径二インチほどの太陽で、粘土でできていた。それに黄色い絵の具を三回塗り重ねたあと、彼はさらにもう一回塗った。屋敷のなかで、彼はふたたび、生理機能について、性的反応について、女性について、なんらかの形で自分の幸福に関連すると思われるあらゆる事柄について、読書にふけった。

彼女はもうじき今夜はだめと言うだろう。そうしたら、彼は自分が心得ていることのしるしとしてペンダントを贈り、彼女に本を読んでやるつもりだった。詩の本だ。シェイクスピアかワーズワースのソネットがいい。なにか甘くてロマンティックなものを。そのあとは、チェスを教えるつもりだった。そして、二人でたがいのことをすべて学びながら、プラトニックな宵を過ごすのだ。

彼女を待つようになって十七日になる、とマークは思った。これで十七日だ。窓には覆いがかけられ、部屋は清潔で、いつでも客を迎える準備ができていた。ドアが開くとアンドルーが立っていたので、マークはぎょっとして飛び上がった。

「どうした？　ローズになにかあったのか？　なにがあったんだ？」

「ついて来い」と、アンドルーはきびしい声で言った。そのうしろから彼の兄弟のひとりがマークをじっと見ていた。

「どうしたのか教えてくれ！」とわめいて、マークは彼らのあいだを駆け抜けようとした。医者たちは少年の腕を両方からつかんで、彼を押さえた。「あの娘のところへ連れていってやる」と、アンドルーは言った。

マークは逃げようとするのをやめた。新たな冷静さが彼を支配したようだった。無言で彼らは廊下を進み、建物の奥から外に出て、雪の掃除された小道を寮のひとつまで歩いた。ふたたび彼は抵抗したが、それもつかのまだった。二人に引っ立てられるまま、彼はおとなしくとある部屋へ導かれた。ドアの前で、彼らはみな足を止めた。それからアンドルーがマークを軽く押し、マークはひとりで部屋に入った。

「そんな！」と、少年は叫んだ。「まさか！」

たくさんの裸の身体がからみあい、彼女がマークに教えたさまざまなことをたがいにしていた。彼の苦悩の叫びに、ローズは頭を上げ、その場の全員が頭を上げた。しかし彼には、ほかの娘のなかから自分の目が選び出したのがローズだとわかった。彼女はひざまづいており、兄弟のひとりがそのうしろにいた。そして、彼女は姉妹のひとりを舌で愛撫していた。

彼らの口が動いているのが見えたので、彼らがしゃべり、わめいているのがわかった。マークは向き直って走り出した。アンドルーがその前に立ちはだかった。医者の口が開き、閉じ、開いた。マークはこぶしを固めて、最初はアンドルーを、次はもうひとりの医者を、やみくもに殴った。


「あの子はどこにいる?」と、バリーは訊ねた。「こんな真夜中にどこへ行ったんだ?」

「わからん」アンドルーはむっつりしていた。彼の口ははれあがり、ずきずきと痛んだ。

「よくもそんなひどい仕打ちができたものだ! あの子がはじめて知ったセックスに夢中になるのは当然だ。どうなると思ってたんだ? あの子はだれとも一度も経験したことがなかったんだぞ! その馬鹿な娘がきみのところに行ったのはなぜだ?」

「あの娘はどうしたらいいのかわからなかったんだ。マークにだめだと言うのが怖かったのさ。あの娘はなにもかも打ち明けて説明しようとしたんだが、マークは耳を貸そうとしなかった。そして、毎晩来るよう命令するばかりだった」

「なぜそのことでわれわれのところに来なかった？」と、バリーは苦々しげにきいた。「そんなショック療法で、どうしてこの問題が解決すると思ったんだ？」

「あんたがあの子にかまうなと言うだろうことはわかってたんだ。あの子がなにをしても、そう言うんだ。あの子にかまうな、そのうちひとりでに片が付く、とね。しかし、わたしはそうは思わなかった」

バリーは窓辺へ行き、寒々とした夜の闇を見つめた。雪が数フィート積もり、気温はほとんど毎晩、華氏零度近くまで下がった。

「充分頭を冷やしたら帰ってくるさ」と、アンドルー。「あの子はわれわれ全員にひどく腹を立てているはずだ。特にわたしにはね。だが、かならず帰ってくる。あの子にはわれわれしかいないんだ」彼はそのまま立ち去った。

「あいつの言うとおりだ」と、ブルースが言った。疲れた声だった。バリーはちらりと彼を見てから、アンドルーがしゃべっているあいだずっと口をつぐんでいたほかの者たちに視線を移した。彼らは少年の身の上をバリーと同じように心配し、マークが次から次へと際限なく引き起こす厄介事に、バリーと同様うんざりしていた。

少ししてブルースが言った。「あの屋敷に行けるはずはない。あんなところにいたら凍えてしまうことは、あの子も承知している。煙突がふさがれているから、火を起こすことはできない。となると、残るは森だ。いくらあの子でも、この天気で、しかも夜に、森のなかで生き残れるはずはない」

アンドルーに指示された十組あまりの兄弟たちが、繁殖員の宿舎を含むすべての建物のなかを捜した。そして別のグループが屋敷まで出かけた。どこにもマークが立ち寄った形跡はなかった。明け方近くに、雪がふたたび降りはじめた。


マークがその洞窟を見つけたのは、偶然だった。ある日、屋敷の裏の崖でイチゴやスグリを摘んでいるとき、むきだしの脚に冷たい風があたるのを感じ、その吹き出し口を捜しあてたのだった。丘の中腹のその穴は、二個の石灰石がでこぼこに並んだ場所にあった。丘陵地帯のいたるところを洞窟が貫いていた。この穴を見つける前にも、彼はいくつか見つけていた。それらのなかには、研究所のある洞窟も含まれていた。

彼は片方の板状の石灰石のうしろを注意深く掘って、洞窟の入り口を通り抜けられるほどの大きさにしだいに拡げた。内部は、細長い通路、部屋、ふたたび通路、そしてまた大きな部屋というぐあいに続いていた。その洞窟を発見してから何年かのあいだに、彼はたきぎや服、毛布、食糧を運びこんでいた。

その夜、彼は奥の部屋で身体を丸め、涙のかれた目でたき火を見つめた。だれにも見つからないだろうことは確信があった。だれもかれもきらいだった。とりわけアンドルー兄弟は。雪が溶けしだい、彼は逃げ出すつもりだった――永久に。南へ行こう。もっと長いカヌーを、そう、今度は十七フィートのものを作り、充分もちこたえられるだけの食べ物を盗み出して、メキシコ湾に着くまで進み続けるんだ。子供たちの訓練はあいつらに勝手にやらせればいい。倉庫を見つけるのも、放射能で汚染された危険な場所を見つけるのも、自分たちでやればいいんだ――もしもあいつらにそれができたらだが。まず最初に、谷のものをなにもかも燃やしつくしてやる。出発はそれからだ。

炎を眺めているうちに、目が燃えているような感じがしてきた。洞窟のなかはなんの声もせず、聞こえるのは、火のパチパチ燃える音、ポンとはじける音だけだった。たき火の光が石筍や鍾乳石の表面で揺らめき、それらを赤や金の色で染めていた。煙は彼の前から自然に運び去られ、空気はきれいだった。冷えきった夜の空気に触れたあとでは、ここの空気は暖かく感じられさえした。彼は、バリー兄弟の捜索を逃れてモリーとともにこの洞窟のそばに隠れたときのことを思い出した。バリーのことを考えて、彼は口をきゅっと結んだ。バリー、アンドルー、ウォーレン、マイケル、イーサン……。みな医者だった。みな同じ穴の貉《むじな》だ。どいつもこいつも大きらいだ！

彼は毛布にくるまった。目をつぶると、またモリーが現われた。モリーはやさしく息子にほほえみかけ、チェッカーをし、彼のために粘土を掘っていた。ふいに、涙が浮かんだ。

彼はいままで二つ目の部屋より先の部分を調べたことがなかったのだが、それからの数日間に洞窟の計画的な探険をはじめた。その部屋からは小さな穴がいくつか伸びていたので、それらに順に潜りこみ、行き止まりになるか、断崖になるか、天井が高すぎてかりに穴があるにしてもそこまで登ってゆけないかしてそれ以上進めなくなる場所まで、進んだ。明かりにはたいまつを使った。彼の足の運びはときおり無頓着になったが、彼は倒れようと倒れまいと、狭い場所に閉じ込められようと閉じ込められまいと、気にかけなかった。やがて、洞窟のなかで暮らしはじめて何日になるのか忘れてしまった。空腹になれば食べ、喉がかわけば洞窟の入り口に行って、雪をすくい、持ち帰って溶かした。眠くなれば眠った。

最後の探険旅行のひとつに出て、彼は水の流れる音を耳にし、ふいに足を止めた。遠くまで来たことはわかっていた。一マイル以上だ。二マイルかもしれない。出発したときに、たいまつがどれくらいの長さだったか、思い出そうとした。ほぼ完全な長さだったのが、いまでは三分の一以下になっている。もう一本のたいまつを、それが必要になった場合にそなえて、腰のベルトにつるしてあった。しかし、これまでのところ、引き返すために二本目のたいまつが必要になるほど遠出したことは一度もなかった。

二本目のたいまつに火をつけたあとで、彼は洞窟を流れる川に出くわした。これはあの研究所のある洞窟を流れているのと同じ川に違いないと気づくと、新たな興奮を覚えた。すると、ひとつの水系なのだ。だから、たとえ川にうがたれた穴以外に通路がなくとも、二つの区画はつながっているのだ。

彼は、水が洞窟の壁にあいた穴のなかに消えるまで、川を辿っていった。そこから先へ行くには泳がなければなるまい。彼はしゃがんで、目をこらした。研究所のある洞窟の川は、ちょうど同じような穴から流れ出していた。

この次は、ロープと、もっとたくさんのたいまつを持って来ることにしよう。彼はたき火と食糧のある大きな部屋へ引き返すと、手に持ったたいまつをじっくりと見て、自分がどれほど遠くまで行ったか、あの壁が、洞窟の彼がよく知っている区画からどれくらい離れているか、見当をつけた。しかし、彼には、自分がどこにいるかがわかった。あの壁のむこう側には研究所があり、さらにその先には病院と寮があるのだ。

洞窟でもう一度眠った彼は、次の日にそこを出て谷へ帰った。ここ何日かはほとんどなにも食べていなかったので、いまにも飢え死にしそうな感じで、くたくたに疲れていた。

雪は前より何インチも深くなっており、彼がふたたび谷についたときには、また降りだしていた。暗くなりかけたころに、彼は病院の建物のなかに入った。数人の人間と出会ったが、だれとも口をきかず、まっすぐ自分の部屋へ行くと、服を脱いでベッドに倒れこんだ。戸口にバリーが現われたときには、彼はほとんど眠っていた。

「大丈夫か?」と、バリーは訊ねた。

マークはだまって頷いた。バリーはつかのま躊躇してから、部屋に入り、ベッドのわきに立った。マークが無言で彼を見上げると、バリーは手を伸ばして少年の頰に、次いで髪に触れた。

「冷えきっているな」と、バリーは言った。「腹が減ってるんじゃないか？」

マークは頷いた。

「なにか持ってこよう」バリーはドアを開ける前にもう一度振り返った。「すまん、マーク。本当にすまん」そして、足ばやに立ち去った。

バリーが行ってしまったあとで、マークは自分が死んだと思われていたことに気づいた。バリーの顔に浮かんでいた表情は、遠いむかしにモリーの顔に浮かんでいたのと同じ表情だった。

かまやしない、とマークは思った。いまとなっては彼らがなにをしても過去の仕打ちをつぐなうことはできないのだ。彼らはマークを憎み、マークを弱いと、クローンたちを支配するのと同じようにマークを支配できると考えていたのだ。しかし、それは間違っている。バリーがあやまっても充分ではない。だれでもマークの受けた仕打ちを気の毒に思うだろう。

バリーが食べ物を持って戻ってくる足音が聞こえると、彼は目を閉じて眠っているふりをした。あのおだやかな、やましそうな顔つきを見たくなかったのだ。

バリーが盆を置いて出てゆくと、マークはむさぼるように食べた。それから身体に毛布をかけ、眠りに落ちる前にふたたびモリーのことを考えた。モリーは彼がこのように感じるようになるだろうことを知っていて、待てと、おとなになるまで待って、そのあいだに学べることを残らず学べと、言ったのだった。彼女の顔とバリーの顔がひとつに溶けあうように見えた。そして、マークは眠った。

27

アンドルーが協議会を召集し、最初から最後まで采配をふるった。いままでは、彼に協議会の主導権を握る権限があるかどうか疑いをさしはさむ者はひとりもいなかった。ひじかけのない椅子に座ったバリーは、彼を見ながら、年下の兄弟たちが示す興奮を一部でも感じようとした。

「図表や記録類に目を通したい人は、ご自由に。わたしが報告したのは最少限の要約であって、われわれの方法のすべてではない。われわれはクローニングによって無限に子孫をふやすことができる。そもそものはじめから悩まされてきた問題を、第五世代の衰弱という問題を、われわれはついに解決したんだ。第五世代であろうと、第六世代、第十世代、第百世代であろうと、今後は全員が完璧だろう」

「でも、生き残るのは一番若い連中のクローンだけだわ」と、ミリアムがそっけなく言った。

「いずれはそれも解決されるだろう」アンドルーはもどかしそうだった。「酵素を操作する際に、アレルギー性の虚脱状態のように思われる反応を示す生物がいくつかある。いずれはそれがなぜかを突き止めて、処理できるだろう」

ミリアムはひどくふけて見えるな、とふいにバリーはしみじみ思った。前は気づかなかったのだが、こうして見ると、彼女の髪は白く、顔はやせ、目のまわりにはこまかいしわが寄り、疲れ切った様子だった。

彼女はなだめるような微笑を浮かべてアンドルーを見た。「あなたなら自分で課題を作り出し、それを解決することができるでしょう、アンドルー。でも、もっと年下の医者たちに同じ芸当ができるかしら？」

「引き続き繁殖員を使うつもりだ」アンドルーの口調はわずかにいらだたしげだった。「特に知能の高い子供のクローンを作るのに使うんだ。各種の仕事を処理できる有能なおとなの数を確実に一定に保つために、繁殖員を母体として使い、クローンの移植をおこなって……」

ふと気がつくと、バリーは別のことを考えていた。医者たちはこの協議会の前にすでになにもかも仔細に調べていた。この場ではなにも新しい事柄は出てこないだろう。二種類だ、と彼は思った。指導者と労働者。どちらもつねに消耗品だ。はじめに長老たちはこうした事態を予見していただろうか？　この疑問にたいする答えを見つけることが不可能なのはわかっていた。クローンたちは本を書いたが、どの世代も、自分たちの信念にあわせて本を書き直すのは自由だと考えてきた。実のところ、彼自身がそうした変更をいくつかおこなっていた。そしていま、アンドルーはまたもや本を書き直そうとしている。今度のが最後の変更になるだろう。新たに生まれ来る者たちのなかに、なにかを変えようと考える者はひとりもいないだろう。

「……人的資源に関しては予想以上に損害が多い」アンドルーの話は続いていた。「氷河がぐんぐん速度を増しながらフィラデルフィアへ入りこんでいる。回収可能なものを運び出すのにあと、二、三年しかないかもしれないし、非常に手間がかかる。数百人の徴発係を南と東の沿岸の諸都市に行かせる必要があるだろう。すでにいくつもりっぱな手本がある――エドワード兄弟はとりわけ徴発に熟練していることがわかっている。きみの妹たちのエラ姉妹と同様にね。われわれは彼らを使うつもりだ」

「あたしのかわいいエラ姉妹は、風景を地図にすることができないはずだわ――たとえさかさづりにされて、それをするまで一寸刻みにしてやるとおどされてもね」ミリアムの言葉はするどかった。「あたしが言っているのは、まさにそのことよ。あの子たちは教えられた事柄を、教えられたとおりにすることしかできないの」

「地図は描けなくとも、もといた場所に戻ることはできる」アンドルーはもはや、この風向きの変化にたいする不満を隠そうとしなかった。「それさえできれば充分だ。移植されたクローンたちが彼らにかわって考えるだろう」

「それはそうだわ。でも製法を変えれば、あなたが話しているそういうクローンしか作れない」

「ああ。われわれは二つの別々の化学作用と、二つの製法を、二種類のクローンをあつかうことはできない。そこで、今度はこれが進むべき最善の道だと判断したんだ。だが、同時にその作用についてつねに改良をおこたらないようにする。それは断言できる。われわれは七カ月後にタンクがすべてあくまで待ってから、修正をおこなう予定だ。そして目下、協議会のメンバーをはじめとする指導者としての能力を持つクローンたちを生み出す最適の時期を決めるために、計画を練っている最中だ。あらゆる面を考慮することなく新しいやり方に飛びつくことはしない、約束するよ、ミリアム。それぞれの段階で、この顔ぶれには進行状況を知らせるつもりだ……」

発電所のそばのしっかりと屋根をふいた差掛け小屋で、マークは片ひじをついて横になり、かたわらの娘を見た。娘はマークと同じ十九歳だった。「冷たいんだな」と、彼は言った。

彼女は頷いた。「こんなこと、いつまでも続けられっこないわ」

「あの古い農家で逢えばいいさ」

「無理なのはわかってるでしょ」

「きみが境界線を越そうとすると、なにが起こるんだ？　竜が現われてきみに炎を吹きかけるのか？」

彼女は笑った。

「本当に、どうなるんだ？　ためしたことがあるのか？」

するとと彼女は起き上がって、自分の裸の身体を両腕で抱いた。「ほんとに冷えきってるわ。服を着なくちゃ」

マークは彼女の上着を彼女の手の届かないところへやった。「さあ、どうなるのか教えてくれ」

彼女は上着をひったくろうとして、失敗し、マークの上に倒れた。少しのあいだ二人はぴったりと身体をつけて横たわっていた。マークは彼女に毛布をかけてやり、なめらかな背中をなでた。「どんなことが起こるんだ？」

彼女はため息をついて、マークから離れた。「一度ためしたの。帰りたかったのよ、姉妹のところに。いくら泣いても、助けにはならなかったわ。明かりが見えたし、ほんの何百フィートか先に姉妹がいることはわかっていたでしょ。最初は走ったの。そうしたら気分がおかしくなって、目まいがしてきて、立ち止まらなきゃならなかったわ。寮まで行こうと決心して、今度は歩いたの。あまり急がないで、頭がくらくらしはじめたらいつでもなにかにつかまれるようにしてね。立入禁止の境界線に近づくと――それが生け垣だってことは知ってるでしょ、ただのバラの生け垣で、両端が開いているから、まわりをまわってゆくのはなんでもないわ。それに近づくと、また気持ちが悪くなって、なにもかもがぐるぐるまわりだしたの。長いこと待っても止まらなかったわ。でも、考えたの――足をじっと見て、ほかのものに注意をそらさなければ、なんとか歩けるだろうって。それで、また歩きだしたわ」彼女はいまではマークのわきにじっと横たわっており、聞こえるか聞こえないかの声で話を続けた。「すると、あたし、もどしはじめたの。胃がからになるまで、もどし続けて、それから血を吐いて。本当に気を失ったんでしょうね。目が覚めたら繁殖員の部屋にいたわ」

やさしくマークは白い頬に触れ、彼女を抱き寄せた。彼女は激しく震えていた。「さあ、落ち着いて」と、マークはなだめた。「大丈夫だ。もう怖がらなくていい」

壁にかこまれているわけじゃないのに、と、彼女の髪をなでながらマークは思った。柵のなかに閉じ込められているわけではないのに、それでも繁殖員たちは川に近づくことができず、いまの彼女以上に発電所に近づくこともできず、バラの生け垣を通り越したり、森に入ることもできなかった。でもモリーにはできた、とマークは冷静に考えた。それなら、彼女たちにもできるはずだ。

「帰らなくちゃ」と、まもなく彼女は言った。なにかに取りつかれたような表情が顔に浮かんでいた。それを彼女は、空っぽな感じ、と呼んでいた。「それがどういうものか、あなたには絶対わからないわ」彼女はなんとか説明しようとした。「あたしたちがひとりひとりばらばらじゃないことは知っているわね。姉妹とあたしはひとつなの。ひとつの生き物みたいなものなの。そして、いまもあたしはその生き物の一部なのよ。たまに、ちょっとのあいだ、そのことを忘れられるときもあるわ。あなたといっしょなら、もし、もう少し長く忘れていられる。でも、完全に忘れることはできなくて、かならず、この空っぽな感じが戻ってくるの。もしもあたしを裏返しにしても、なかにはなにもないはずよ」

「ブレンダ、まずきみに話さなきゃならないことがある」と、マークは言った。「きみはここに来て四年になる。そうだね？　そして、これまでに二度妊娠した。そろそろまたその時期じゃないか？」

彼女は頷いて、上着を着た。

「聞いてくれ、ブレンダ。今度は前とは違うんだ。やつらは繁殖員を使い、クローニングによってできた細胞を移植することで自分たちのクローンをふやそうとしている。どういうことかわかるか？」

彼女は首を振ったが、注意深くマークの次の言葉を待った。

「よし。やつらは、タンクのなかのクローンにたいして使う化学薬品の成分を変えたんだ。そこで、同じ人間を何度もクローニングできるようになった。だが、そいつは男でも女でもないんだ。新しいクローンは自分で考えることができない。妊娠することも、させることもできず、自分の子供を持つことは決してできない。だから、協議会のメンバーはみな、科学知識や、さまざまの技術が失われるのを心配している。それに、ミリアムの絵の才能と、見たものをそっくりそのまま思い出すことのできる能力もだ――それらのすべてが、クローニングによる次の世代においても確実に得られるようにしなければ、失われてしまうかもしれない。タンクは使えないので、子供を産むことのできる女を母体として利用する計画だ。きみらはクローンの三つ子を移植される。そして九カ月後に、三人の新しいアンドルーが、ミリアムが、ローレンスが生まれるって寸法だ。これには、一番丈夫で、一番健康な若い女たちが使われる。そしてその一方で、ほかの者たちには引き続き人工受精がおこなわれる。役に立つ新しい人材が生まれれば、そいつのクローンを何度もくりかえして作り、きみらの身体に移植して、大勢増やすんだ」

彼女はマークを見つめていた。彼の熱心さにとまどっているのは明らかだった。「どんな違いがあるっていうの？」と、彼女は訊ねた。「そうすることで共同体に一番よく尽くすことができるなら、それをするのはあたしたちの義務だわ」

「タンクから生まれる新しい赤ん坊には、名前すらないんだぞ」と、マーク。「そいつらはみなベニーか、ボニーか、アンなんだ。全員がだ。そして、そいつらのクローンも、そのまたクローンも、そう呼ばれるんだ」

彼女はだまってサンダルのひもを結んだ。

「それに、きみだ。きみの身体は三つ子を何組生めると思う？　三組か？　四組か？」

彼女はもう聞いていなかった。

マークは谷を見おろす丘に登り、石炭石の岩に腰をおろすと、あちこちで働く人々の姿を、年ごとに大きくなり、谷全体を川の湾曲部にいたるまで埋めつくした、不規則に広がる農場を、眺めた。いままでは砂漠のように見える秋の畑のなかで、あの古い屋敷だけが木々のオアシスとなっていた。家畜の群れがいくつかの大きな家畜小屋へむかってのろのろと動いていた。一団の幼い少年がふいに姿を現わした。絶えず走ったり、転んだりしながら、なにかの遊びをしている。数は二十人あまりだった。遠すぎて声は聞こえなかったが、彼らが笑っているのはわかった。

「なにが悪いっていうんだ？」と大声で言って、彼は自分の声にびっくりした。風が木々をそよがせたけれど、なんの言葉も、答も聞こえなかった。

みなが満足し、楽しげでさえあった。それなのに、部外者である彼は、不満にかられて、自己本位の欲望にほかならないものを満たすため、みなの幸福を打ち壊そうとしていた。孤独のうちに、彼は、成功し満ち足りている共同体全体を混乱におとしいれようとしていた。

眼下に、エラ姉妹が現われた。十人が十人とも、それぞれマークの母親に生き写しの姿をしていた。つかのま、モリーが茂みのうしろからこちらをのぞいて、彼とともに声を立てて笑っているような気がした。モリーの幻が消えると、彼は寮のほうへ歩いてゆく娘たちを目で追った。ミリアム姉妹のうちの三人が出てきて、二つのグループは立ち止まり、しゃべりだした。

マークは、モリーがどのようにして紙の上に人々を生き返らせたかを思い出した。あちこちに仕上げの手が加わると、実際より高くつりあがった眉とか、深すぎるえくぼとか、かならずしも正確ではないものが、かえってそのスケッチをいきいきとさせるのだった。彼女たちにそれができないことを、マークは知っていた。ミリアムにも、その妹のエラ姉妹にも、だれにもだ。モリーの才能は消えてしまった。もしかすると永久に失われたのかもしれない。それぞれの世代がなにかを失っていた。失ったものを取り戻せないときもあれば、なにを失ったのかすぐにはわからないときもあった。エヴァレットの弟たちは、コンピュータの端末にいままでなかった緊急事態が起こると、手も足も出なかった。電気が数日間止まったときには、タンクのなかで育ちつつある胎児を救うに充分なだけのあいだ応急措置で持ちこたえることができなかった。年上の者たちが、起こりうるトラブルを予見して、若いクローンたちにそれらの処理法を教えることができるかぎりは、みな充分に安全だった。しかし、事故は予見しえないものであり、破局は予言できないものだ。そして、だれひとりその特殊な状況に対処するすべを教えられていないというだけの理由で、ひとつの大事故が谷のすべてを破壊するかもしれなかった。

彼はバリーとの会話を思い出した。「ぼくたちはピラミッドのてっぺんで暮らしているんだ」と、彼は言ったのだった。「巨大な土台にささえられて、その上に、ぼくたちの存在を可能にしたあらゆるものの上に、立っているんだ。ぼくたちにはなんのかかわりもない――

そのピラミッドの構造そのものにも、ぼくたちの頭上のなにものにも。ぼくたちはピラミッドになにも負うてはいない。けれど、それでいながら完全にたよっているんだ。もしもピラミッドが崩れて、塵《ちり》に帰ってしまったら、ぼくたちがそれを防ぐためにできることはなにひとつない。いや、自分たちを守るためにできることすらまったくないんだ。土台がなくなったら、てっぺんもなくなる。その上に発展した生活がどれほど手の込んだものであろうとも、だ。崩壊の日が来れば、てっぺんは土台といっしょに塵に帰るだろう。新しい建造物ができるとすれば、それは地面に建てられなければならない——過去何世紀かのあいだに築かれたもののてっぺんにではなくね」

「みなを未開の状態に引き戻そうというのか！」

「ピラミッドのてっぺんから下りるのに手を貸してやろうというのさ。ピラミッドは壊れかけている。雪と氷が一方から、天候と時の経過がもう一方から、襲いかかっているんだ。ピラミッドはかならず崩れ落ちるだろう。そのときに生き残ることができるのは、ピラミッドに拘束されていない者、あらゆる点でひとり立ちしている者だけだ」

都市は死んでしまった、と、むかしモリーは彼に言ったが、それは本当だった。皮肉なことに、谷での生活を可能にした科学技術は、ピラミッドが傾きはじめたあと、回復のきざしがほの見えてくるころには、その生活を支えられなくなっていた。その頂きは側面のひとつを滑り落ちて、ふもとの瓦礫の山のなかに沈むだろう。完全無欠に思えたほかの科学技術も、すべて道連れになるだろう。

だれもコンピュータを理解していない、とマークは思った。ちょうど、ローレンス兄弟以外には、外輪船と、それを動かす蒸気機関のことを理解している者が皆無なように。年下の兄弟たちは、資材が手もとにあるかぎりは、それを修理し、本来の状態にもどすことができた。が、コンピュータにしろ船にしろ、それがどのように動くのかは知らず、もしスクリューがなくなれば、代用品を作ることのできる者はいなかった。この事実が、谷とその全住民の破滅が不可避なことを示していた。

それにもかかわらず彼らが幸福そうなことを、マークは思い出した。谷に明かりが灯りはじめた。繁殖員すら満足していた。彼女たちは、夏ごとに物資徴発の旅に出たり、畑や菜園で長時間働く女たちとくらべれば、充分な世話を受け、甘やかされていた。それに、さびしくてがまんができなくなれば、麻薬というなぐさめがあった。

彼らがしあわせなのは、将来を見越すだけの想像力がないからだ、とマークは思った。そして、危険があると彼らに告げようとする者はだれでも、明らかに、共同体の敵だった。彼らの申し分ない生活を混乱させることで、マークは敵になっていたのだ。

彼の視線は絶えず谷のなかを動き、最後に発電所の上で止まった。かつての祖先たちのように、そこが谷の弱点であり、もっとも攻撃にもろい場所であることを、彼は見て取った。

おとなになるまで待てと、モリーは言った。しかし、日に日に彼の身が危険になっていることを、彼女は知らなかったのだ。アンドルー兄弟は、彼の将来を論じるたびに、彼に将来を与えたがらなくなっていた。彼は発電所をじっくりと観察した。発電所はほとんど銀色に変色し、あずき色と茶色と金色と、それに松やトウヒのつねに変わらない緑色とにかこまれていた。そのありさまを、彼は絵に描きたいと思った。突然、その考えが頭に浮かぶと、彼は声を立てて笑い、立ち上がった。そんなことをしているひまはない。いまでは時間が目標になっていた。もっと時間をかせがなければならない。いつなんどき協議会が、彼にこれ以上時間を与えれば共同体の平和があやうくなると判断するかもしれないのだ。ふいに彼はもう一度腰をおろした。ふたたび発電所とその周辺一帯を見つめた彼は、考えこんだ様子で目を細めた。その顔から微笑はすっかり消えていた。

協議会はほぼまる一日続いた。それが終わると、ミリアムはバリーにいっしょに歩いてくれとたのんだ。バリーはもの問いたげに彼女を見たが、彼女は首を振った。二人は川に沿って歩いた。ほかの者たちから見えない場所に来ると、彼女は切り出した。「もしよかったら、お願いがあるの。あの古い農家に行ってみたいのよ。なかに入れる?」

バリーは驚いて立ち止まった。「なぜだ?」

「わからないわ。いつもモリーの絵を見たいと思っていたの。なにしろ一度も見たことがないでしょ」

「しかし、なぜだ？」

「なかに入れる？」

彼は頷いた。二人はふたたび歩き出した。「いつがいい？」

「もう遅すぎるかしら？」

屋敷の裏のドアに張られた板は、簡単にはがすことができた。金てこすら必要なかった。バリーが先に立って階段を登った。彼の高くかかげる石油ランプが、かたわらの壁に不思議な影をいくつも投げかけた。屋敷はひどく空虚な感じで、長いことマークは足を踏み入れていないようだった。

並んだ絵を、ミリアムは静かに見た。どれにも触れず、両手を胸の上でしっかりと握りしめて、一枚一枚の前をゆっくり歩いた。「よそに移すべきね」と、ようやく彼女は言った。「ここに置いていては、みなだめになってしまうわ」

マークが作ったモリーの彫刻のところに来ると、ミリアムはほとんどうやうやしいと言っていい態度でそれに触れた。「彼女だわ」低い声だった。「あの子は彼女の才能を受け継いでいるのね、そうでしょう？」

「たしかに才能はある」と、バリーは答えた。

ミリアムは彫刻の頭に片手を置いた。「アンドルーはあの子を殺すつもりだわ」

「知っている」

「役目を果たし終えたら、危険人物として厄介払いされるというわけよ」彼女はクルミの木でできた頬を上から下へ指でなでた。「見て、ここが高くとがりすぎているわ。なのに、そのおかげで、この顔は彼女にいっそう似ているのよ。それがなぜなのか、あたしには見当もつかない。あなたはどう？」

バリーは首を振った。

「あの子は自分を守ろうとするかしら？」と、ミリアムは彼を見ずに、声を充分抑えて訊ねた。

「さあな。どうしてあの子にそんなことができる？　森のなかでひとりで生きてゆくことはできない。遠からず、アンドルーはあの子をこの共同体から追放するだろう」

ミリアムはため息をついて、彫刻から手を離すと、「残念だわ」と、ささやいた。それがバリーにたいする言葉なのか、モリーにたいする言葉なのかは、はっきりしなかった。

バリーは谷を見晴らす窓のところへ行き、マークが板に開けたのぞき穴から外を見た。なんてきれいなんだろう、と彼は思った。夕闇が迫り、遠くにほのかな光が点々と輝き、そのすべてを黒々と連なる丘が取り巻いていた。「ミリアム、きみはあの子を助ける方法がわかったら、助けるか？」

長いあいだ沈黙が続いたので、バリーは彼女には答える気がないのだろうと思った。すると、彼女は口を開いた。「いいえ。アンドルーの言うとおりよ。あの子はいまのところは物理的脅威ではないけれど、でも、目の前にいられると苦痛だわ。まるであの子は、とらえどころがなさすぎて把握できないなにか、有害で、致命的ですらあるなにかの、かたみのようだわ。そして、あの子の前で、あたしたちはそれについての記憶を取り戻そうとしては失敗することをくりかえすのよ。あの子がいなくなればこの苦痛を感じなくてすむようになるはずよ。それまでは無理」彼女は窓辺のバリーの横に立った。「あと一年か二年もすれば、あの子はほかのやり方であたしたちをおびやかすようになるでしょう。重要なのはそれよ」そして、谷にむかって頷いた。「個人ではないわ――たとえあの子の死があたしたち二人にとってどれほどつらくとも」

バリーは彼女の肩に腕をまわした。二人はそろって外を眺めた。だしぬけにミリアムが身体を堅くして言った。「見て、火事よ！」

かすかに輝く一本の線が、みるみる明るさを増し、左右に伸び、二本の線となって、それぞれ下と上へ動いた。なにかが噴き上がり、まばゆくきらめき、すぐにおさまった。二本の線は進み続けた。

「発電所が燃え落ちるわ！」と叫んで、ミリアムは窓辺から階段へ走った。「いらっしゃい、バリー！　あれはちょうど発電所の上だわ」

バリーは、それらの動く炎の線に刺し貫かれたかのように、窓ぎわに立ちつくしていた。あの子のしわざだ、と彼は思った。マークが発電所を焼こうとしているのだ。

28

何百人もの人間が丘の中腹に広がって、低木地帯の火事を消した。ほかの者たちが発電所の周囲を巡回して、火花が風に吹き飛ばされてこないかどうか監視した。何本ものホースが、茂みや木々を、発電所の大きな木造の建物の屋根をぬらすために、伸ばされた。水圧が足りないとなってはじめて、だれもが、自分たちが第二の深刻な問題をかかえていることに気づいた。

発電機を動かす急流の水が、ちょろちょろ流れる程度に減っていた。谷中の明かりがふっと消えた。装置が突然の電圧の低下に対応して、電気をすべて研究所へまわしたためだ。補助装置があとを引き継ぎ、研究所は機能し続けたが、とはいえ電圧は低いままだった。クローンの入っているタンクに直結する回路以外は、なにもかもが止まった。

科学者たち、医者たち、技術者たちが、徹夜でこの危機を乗り越えるため働いた。彼らはこうした非常事態にそなえてしばしば演習をおこなっていたので、なにをすべきかを的確に心得ており、ひとりのクローンも失われなかった。不意の活動停止によって、装置は被害を受けた。

ほかの者たちが流れをさかのぼり、水量の減った原因を突き止めた。空が白みはじめると同時に、彼らは地滑りを偶然見つけたのだ。その地滑りによって小さな川はほとんどせき止められていた。土砂を取り除く作業がただちにはじめられた。

「発電所を焼こうとしたのはおまえか?」と、バリーは訊ねた。

「いや。ぼくがそうしたいと思ったら、発電所そのものに火をつけてるさ、森にではなくね。ぼくなら、発電所を燃やしたければ、確実に燃やすよ」バリーの机の前に立ったマークは、反抗的でもなければ、おびえてもいなかった。マークは待った。

「ひと晩中どこにいた?」

「屋敷さ。ノーフォークについて本を読んだり、地図を調べたりしていたんだ……」

「心配はいらん」バリーは指で拍子を取って机をトントンたたくと、検討していた図表を押し戻して、立ち上がった。「聞いてくれ、マーク。一部の者はおまえが火事や、地滑りや、いっさいの事件を引き起こしたのだと考えている。わたしは、いまおまえが言ったとおりのことを主張した。もしもおまえが発電所を焼こうとしたのなら、あんな手間をかけずとも容易にやれたはずだ、とな。だが、問題はまだ解決していない。おまえは発電所には立入禁止だ。研究所も、造船所にもだ。わかったか?」

マークは頷いた。川を浚渫《しゅんせつ》するための爆薬が、造船所の建物に保管されていたのだ。

「火事が起こったとき、わたしは屋敷にいたんだが」と、ふいにバリーは言った。その声はたいそう冷ややかで、きびしかった。「妙なものが見えた。なにかの爆発のようだった。それがなにか、わたしはずいぶん考えたよ。爆発だったということは大いにありうる――例の地滑りを起こすには充分だろう。むろん、谷からはまったく見えなかったはずだし、どのような音がしたにしろ、地下でのことなら、それが周囲にもれることはない。それに、火を消そうとしてみなが音を立てていたからな」

「バリー」マークは相手の言葉をさえぎった。「何年か前に、あんたはとても重要なことをぼくに言った。ぼくはそのときあんたを信じたし、いまも信じている。あんたは言ったね、ぼくを痛い目にあわせるつもりはないと。覚えているかい？」バリーはあいかわらず冷淡な、油断のない顔つきで、頷いた。「今度はぼくがそれを言う番だ、バリー。ここの連中はぼくの家族でもある。そのことはあんたにもわかっているはずだ。約束するよ――みなにけがをさせるようなまねは絶対にしない。わざとだれかを傷つけたりしたことはこれまで一度もないし、これからもする気はない。本当だ」

バリーは疑わしげに彼を見つめた。マークはおだやかにほほえんだ。「知ってのとおり、ぼくはあんたに嘘をついたことはない。なにをしようと、あんたに訊ねられれば、素直に認めたはずだ。いまも嘘はついていないよ」

突然、バリーはまた腰をおろした。「なぜノーフォークについて調べていたんだ？　ノーフォークがどうした？」

「海軍基地がそこにあったのさ。東海岸で最大のもののひとつだ。破滅が迫ってきたときに、何百隻もの船が乾ドックに入れられたに違いない。海面は下がりつつある。チェサピーク湾も、デラウェア湾もね。そこの海面も低くなっているだろう。そして、それらの船は高いところで乾燥している――当時の言い方で言うと退役させられているってわけさ。ぼくは船に金属があることに目をつけたんだ。ステンレス・スチール、銅、真鍮……。そうした船のなかには、乗組員が千人にものぼるものがあったから、それに見合うだけの補給品も積み込まれているはずだ。薬や、試験管や、あらゆるものが」

バリーはさまざまな疑惑が薄れてゆくのを感じた。そして、春のはじめにノーフォークへ遠征隊を送る可能性について話しあううちに、そのあとも胸にわだかまっていたなんとも説明のつかない感情も、消えた。かなりあとになって、ようやく彼は、自分がきわめて重大な質問をしなかったことに気づいた。マークが、なんらかの理由で火事を起こしたのではないか？　なんらかの理由で、岩を爆破し、川をふさいだのではないか？

もしそうだとしても、なぜだ？　彼らは時間を失ったわけだ。この窪地を完全に切り抜けるには数カ月かかるだろう。しかし、春の末に大量生産をはじめる準備がととのうまでクローニングを中断することを、どのみち彼らは予定していたのだ。彼らの計画はなにひとつ変わっていなかった――ただし、当分は、小川の底をさらって二度と流れが止まらないようにしたり、発電機の新たな補助装置を作ったり、広くあらゆる方面の改善に取り組むことになるだろう。

クローン胚の人体への移植だけが、すでに定められた目標期日より遅れることになった。細胞からクローンを作る予備作業は、すべて研究所でおこなわれるため、春になって研究所がきちんと整頓され、コンピュータに新しいプログラムが入れられるまで、待たなければならなかった。では、なぜマークはあんなに自己満足していたのだろう？　バリーにはその疑問に答えることができなかったし、兄弟で論じあったときも、みな同様だった。

ひと冬かかって、マークは海岸への旅の計画を練った。経験を積んだ徴発員を連れてゆくことは許可されないだろう。彼らはフィラデルフィアの倉庫を残らずからにするのに必要だからだ。雪がまだ地面に残っているころから、マークは十四歳の少年少女三十人を訓練しはじめた。そして三月には、雪が溶けしだいいつでも出発できると報告した。彼はバリーに食糧のリストを提出して、承認を求めた。が、バリーはそれに一瞥もくれなかった。子供たちは特大の背嚢を背負ってゆくことになっていた。回収可能な品々を見つけたら、運べるだけ運んで帰ることができるようにだ。一方では、フィラデルフィアへ行くはずの、もうひとつの、さらに重要な遠征隊が、やはり準備を進めており、マークよりもそちらの必需品のほうに、より多くの注意が払われていた。

研究所の作業を再開する用意が整い、コンピュータにふたたびプログラムが入れられた直後に、洞窟を流れる川が汚染されていることが明らかになった。どういうわけか、大腸菌が洞窟内の清潔な水に入りこんだのだ。その原因を突き止めなければ、作業をはじめることはできなかった。

すべて関連があるということで、バリーとブルースの意見は一致した。火事、地滑り、どこかに消えた物資、違う場所に置かれていた薬、そして今度は汚染された水だ。

「どれも偶然のできごとではない」と、アンドルーが憤然として言った。「みながなんとうわさしているか知っているか？ 森の精霊のしわざだというんだ！ 精霊なものか！ マークだ！ わたしには方法も理由もわからないが、すべてやつのやったことだ。いまにはっきりするさ。やつが部下を連れて出て行くやいなや、なにも起こらなくなるはずだ。今度やつが戻ってきたら、もしも戻ってきたらの話だが、われわれはやつを殺す！」

バリーは反対しなかった。むだだとわかっていたからだ。いまや二十歳のおとなとなったマークに、これ以上その影響力を発揮させるわけにはいかないという結論が、下されていた。もしもマークがノーフォークの造船所を調査する計画を提案しなかったなら、その結論はもっと早く下されていたろう。彼は不穏分子だった。若いクローンたちは彼に盲従し、なんの疑問もなしに彼から指図を受け、畏敬の念に満ちて彼を見た。さらに悪いことに、彼がなにをするか、彼をなんらかの行動にかり立てるものはなにか、まったく予想ができなかった。彼は谷のほかの住人たちにとって、種の異なる生き物と同様えたいの知れない存在だった。

彼の知性も、彼の感情も、ほかの者たちのそれとは違っていた。彼が放射能の犠牲者の死に涙を流した唯一の人間であることを、バリーは思い出した。

アンドルーの意見は正しかった。そして、それを変えるためにバリーにできることは、なにひとつなかった。少なくとも、マークが一連の事件の張本人なら、そうしたことはもう起こらなくなり、谷にはしばらく平和が訪れるだろう。だが、マークが徒歩で遠征隊をひきいて出発した日に、柵囲いの奥の部分が破られて、なかの家畜が逃げ出し、散り散りになっているのが発見された。それらの家畜は残らず狩り集められたが、二頭の雌牛とその仔牛、それに数匹の羊は、ついに見つからなかった。それ以後は、まさしくアンドルーが予言したとおり、事故の発生はぴたりとやんだ。

日ごとに森は深くなり、木々は巨大になった。ここがかつては公園であり、伐採から守られていたことを、マークは知っていたが、それでも木々の大きさには圧倒された。一部の木はあまりに大きいので、十人あまりの隊員が手をつないで幹のまわりに立っても、両端の者が手をつなぎあうことはできなかった。マークは知っている木の名をみなに教えた。ホワイトオーク、アメリカアサガラ、カエデ、カバの木立……。毎日暖かい日が続き、彼らは南へ進んだ。五日目に、西南西に進路を変えたが、だれも彼の指示に疑問を持たなかった。彼らは命じられたことを、うれしそうに、すばやくやりとげ、なにも訊ねなかった。みな身体は強かったが、荷物は重く、彼らはたいそう幼なかった。マークには、彼らは走ってほしいときでものろのろ歩いているように見えた。しかし、彼は無理に急がせはしなかった。目的地に着いたときに、全員が元気でいてくれなければこまる。十日目の午後のなかばに、彼が止まるよう命令すると、一行は彼を見つめて、待った。

マークはその広々とした谷に見惚れた。地図を調べて、その谷がここにあることは知っていたものの、これほど美しいとは思ってもいなかったのだ。一筋の川が流れていた。その両岸の土地は充分な高さがあるので、氾濫によって水びたしになる恐れはなかったし、かといって、水を手に入れるのがむずかしいほど傾斜が急なわけではなかった。ここは国有林の外縁だった。過去数日間に目にしてきた巨木のほかに、もっと若い木々があり、それらは家を建てるための丸太にするのにちょうどよさそうだった。作物を植えるのに適した平らな場所もあれば、家畜用の牧草地もあった。彼はため息をついた。隊員たちと向き合った彼の顔には、まぎれもない微笑が浮かんでいた。

それから日暮れまでと、次の日一日かかって、彼は仮の宿としてみなに差掛け小屋を作らせた。彼はいくつもの建物の土台の形を地面に描いて、それらを建てるように命令し、建築とたき火に使うために切り倒すべき木にしるしをつけ、開墾すべき野原を歩測し、自分が戻るまで忙しくさせておくに充分なだけの仕事を与えてから、自分はこれから二、三日ここを離れると一同に告げた。

「でも、なにをするつもりなの?」と、ひとりが、まるではじめて自分たちのしていることに疑いを抱いたかのように、あたりを見まわして訊ねた。

「これはテストなんだ、違う?」と、別のひとりが微笑しながらきいた。

「そうだ」と、マークは重々しく答えた。「そう思ってくれてもいい。生き残るテストだ。ぼくの指示になにか疑問のある者はいるか?」ひとりもいなかった。「きみたちにびっくりするような贈り物を持って帰ってくるよ」と彼が言うと、みなは満足した。

彼は川へむかって森のなかを苦もなく足ばやに歩いた。そして、川にそって北へ進み、何週間も前に下生えのなかに隠したカヌーのところに辿り着いた。谷へ戻るまで、全部で四日かかった。遠征隊とともに谷を出てから二週間になる。日数がかかりすぎたのではないかと、不安だった。

彼は谷をのぞむ丘の中腹から近づき、何本かの灌木のかげに身をひそめて谷の様子を観察しながら、暗くなるのを待った。午後遅くに、外輪船が姿を現わした。それが船だまりに入ると、人々がぞろぞろ出てきて、肩を並べて一列になり、船の積み荷をおろした。都市から回収されてきた物資は、岸へ、船小屋のなかへと、手から手へ渡されていった。あちこちで明かりが灯るようになると、マークは動きだした。最初に向かったのは、あの屋敷だった。そこには薬を隠してあった。屋敷までの距離の三分の二ほど丘を下ったところで、彼は立ち止まり、ひざをついた。右手の、百ヤードばかり先に、例の洞窟の入り口があるはずだ。が、地面は踏みならされ、石灰石の厚板は泥で覆われていた。故意にふさがれたのだ。

彼は下からだれにも見られていないことがたしかになるまで待ち、それから慎重に残りの道のりを進むと、屋敷の周囲に密生する茂みの下を這い、石炭シュートを滑りおりて地下室に入った。包みを見つけるのに明かりは必要なかった。その包みは、彼が何カ月も前にはがせるようにしておいたレンガ壁のうしろにちゃんとあった。そこには、ワインの瓶も隠されていた。すばやい動作で、彼は盗んだ睡眠薬をワインに入れ、瓶を激しく振った。

彼がもう一度丘を登り、繁殖員の宿舎へと急ぐころには、あたりは暗くなっていた。繁殖員たちが自分の部屋に引っ込んだあと、しかも寝てしまわないうちに、着かなければならない。彼は建物まで這ってゆくと、夜勤の看護師が盆を持って巡回をはじめるまで、窓の外から見張っていた。看護師が、ブレンダとほかに五人の女たちの眠る部屋から立ち去ると、彼はそっと窓をたたいた。

ブレンダは彼を見てにやりとした。彼女がすばやく窓を開けると、マークはなかに入ってささやいた。「明かりを消せ。ワインがある。パーティーをしよう」

「見つかったら、あんた、皮をはがされるわよ」と、ひとりの女が言った。彼女たちはパーティーができるというので浮かれていた。そして、さっそくマットを引っ張り出しにかかった。ひとりが、じゃまにならないように髪を巻いて頭の上にあげ、ピンで留めた。

「ワンダとドロシーはどこだ？」と、マークはきいた。「あの二人をここに呼んできてくれないか。それに、なんならもう何人か。ワインはたっぷりある」

「あたしが行く」と、ロレッタが笑いをかみ殺してささやいた。「看護師が見えなくなるまで待って」彼女は廊下をのぞくと、ドアをしめて、くちびるに指をあてた。そして少し待ったあと、ふたたび廊下を見渡してから、こっそり部屋を出た。

「パーティーのあと、あたしたち二人だけでちょっと抜け出せるかしら?」ブレンダはマークの頰と自分の頰をこすりあわせた。

マークは頷いた。「ここにグラスはあるか?」

だれかがグラスをいくつか差し出すと、彼はそれらにワインを注ぎはじめた。ほかの女たちが仲間に加わり、結局いままでは繁殖員のなかでも年の若い者ばかり十一人が、マットの上で金色のワインを飲みながら、声をひそめてくすくす笑っていた。あくびが出はじめると、彼女たちはふらつく足で自分のベッドへ行き、ほかの部屋からきた女たちはマットの上に長々と横たわった。みながぐっすり眠るまで待ってから、マークは静かにそこを去った。そして波止場へ行くと、だれも外輪船に残っていないことをたしかめてから、引き返して、女たちをひとりずつ毛布で繭《まゆ》そっくりにくるみ、船へ運んだ。最後に宿舎へ戻ると、彼は見つけられるだけの服をかき集めて、窓をしめ、疲れのために荒い息をしながら、船へ歩いた。

彼は係留用のロープを次々とほどくと、櫂を使って岸から離れないようにしながら、船を流れのままに進ませた。まもなく川下の、屋敷のほぼ向かい側に来ると、船を岩に引っかけて止め、岸へ引き上げて、ロープでしっかり動かないようにした。もうひとつすることがある。彼はくたびれ果てていた。あと、ひとつだけだ。

彼は屋敷へ走ってゆくと、石炭シュートを滑りおり、二階へ急いだ。明かりは使わなかったが、まっすぐ絵のところへ行き、最初の絵を取り上げようとした。背後でマッチの火がぱっと燃え上がると、彼はその場に棒立ちになった。

「なぜ帰ってきた?」と、バリーは乱暴に訊ねた。「なぜ居心地のいい森のなかにとどまっていなかったんだ?」

「自分のものを取りに戻ったのさ」と言って、マークはうしろを向いた。バリーはひとりきりで、石油ランプに火をつけようとしていた。マークが窓のほうへ動きかけると、バリーは首を振った。

「そんなことをしてもなんにもならんよ。階段には電気工事がほどこされてな。だれかがここへ上がってくれば、アンドルーの部屋の警報器が鳴るようになっている。一、二分後には、彼らがやって来るだろう」

マークは絵を一枚一枚取り上げた。「あんたはなぜここに?」

「おまえに警告するためだ」

「なぜ? なぜぼくが戻ってくると考えた?」

「わからん。わかりたいとも思わん。わたしは下の図書室で眠っていたんだ。絵を全部持ってゆく時間はないぞ」マークがさらに絵をかかえこむのを見て、バリーは慌ただしく続けた。

「彼らはすぐに来るだろう。彼らはおまえが発電所を燃やしたり、川をせき止めたり、タンクのなかのクローンに毒を盛ったりしようとしたと考えている。今度は徹底的に追及する気だ」

「ぼくはクローンを殺そうとしたんじゃない」と、マークはバリーを見ずに言った。「汚れた水が使われる前にコンピュータが警報を出すだろうことは見越していたんだ。連中はどうしてぼくだとわかったんだ？」

「何人かの少年を川に潜らせたのさ。そのうちの二人が実際にトンネルの反対側へ泳いでゆくのに成功した。あとは簡単だ。その試みで四人が死んだ」バリーの口調は少しも変わらなかった。

「気の毒に」と、マーク。「そんなことにはなってほしくなかった」

バリーは肩をすくめた。「二度とあと戻りはできんぞ」

「覚悟はしているさ」

「おまえたちは全滅だ」と、バリーは同じ単調な声で言った。「おまえも、おまえが連れていったあの子供たちもだ。知ってのとおり、彼らは子供を作ることができん。ひとりか二人は、その能力を持つ娘がいるかもしれん。だが、それでどうなる？」

「繁殖員の宿舎から女たちを連れてきた」と、マークは答えた。

バリーの顔にあからさまな衝撃と不信の表情が浮かんだ。「どうやった？」

「方法は問題じゃない。肝心なのは、彼女たちをこっちのものにしたことだ。きっとうまくいくさ。ぼくは細心の注意を払って計画を立てたんだ。かならずやりとげてみせる」

「なにもかも、そのためだったのか？」と、バリー。「火事も、地滑りも、汚れた水も。穀物を盗んだのもそのためか？　なにもかも、そのためだったのか？」彼は同じ質問をくりかえした。が、今度はマークを見ず、かわりに、あたかもそれらに答が隠されているかのように、残りの絵を次々と凝視した。「おまえは家畜すら手に入れた」と、ぽつりと彼は言った。

マークは頷いた。「あいつらは無事だ。

「彼らはおまえたちをどこまでも追いかけるだろう」と、バリーはゆっくり続けた。「おまえを脅威に感じているんだ。見つけだすまでは安心しないだろう」

「やつらにぼくたちの居どころが突き止められるものか。それのできる連中はフィラデルフィアにいる。連中が帰ってくるころには、どこにもぼくたちの通った跡は残っていないはずだ」

「どうなるか考えたことがあるのか？」と、ふいにバリーはかろうじて保っていた強い自制心をなくして、叫んだ。「あの子供たちはおまえを恐れ、憎むだろう！　彼らを苦しませるのは公正じゃない。彼らはそのことゆえにおまえを憎むようになるだろう。森の奥でみな死に絶えるんだ！　ひとり、またひとりとな。そのたびに、生き残っている者たちはいっそう憎しみをつのらせるだろう。最後に、おまえたちはひとり残らず卑しいみじめな死に方をするんだ」

マークは首を振った。「ぼくたちが成功しなければ、この世にはだれも残らないさ。ピラミッドは傾きかけているんだ。巨大な白い壁の圧力がどんどん増して、もうまっすぐに立っていられないんだ」

「かりに生き延びたとしても、未開の状態にずるずると戻るのがおちだ。おまえが掘っている穴から人間が抜け出すには、千年、いや五千年はかかるだろう。みな動物になるんだ!」

「そして、あんたたちは死ぬ」マークは部屋をさっと見まわしてから、ドアへ急ぎ、その前で足を止めて、バリーを静かに見た。「これはあんたには決して理解できないだろう。いま生きている者のなかで、理解できるのはぼくだけだ。愛しているよ。バリー。あんたはぼくと違う存在、違う生き物だ。人間じゃない。あんたたち全員がそうだ。でも、ぼくが、やつらを殺せるし、殺したいと思ったときでも、やらなかったのは、あんたを愛していたからだ。さよなら、バリー」

つかのま、彼らはたがいに見つめあった。それから、マークは身をひるがえし、かろやかに階段を駆けおりた。うしろで、なにかが壊れる音がしたが、彼は足を止めなかった。彼が裏のドアから出て、木々のあいだを抜け、野原を進み出すと、アンドルーとその仲間たちが近づいてきた。マークは立ち止まって、聞き耳を立てた。

「やつはまだあそこにいるぞ」と、だれかが言った。「姿が見える」

バリーが窓の板を破って、自分の姿が見えるようにしたのだった。彼が自分のために時間をかせいでくれていることに気づいたマークは、姿勢を低くしたまま、川へむけて走りはじめた。

「なにもかも、そのためだった」と、バリーはふたたび低い声でくりかえした。いままでは、クルミの木でできたモリーの頭にむかって話しかけているのだった。両手でその頭を持った彼は、あらわになった窓の前に、ランプを背にして座った。そして、「なにもかも、そのためだった」といま一度呟いてから、モリーはいつもほほえんでいたのだろうかと考えた。屋敷のそこここで炎がパチパチ音を立てはじめても、彼は顔を上げず、あたかもそれを守るかのように、モリーの頭を胸にしっかりと抱いた。

はるか川下で外輪船の甲板に立ったマークは、燃え上がる炎を見つめて、泣いた。船が岩にぶつかると、彼はエンジンをかけて、川を下り続けた。シェナンドア川に着くと、南へ針路を取って、大きな外輪船がそれ以上進めなくなるまで、流れを辿った。そろそろ夜明けだった。彼は女たちの部屋から手あたりしだいに取ってきた服を分けてそろえ、船の貯蔵品をいくつかの荷物にした。運べるものはすべて運んでゆけば、かならず役に立つに違いない。

女たちが起き出したら、お茶とトウモロコシのパンを与えてから、岸へ上げてやるつもりだった。そのあと船を川の中央へ動かして、船がふたたび流れを下るにまかせる。谷の連中は船をまた必要とするはずだ。それから、女たちとともに森をいくつも抜けて、わが家へ向かうのだ。

エピローグ

マークは木々の陰から陰へと進んで、谷をのぞむ尾根にいま一度近づいた。二十年ぶりだ、と彼は思った。最後に谷を見てから二十年になる。精巧な警報装置が開発された可能性はあるものの、まずそんなことはないだろうと、彼は踏んでいた。とにかく、ここは大丈夫だ。あらゆる点から見て、このあたりの森にはかなり前からだれも足を踏み入れていなかった。生い茂る野ブドウのうしろに身を隠しながら、彼は尾根までの最後の数フィートを走り、眼下を見おろした。長いあいだ、彼は動かず、ほとんど息もしなかったが、それからゆっくりと斜面を下りはじめた。

生命のしるしはどこにもなかった。畑にはポプラが生え、川岸には柳がぎっしりと立ち並んでいた。どの建物の周囲も、かつてはつねに刈り込まれていたビャクシンと松が高く伸びて、建物をほとんど覆い隠していた。バラの生け垣はやぶになっていた。だしぬけに、まるで人間のようなかん高い声がしたので、彼はぎょっとして、くるりとうしろを向いた。十羽あまりの大きな鳥が空に舞いあがり、一番近くの雑木林へむけて無器用に飛んでいった。ニワトリが野性化したのだ。彼は驚異の念に打たれた。ほかの家畜はどうしたろう？　牛の姿はどこにもなかった。が、おそらく森や、川岸や、この谷のあちこちに散らばっているのだろう。

彼は歩き続けて、ふたたび足を止めた。寮のひとつが消えて、あとかたもなくなっていた。竜巻だな、と彼は考えた。その気になって目をこらすと、一筋の跡を辿ることができた。時がそれをならし、ぬぐい去っていた。竜巻の進路には、ひとつの建物も、一本の大きな木もなく、ハンノキとポプラと種々の草が新たに育っているだけだった。そこをそれらが占領しているのも、やがてトウヒが丘から下りてくるまで、カエデとオークの種が風に吹かれて成長に適した場所に辿り着き、根を張るまでのことだろう。彼は竜巻が切り開いた帯状の土地を進んだ。歩きながら、それが竜巻によるものだと、ますます確信するようになった。しかし、谷の全住民の死については、それだけでは説明がつかない。ほかにもなにかあったのだ。と、発電所の廃墟が目に入って、彼は立ち止まった。

発電所はなくなり、土台とさびついた機械だけが、かつて発電所がそこにあったことを示していた。発電所はいわば共同体の機械仕掛けの女王アリであり、生きようとする意志のすべてを、活力を、生活を支える手段を、人々に与えていたのだった。

発電所が失われれば、エネルギーがなければ、破滅が訪れたのはあっというまだったろう。彼はそれ以上そこに近寄らなかった。そして、頭をたれ、よろめくように川へ向かった。もうなにも見たくなかった。

彼は往きよりもゆっくりした速度で帰路を辿った。しばしば足を止めては、木々や、あざやかな緑色の苔の絨毯に目をとめ、ときには、きらきら光るバッタが日光のなかを重たげに羽を動かして飛ぶさまに見とれたりした。その虹色の羽はさまざまな色にきらめいたかと思うと、バッタが方向を変えて光がしかるべき角度であたらなくなったとたんに、目に見えなくなった。バッタがふたたび姿を現わしていた。ハチもいたし、地中にはミミズが戻っていた。谷を睥睨する巨大なホワイトオークの木の下に立った彼は、その木が無言で見守ってきたさまざまの変化について考えた。頭上で葉がサラサラと音を立てた。彼は少しのあいだ幹に頬をあててから、また歩き出した。

ときどきさびしさに負けそうになったことがあった、と彼は思った。そうしたときにはいつも、森がなぐさめてくれたものだ。そして森に、彼はなにひとつ人間的なものを求めなかった。ほかの者たちはいまだにさびしがっているだろうか？　だれももうそのことを口にしなかった。泣いたり金切り声をあげたりしながら彼のうしろをてんでんばらばらに歩いていた女たちが、結局もう一度追いつくために走ってきたことを思い出して、彼は微笑した。

自分の谷を見晴らす丘の頂きでひと息入れた彼は、一本の裏白砂糖カエデに寄りかかって、眼下のさまざまな活動を見守った。一群の男と女が畑で働いていた――サトウキビのあいだの雑草を抜き、トウモロコシをくわで掘り起こし、豆を摘み取っているのだ。ほかの何人かが浴場の一方の壁を壊して、設備の拡張に忙しげに取り組んでいた。耐火粘土のタイルがさらに焼かれて、いつでも熱い湯が使えるように作られた大きな野外炉のまわりに、しっかりとはめこまれつつあった。数人の年上の子供たちが、水車になにかしていた――なにをしているのか、彼にははっきりわからなかった。

十人あまりの子供たちが、畑のへりにそって生えたクロイチゴの実を摘んでいた。ひどいひっかき傷を負わないように、みな長袖のシャツに長いズボンという恰好だった。仕事が終わると、彼らはかごを下に置いて、身体にまつわりつく服をぬぎ捨てた。はだかで、笑い声を立てながら、くるみ色に日焼けした子供たちは村のほうへ歩きはじめた。彼らのなかに似た者同士はひと組もなかった。

原始生活が五千年続くと、バリーは信じていた。だが、それはピラミッドの頂きで計られた時間であって、ピラミッドの一部を生きる者たちとは無縁のものだった。マークは時を超越した世界に仲間を導いたのだ。そこでは、めぐり来る季節や、天の、生活の循環、誕生、そして死が、日々を特徴づけた。いまでは、男たち女たちの喜びも、苦悩も、次々と去来する個人的な事柄だった。時を超越した世界では、生活自体が目標となり、過去の再生や、未来の入念な組織化は目標ではなくなった。種々の可能性から成る扇は、一度閉じられかけたものの、いままた開こうとしていた。そして、新たに子供が生まれるたびに、その開き方は大きくなった。それ以上願わしいことはなかった。

四隻のカヌーが川に現われた。何人かの少年と少女が網で魚を捕っていたのだ。彼らは波止場へむかってたがいに競争していた。マークにはわかった——もうじき、彼らのなかから、カヌーに乗って探険の旅に出るために公共体の許可を求める者たちが現われるだろう。特にこれといったためあてもなく、ただおのれの世界にたいする好奇心のゆえに、旅に出ようとする者たちが。年上のおとなたちは彼らの身を気づかい、行かせたがらないだろう。けれど、マークは許可するつもりだった。それに、たとえマークが許可しなくとも、彼らは出発するに違いない。そうしなければならないのだ。

マークは木から離れて、丘を下りはじめた。急に一刻も早く家に帰りたくなったのだ。リンダが彼を出迎え、片手を差し出した。彼女は十九歳で、大きな腹をしていた。そこに宿されているのは彼の子供だった。

「お帰りなさい」と、リンダはやさしく言った。「ひとりぼっちで心細かったわ」

「もうさびしくないだろう?」と訊ねて、マークは彼女の肩に腕をまわした。

「ええ」

はだかの子供たちがさっそく彼に気づいて、笑ったり、興奮した声でしゃべりながら、走ってきた。彼らの手とくちびるはクロイチゴの汁でよごれていた。彼はリンダの肩をしっかりと抱いた。リンダがいぶかしげに彼を見ると、彼は痛かったのではないかと心配して、腕の力をゆるめた。

「なぜそんなふうに、にこにこしているの？」と、彼女は訊ねた。

「家に帰ってこられてうれしいからさ。ぼくもさびしかったんだ」と、マークは答えた。それは真実の一部だった。残りの部分を彼女にわからせることは、たぶんできないだろう。彼の微笑は、子供たちがみな違う顔をしているからでもあったのだ。

解説

渡邊利道

本書は、アメリカの作家ケイト・ウィルヘルム Kate Wilhelm が一九七六年に発表した長編小説 *Where Late the Sweet Birds Sang* の全訳である。八二年にサンリオSF文庫から刊行されたが、同文庫の終了に伴い絶版。このたびめでたく創元SF文庫から新版での復活となった。ウィルヘルムはアーシュラ・K・ル゠グィン、ジョアンナ・ラス、ジェイムズ・ティプトリー・ジュニアらとともに、六〇年代から七〇年代にかけてSF界に颯爽《さっそう》と登場した女性作家たちの中でも強烈な個性を発揮した一人である。本作は、ヒューゴー賞長編小説部門とローカス賞長編部門、それに高等教育に役立つSF作品を教育者たちが選んだというジュピター賞を受賞した作者の代表作である。ぜひこの流麗で濃密な小説世界を楽しんでいただきたい。

本作は、作品発表当時の現在から三世代にわたる変遷を、三部構成で描く年代記小説である。それぞれ独立した中編としても読めるが、相互に緊密な関係を結んでおり、通読後再読してつながりを確認する楽しみもある本格的な小説だ。

第一部では、各国の核実験による放射能汚染などによって環境破壊が進み、疫病・旱魃《かんばつ》・不妊が蔓延して人類は滅亡の危機に瀕している。ヴァージニア州の肥沃《ひよく》な渓谷《けいこく》に流れる川のほとりに住むサムナー一族は、いち早く事態の深刻さに気づき、病院と研究施設を建設してその対抗策を講じる。一族の中でも最も若い世代に属するデイヴィッドは、いとこのシーリアとの恋愛に苦しみながら、叔父のウォルトとともにクローンの研究を進め、ついにブレイクスルーを発見する。しかし新しい希望の礎《いしずえ》となるはずだったクローンたちは、旧人類とは違ってテレパシーのような共感能力を有しており、個として存在する人間を排除しようと企《たくら》んでいることにデイヴィッドは気づく……というもの。当時作者は核戦争と環境汚染を憂慮していたのだそうで、その危機意識が直接反映されている。ウィルヘルムは現代の延長線上で、日常に潜む不安や違和感を細やかな心理描写で描きながらその背景に大きな社会の変化を浮かび上がらせる手法を得意としたが、ここでは谷の美しい自然の中でデイヴィッドとシーリアの禁忌に触れる恋を情感たっぷりに描きつつ、それを世界の終末とクローン技術によるミュータント・テーマの双方と精妙に結びつける技巧を示している。とくにデイヴィッドの視点に寄り添って現在の中に回想をちりばめる複雑な語りは、「時間」という主題を強く意識させる効果を担っている。

第二部では、クローンたちによって谷には新しいコミュニティがつくられるが、物資不足を補うため五人の選抜メンバーが廃墟となった都会へ遠征の旅に出る。強い共感能力で結び合っている仲間たちから離れ、孤独に直面する旅は、彼らを精神的な危機に陥れた。旅から戻ったモリーはその苦しみの中で「私」という主体を発見し、後戻りできない道へと踏み込むことになる。第一部と違い、モリーとベンという二者の視点が交錯する複雑な語りによって、人間関係の心理の綾《あや》を丁寧に描き出している。また、モリーの「絵を描く」という才能が、はじめは単なる優れた観察眼と記憶による「見たものの再現」であったのが、孤独を通じて「私が見たものの印象」を描く、いわば芸術性を獲得していく物語にもなっている。一方、クローンたちの作り出した社会を維持するための〈追放の儀式〉や「繁殖員」といったシステムには、いわゆるディストピア小説のオーソドックスな設定が用いられているが、そこには当時のアメリカ社会の現実を裏側から捉《とら》えたような冷徹で皮肉な眼差しがある。

第三部は、ただひとりクローンの仲間がいない特異な出自を持つ少年マークが、老朽化した施設を修復することもままならず、次第に創造性を失って衰弱していくクローン社会の中で疎外されながらも個性を発揮して戦う物語である。第一部では谷、第二部では川の自然描写がきわめて美しく、またそれぞれ物語の中で象徴性を持って造形されていたが、第三部でその役割を担っているのは森、なかんずくその闇である。繁茂する森がビロードのような漆黒のヴェールに閉ざされるとき、人はみずからの根源的な力に触れることになるのだ。

フランスの哲学者で、碩学《せきがく》として知られるピエール・アドは、西欧における自然の真理を探求する方法として、プロメテウス的態度とオルフェウス的態度という二つの系譜を挙げている。前者は、自然を客体として実験と観察に基づく自然科学的な方法で、自然の隠された意味や未知の真実を明らかにしようとする態度であり、後者は自然を神の創造物と捉え、啓《けい》示《じ》と象徴を通じて一気にその意味の核心に到達しようとする詩的・芸術的な方法で、観想によって自他の区別を無化してしまうような態度である。プロメテウスが、ゼウスから天の火を盗んで人間たちに与えた古代の神話はひろく知られているが、ここで火が象徴するのは自然に働きかけその性質を変化させる技術的な力である。一方オルフェウスは、自然を畏怖し、想像力を働かせて自然を観想する力を有しており、その手で奏でられる音楽が感覚に直接自然の秘密を告げ知らせる。プロメテウス的な技術である核の火によって破滅に瀕した人間の世界を、自然という闇を真摯《しんし》に見つめるモリーやマークの想像力が再生させる本作はきわめてオルフェウス的な物語であるといえるだろう。

もっとも本作には、そういったいわばロマン主義的な物語の他に、もっとダークでアイロニカルな一面が備わっているのも忘れるわけにはいかない。

本作のタイトルは、シェイクスピアのソネット集七十三番からの引用である。シェイクスピアのソネット集は、その前半は彼が愛したとされる若い男性に向けて、年長者の立場から書いたという設定になっている。君は若くて美しいけれど、時は残酷でその美はすぐに消え去ってしまうので、早く結婚して子どもに受け継がせたまえ、という内容の詩篇からはじまる。引用句は自分を廃墟に喩《たと》え、かつて賑やかだった鳥の歌もいまはすっかり聴こえない、というのだが、面白いのは、そうやって自分が老いさらばえてやがて別れねばならないと分かっているからこそ、君の私への愛はますます強まるのだ、と詩句は続くのである。この引用によって、作者はマークとバリーの関係性を示唆《しさ》しているように思える。そう考えてみると、谷の社会のエリート主義的なホモソーシャリティーを、作者はかなり意図的に造形していると理解できるのだ。本作は、絶滅の危機に瀕《ひん》した人類が、クローン技術によって生き延び、そのクローンたちによって旧人類は排斥されるのだが、クローンもまた有性生殖で新しく生まれた人類に乗り越えられる、という物語である。小説の結末が決して楽観的なものではなく、すぐそこに残酷な「時間」の審判が待っていることを思わずにはいられないだろう。

余談だが、訳者の酒匂氏が浅倉久志氏と電話で話していたおりに、*Where Late the Sweet Birds Sang* をどうやってタイトルにふさわしい日本語にしたらいいか悩んでいる、と相談したところ、「そういうのはこう訳せばいいんだよ」と、さらっと『鳥の歌いまは絶え』と訳されたのだそうである。さすが名匠という言葉の選択で、印象的なエピソードとしてここに記しておきたい。

最後に作者について。ケイト・ウィルヘルムは、一九二八年にオハイオ州でケイティ・ガートルード・メレディスとして生まれた。ケンタッキーの高校を卒業後、モデル、電話交換手などいくつかの職業を経て四七年にジョセフ・ウィルヘルムと結婚、二人の子どもに恵まれる。五三年頃からSFを読むようになり、ほどなくして実作に手を染め、五六年にFantastic誌に短編“The Pint-Size Genie”が掲載されてデビュー。その後の数年はあまり目立たないファンタジー的な作品を書いていたが、五八年にジェイムズ・ブリッシュやジュディス・メリルなどが主催していたミルフォードSF作家会議に参加。六二年に離婚し、翌年にくだんの作家会議の主催者の一人で、SF作家で評論家、編集者としても知られるデーモン・ナイトと再婚、三人目の子どもを出産する。この再婚・出産を契機として（本人の弁によれば、「サイボーグのように、頭をとり外されて、別の頭をくっつけられた」ような体験だったという）、先鋭的なスペキュラティヴ・フィクションを発表するようになる。六五年にはシオドア・L・トマスとの合作で長編*The Clone*を発表、ネビュラ賞のファイナリストになった。六八年からはじまったクラリオン・ライターズ・ワークショップにも参加しながら、ナイトが編集するオリジナル・アンソロジーOrbitを中心に執筆を続け、六九年に短編「計画する人“The Planners”」でネビュラ賞を受賞。以後も長くSFの主だった各賞の候補になり続けた。その洗練された作風はフランスでも好評だったようで、七九年の『杜松《ねず》の時*Juniper Time*』は八一年のアポロ賞を受賞している。他にも、八六年の“The Girl Who Fell Into the Sky”で八七年ネビュラ賞中編小説部門を、八七年の「アナへの手紙“Forever

Yours, Anna"」で八八年ネビュラ賞短編小説部門を受賞。八〇年代からはミステリーに重点を移し、ケイト自身が夫婦で終《つい》の住処《すみか》としたオレゴン州ユージーンを舞台に、女性弁護士を主人公にした法廷ミステリーのシリーズや、ニューヨーク市警の元刑事チャーリーと心理学者コンスタンスのおしどり探偵シリーズなど、多くの作品を執筆した。二〇〇二年にナイトに先立たれるが、ワークショップなど後進への指導は熱心に続け、〇六年にはクラリオン・ライターズ・ワークショップに関するノン・フィクション *Storyteller: Writing Lessons and More from 27 Years of the Clarion Writers' Workshop* でヒューゴー賞関連書籍部門を受賞した。一八年三月八日に死去。享年八十九。

日本では、本作の他に『カインの市 *City of Cain*』(日夏響訳)、『クルーイストン実験 *The Clewiston Test*』『杜松の時』(共に友枝康子訳)がサンリオSF文庫から、短編集『翼のジェニー』(伊東麻紀他訳)がアトリエサードから刊行されている。ミステリーでは前述のチャーリー&コンスタンス物の第一作『炎の記憶 *The Hamlet Trap*』(藤村裕美訳)と単発物の『ゴースト・レイクの秘密 *Justice for Some*』(竹内和世訳)が刊行されている。その他、雑誌やアンソロジーに掲載された翻訳作品も少なくないが、ここでは省略する。前述の短編集『翼のジェニー』の尾之上浩司による解説にメディア化作品も含めた詳細なリストがある。また、アトリエサード発行の『トーキング・ヘッズ叢書(TH Seres)№75「秘めごとから覗く世界」』のケイト・ウィルヘルム特集には全邦訳作品レビューがあるので、興味がある人は参照してほしい。

本書は一九八二年、サンリオSF文庫より刊行された。

訳者紹介　1949年生まれ。71年、横浜市立大学文理学部卒業。主な訳書、シェクリイ「残酷な方程式」、ハインライン「宇宙に旅立つ時」、マキャフリー「歌う船」、パイパー「リトル・ファジー」他多数。

検印
廃止

鳥の歌いまは絶え

2020年4月30日　初版

著者　ケイト・ウィルヘルム

訳者　酒《さ》匂《こう》真《ま》理《り》子《こ》

発行所　(株)東京創元社
代表者　渋谷健太郎

162-0814/東京都新宿区新小川町1-5
電話　03・3268・8231-営業部
03・3268・8204-編集部
URL　http://www.tsogen.co.jp
精興社・本間製本

ISBN978-4-488-78301-3　C0197

第1位「SFが読みたい!」ベストSF1999／海外篇

QUARANTINE◆Greg Egan

宇宙消失

グレッグ・イーガン
山岸 真 訳

カバーイラスト＝岩郷重力+WONDER WORKZ。
創元SF文庫

◆

ある日、地球の夜空から一夜にして星々が消えた。
正体不明の暗黒の球体が太陽系を包み込んだのだ。
世界を恐慌が襲い、
球体についてさまざまな仮説が乱れ飛ぶが、
決着を見ないまま33年が過ぎた……。
元警官ニックは、
病院から消えた女性の捜索依頼を受ける。
だがそれが、
人類を震撼させる真実につながろうとは！
ナノテクと量子論が織りなす、戦慄のハードSF。
著者の記念すべきデビュー長編。